Seita Vuorela

Wir fallen nicht

Seita Vuorela

Wir fallen nicht

Aus dem Finnischen
von Tanja Küddelsmann

Ravensburger Buchverlag

Bibliografische Information der Deutschen Nationalbibliothek:
Die Deutsche Nationalbibliothek verzeichnet diese Publikation in der Deutschen Nationalbibliografie. Detaillierte bibliografische Daten sind im Internet über http://dnb.d-nb.de abrufbar.

FSC
www.fsc.org
MIX
Aus verantwortungsvollen Quellen
FSC® C114500

Das für dieses Buch verwendete FSC®-zertifizierte Papier liefert Arctic Paper Mochenwangen GmbH

FILI
FINNISH LITERATURE EXCHANGE

Der Verlag dankt FILI – Finnish Literature Exchange für die Förderung der Übersetzung.

Die Arbeit der Übersetzerin am vorliegenden Text wurde vom Deutschen Übersetzerfonds gefördert.

Die Originalausgabe erschien 2012 unter dem Titel »Karikko« bei WSOY.

Original title »Karikko«
First published in Finnish by Werner Söderström Ltd. (WSOY) in 2012, Helsinki, Finland.

Umschlaggestaltung: Martina Eisele unter Verwendung eines Fotos von Viacheslav Votchitsev/123rf und eines Fotos von Roman Malyshev/fotolia
Redaktion: Harald Kiesel

Die Zitate aus der »Edda« auf S. 7 unten und auf S. 248 wurden von Karl Simrock übersetzt (Quelle: Edda: Götterlieder. Sechste verbeßerte Auflage. Stuttgart. Verlag der J.G. Cotta'schen Buchhandlung 1876).

Das Zitat von Aleksis Kivi auf S. 331 wurde von Heidi Hahm-Blåfield übersetzt (Quelle: Aleksis Kivi: Die sieben Brüder. Weimar. Kiepenheuer 1954).

Printed in Germany
1 2 3 4 5 18 17 16 15 14
ISBN 978-3-473-40117-8

www.ravensburger.de

Nikolas (1996–2009)

Doch ich schreibe nicht, um dich loszuwerden, ich schreibe, um dir nah zu sein. Vielleicht sehnst auch du dich nach einer Berührung, obwohl du nicht mehr da bist. Vielleicht frierst du, obwohl du nicht mehr da bist. Vielleicht geht es dir schlecht, obwohl du nicht mehr da bist. Obwohl du nicht mehr da bist, schreibe ich dir. Ich weiß noch, wie du aussiehst.

Ich erinnere mich an so wenig.
Henriikka Tavi

Wer ist der Gesell der Gesellen, der überm Sunde steht?
Edda: Götterlieder

Prolog

Angenommen, du hast den Zugang zu einem Ort gefunden, den seit Jahren kein Erwachsener betreten hat.
Angenommen, du warst mit deinem Freund dort, ihr habt euch durch das Loch im Zaun gezwängt und seid frei wie Tiere über den rissigen Asphalt gerannt. Auf dem Blechdach habt ihr in zehn Metern Höhe Krieg gespielt, wie schon oft. Ihr seid unverwundbar wie Superman, auch wenn ihr das selbst nie so sagen würdet – nicht mehr, denn die Kinderspiele habt ihr lange hinter euch gelassen. Eure Freundschaft existiert so selbstverständlich wie die Sterne, wie eure Stadt. Ihr kanntet euch schon, als die Kriegsspiele noch im Sandkasten stattfanden. Ihr kanntet euch, als sie zu echten Kämpfen wurden und vom Schulhof auf die Straßen umzogen.
Angenommen, der eine von euch stürzt trotz allem vom Dach die zehn Meter nach unten auf den Asphalt und ist nicht mehr da. Die Sterne verlöschen nicht, eure Stadt fällt nicht in sich zusammen. Die Menschen rotieren weiter in ihrem Alltagsgetriebe.
Nach dieser Nacht, so viel steht fest, willst du die Dunkelheit nicht mehr verlassen.
Nach dieser Nacht musst du, willst du der Dunkelheit entkommen, diese Geschichte erzählen.

Das Camp

Der kleine Bruder

Ich heiße Mitja. Das ist die Kurzform von Dimitri und heißt ›zu Demeter gehörig‹. Demeter kennt man als griechische Göttin, die für die Fruchtbarkeit des Bodens zuständig war und die Felder geschützt hat. Ich schütze zwar niemanden und baue auch nichts an, aber den Boden, den kenne ich gut. Zumindest in der Stadt bin ich da Experte. Weil ich laufe. Jeder, der läuft, kennt den Boden, und jeder, der ununterbrochen läuft, kennt ihn noch besser.

Außerdem gab es einen Märtyrer namens Dimitri. Märtyrer sind Leute, die in den Händen ihrer Feinde ein schreckliches Ende finden. So scheint es zumindest oft, am Anfang. Später sieht es anders aus, später werden aus Märtyrern Superheilige, und man benennt Straßen und Städte nach ihnen. St. Petersburg, zum Beispiel. Allerdings muss man mit so einem Ende rechnen, wenn man die Geschichte eines Jungen namens Mitja liest. Schließlich heißt er ja … eben, Dimitri. Aber weil alles in Wirklichkeit komplizierter ist, musst du dich nachher daran erinnern, was ich gerade gesagt habe. Dass es so aussieht, am Anfang.

Wer mich mag, nennt mich Mitja. Von Lehrern kommt

allerdings oft »Dimitri, pass auf« und »Dimitri, musst du denn immer«. In der Familie höre ich den vollen Namen, wenn ich etwas verbockt habe, was öfter mal vorkommt. Man kennt mich auch als *enfant terrible.* Das heißt wörtlich ›schreckliches Kind‹. Aber ›schreckliches Kind‹ ist keine gute Übersetzung. Im Grunde genommen ist das *enfant terrible* kein schreckliches Kind. Sondern jemand, der etwas Schlimmes verursacht, weil er etwas Gutes beabsichtigt. Hamlet ist ein *enfant terrible.* Anakin Skywalker. Solche wie uns wird es immer geben.

Diesen Sommer bin ich mit dem Wohnmobil unterwegs gewesen. Eine solche Reise hatte ich vorher noch nie gemacht. Allerdings spielen die Ereignisse, von denen ich euch berichte, nicht unterwegs, sondern auf einem Campingplatz, an der See. Land's End, also das letzte Stückchen Land vor dem Meer. Ein guter Name, oder? Ist von mir.

Dieser Campingplatz soll für uns eigentlich nur ein kurzer Zwischenstopp sein. Stattdessen wird er unsere Endstation.

Ich bin ein ziemlich guter Läufer. Auf jeden Fall kann ich besser laufen, als Geschichten erzählen. Doch ohne mich ergibt die Erzählung keinen Sinn, also muss ich meinen Part erfüllen. *Von Punkt A nach Punkt B, ohne anzuhalten. Eine ununterbrochene Bewegung.*

Denk dran: So sieht es aus. Am Anfang.

Land's End Camping

Mama sah es als Erste: das Hinweisschild, wonach ein paar Hundert Meter weiter eine kleinere Straße von der Landstraße abzweigen und zu einem Campingplatz am Meer führen sollte. Sie atmete erleichtert auf, und das ist ja auch ganz normal, wenn man den ganzen Tag kilometerweit gefahren ist, ohne zu wissen, wo man Station machen kann. Ich bemerkte das Schild ebenfalls. Zu diesem Zeitpunkt hatte ich keine Lust mehr auf Handyspiele, sondern sah mir die Lärmschutzwände an, die am Fenster vorbeihuschten. Sie waren überall, und auf allen war Graffiti drauf. Das meiste davon grottenschlecht.

Der Campingplatz warb mit bestem Fünf-Sterne-Service. So stand es auf dem Schild in der speziellen Symbolsprache der Touristen. Da gäbe es einen Platz zum Campen (weißes Zelt auf blauem Grund), Gelände zum Wandern (zwei Spaziergänger mit Rucksack auf dem Rücken) und natürlich Essen (Messer und Gabel). Auf dem Schild stand auch der Name des Platzes, aber den weiß ich nicht mehr. Ich fand es damals nicht wichtig, und später habe ich auch nicht darauf geachtet. Sagen wir, er hieß ›Goldene Düne‹. Für Urlauber, die hier entlangfahren, klingt das gut. Kaum hören sie das Wort ›Düne‹, sehen sie vor ihrem inneren Auge das glitzernde Meer, eine Eisbude und golden schimmernden Sand. Deswegen brauchen Campingplätze solche Namen. Es ist wie mit dem Stück Käse in der Mausefalle. Oder mit der Müsliriegel-Werbung in Kindersendungen.

Je näher wir der Abzweigung kamen, desto langsamer wurden wir, und schon fuhren wir ab von der Straße Nummer … ach, die Nummer spielt doch keine Rolle. Jede Straße hat eine, bei kleinen ist sie hoch, bei großen niedrig. Nummer eins ist die wichtigste Straße im Land, und so weiter. Der Feldweg zum Campingplatz hatte eine hohe Nummer, tausend oder irgendwas.

Das Erste, was wir vom Campingplatz sahen, waren viele verschiedene Fahnen, die im Wind flatterten. Während wir uns dem Tor näherten, blitzten sie immer wieder zwischen den krumm gewachsenen Bäumen hervor. Zuerst sah es aus, als wären die Fahnen auf Bodenhöhe, aber das stimmte nicht, sondern die Straße fiel zum Campingplatz hin ab. Hin und wieder kam das Meer in Sicht, dann verloren wir es wieder aus den Augen. Das Meer war da, verschwand, kam abermals, bis es an der Pforte schließlich ganz weg war. Und die Fahnen waren plötzlich an den Masten hochgeschnellt, sodass man das Fenster öffnen und den Kopf hinausstrecken musste, um sie zu sehen. Aber was fasele ich hier eigentlich von Fahnen, die interessieren mich in Wirklichkeit kein bisschen. In der Schule hab ich davon genug gesehen – und mir noch dazu die todlangweiligen Erklärungen irgendeines Lehrers anhören müssen, von wegen welche Bedeutung die Fahne für einen souveränen Staat hat. »Es handelt sich um ein Symbol, Kinder, um ein Symbol.« Ich sterbe vor Lachen, sage ich und grinse meinen Freunden über die Schulter zu. Wir kichern alle und bewerfen die Fahne mit Kaugummis.

Wo ich nun schon mit der Schule angefangen habe, kann ich ebenso gut noch ein bisschen weitererzählen. Ich hänge oft über dem Tisch und lasse meine Arme und Beine an der Tischkante runterbaumeln wie zähen Sirup. Oder ich denke mir irgendeinen Unsinn aus. Anders gesagt: Ich sorge dafür, dass die Leute gut drauf sind. In einem anderen Jahrzehnt hätte man mich mit einem Lineal verdroschen oder von der Schule geschmissen, aber weil dies eine kinderfreundliche Zeit ist, schickt man mich zum Schulpsychologen. Das ist jemand, der sich für meine Meinung interessiert. »Ich weiß, dass du dazu eine Meinung hast. Wie denkst du darüber? Wie fühlt es sich für dich an?« Antworte ich dann, ich habe keine Meinung, behauptet er, das stimme nicht.

Das Beste an der Schule sind die Pausen. Das Klingeln ist mein Startsignal: Wie ein Schnellzug rase ich aus der Klasse und aus dem Gebäude. Ich stürme direkt auf die Schulhofmauer zu, als würde ich hindurchrennen wollen, aber im letzten Moment packe ich den Mauerrand und werfe mich auf die andere Seite. Neben mir mein bester Freund Noel. Manchmal handeln wir uns dabei Probleme ein, zum Beispiel, wenn wir mitten in einem Picknick landen oder zwischen Umzugshelfern herunterpurzeln. Dann rufen sie uns nach: »Was soll das?« oder »Haut ab, das ist Privatgelände!« Wir antworten nie, wir laufen einfach weiter. *Von Punkt A nach Punkt B, ohne anzuhalten. Eine ununterbrochene Bewegung.* Fünfzehn Minuten, mehr haben wir nicht. Dann klingelt es wieder, wir laufen zum Startpunkt zurück und warten auf die nächste Pause.

Jetzt mache ich mal weiter mit dem Campingplatz, bei dem Moment, als die Fahnen über unseren Köpfen wehten und wir darauf warteten, auf das Gelände fahren zu dürfen. Mama hatte das Wohnmobil quer vor der Pforte geparkt, damit niemand an uns vorbeikam. Das sah ihr ähnlich. Sie stieg aus und ging zur Rezeption, die aussah wie der Drive-in-Schalter eines Fast-Food-Restaurants. Hinter der Scheibe saß ein Mann mit krebsrot verbranntem Gesicht. Bei manchen Menschen weiß man sofort, dass man sie nicht leiden kann. Mama verhandelte mit ihm über einen Stellplatz, während ich neben Wladimir im Auto saß. Ein besonders geselliger Mensch ist mein Bruder allerdings nicht. Sein Hobby sind Filme. Er guckt ununterbrochen welche, und kaum ist einer zu Ende, legt er den nächsten ein. Für die Reise hatte er sich einen Ordner mit den »100 besten Filmen aller Zeiten« eingepackt. Originalton Wladimir: »Ohne diese Filme kann ein Fünfzehnjähriger nicht überleben. Alles, was ich weiß, habe ich aus Filmen gelernt.« Gerade lief *Batman Begins.*

Dass das Meer ganz in der Nähe war, sah man am Schilf rund um den Parkplatz, und man erkannte es am Geruch, in dem sich alles Mögliche vom Strand vermischte: vermoderte Wasserpflanzen, Überreste von Fischen, Muscheln, Algen. Außerdem konnte man es an der Brandung und dem Kreischen der Möwen hören. Oder am Tuten eines Schiffshorns. Möwen gab es reichlich, wie auf einer Müllkippe. Ich fand es toll, wie sie flogen, über uns durch die Luft segelten und sich dann wieder in die Tiefe stürzten. Bis eine von ihnen auf unsere Windschutzscheibe kackte.

Als Mama zum Wohnmobil zurückkam, hatte sie einen Stapel Prospekte dabei und eine Karte, auf der unser Stellplatz für diese Nacht markiert war.

»Falls uns morgen Früh danach ist«, sagte sie, »buchen wir noch einen Tag dazu.«

Bestimmt nicht, dachte ich, denn ich wusste, wie gerne Mama unterwegs war. Diesmal irrte ich mich allerdings. Sie buchte tatsächlich eine zweite Nacht auf dem Campingplatz, und zwar noch am selben Abend.

Land's End Camping liegt dort, wo der Weg zu Ende ist. Es ist der letzte Campingplatz vor dem Meer. Das letzte Ufer. Jetzt ist mir das klar. Aber damals dachte ich einfach, dass er wie so ziemlich alle Campingplätze war, die ich schon gesehen hatte. Es gab schnurgerade Wege, Wasserzapfstellen, Recyclingcontainer, Duschen und einen Kiosk. Da war ein Laden, wo man von Milch bis Luftmatratzen alles bekam, eine Grillhütte und ein Tennisplatz, ein Spielplatz und eine Waschküche, es gab Minigolf und einen Zug auf Rädern, der jubelnde Kleinkinder durch die Gegend kutschierte. Obwohl er schon alt war, wirkte der Campingplatz provisorisch; er sah aus, als hätte man ihn nur vorübergehend im Wald aufgebaut und würde ihn bald wieder abreißen. Die Häuser hatten keine Erker oder Balkons; es war nicht gerade eine Gegend mit exklusiven Sommerresidenzen. Das Gebäck im Café war vertrocknet, das Eis mit Reif überzogen und aus den Boxen dröhnte das Radio. Auf den meisten Campingplätzen war auch Wasser zu finden, wenigstens in Form eines Pools, oft aber ein Seeufer oder Meeresstrand. Hier gab es sogar beides.

Was man über Campingplätze wissen muss, lernt man innerhalb einer Woche, dachte ich. Doch das sollte sich als Irrtum erweisen.

Silo 1

Wladimir liegt im hohen Gestrüpp verborgen. Seine Kleidung hat sich mit Feuchtigkeit vollgesogen und ist jetzt klitschnass. Für sein Vorhaben trägt er die denkbar schlechteste Montur, denn die Jeans und das T-Shirt mit dem Aufdruck *California University* saugen das Wasser auf wie ein Schwamm. Zusätzlich tropft ihm bei jeder noch so kleinen Bewegung Wasser in den Nacken, da die Blätter rundherum vom Regen triefend nass sind. Immer wieder erschauert er vor Kälte. Andererseits, so überlegt Wladimir, lässt die Kälte alles realer erscheinen.

Er schiebt die Blätter vor sich zur Seite, um zu sehen, was gleich passieren wird. Nach seinen Berechnungen wird jeden Moment sein Bruder aus dem Gebüsch am Flussufer auftauchen. Vorher wird man das Brechen von Ästen und andere knackende Geräusche hören, denn sein Bruder bewegt sich stets rennend vorwärts. Eine Gazelle ist er nicht gerade, ebenso wenig wie sein Freund. Jede Pflanze, die ihnen den Weg versperrt, muss weichen. Größere Hindernisse nutzen sie für Tricks. Besonders geschickt sind sie nicht, dafür umso mutiger und schneller. Niemand kommt an sie heran, sie sind starke Läufer. Das sind sie wirklich, für vierzehnjährige Jungs sind sie gut. Kräftig und siegesgewiss kommt das High-five.

Wladimir hat seinem Bruder nachspioniert, nur deshalb kennt er diesen Ort. Und nun ist er hier und wartet darauf, dass etwas passiert. Dass sein kleiner Bruder auftaucht.

Denn Wladimir hat einen Plan. Er will seinem Bruder beweisen, dass er ohne Hilfe dessen geheimes Versteck gefunden hat. »Vor mir bleibt nichts verborgen«, wird er sagen. Das wird seinen Bruder verunsichern. Es wird ihn aus der Fassung bringen. Deshalb macht Wladimir Fotos, die er seinem Bruder später zeigen will. »Hier, bitte sehr, ich bin dir auf die Schliche gekommen.« Wladimir kann sich kaum beherrschen, so sehr ersehnt er diesen Moment.

Der Aufbruch

Unsere Reise begann direkt mit den Sommerferien. Wir fuhren ab, sobald das ohne Urlaubsantrag und andere Absprachen möglich war. Vorher hatten wir wochenlang wie auf glühenden Kohlen gesessen. Wir waren gezwungen, zu Hause zu bleiben, obwohl wir so dringend auf andere Gedanken kommen wollten. Sobald es zum Schulschluss klingelte, spurtete ich nach Hause, und dann ging es los. Ich konnte gerade noch meine Schultasche in den Schrank werfen und meinem Fahrrad zum Abschied winken, als Mama schon mit dem Wohnmobil auf die Straße zurücksetzte. Wir wollten nicht mal auf Papa warten, der gerade auf Dienstreise war. »Die wird noch bis zum Sankt-Nimmerleins-Tag dauern«, meinte Mama. Papas Dienstreise hatte sich schon von einer auf drei Wochen ausgedehnt. Und alles sprach dafür, dass sie sich bis ans Ende aller Tage hinziehen würde.

Vor der Abfahrt hatte ich noch die traurigste aller Aufgaben vor mir. Ich musste mit der Familie meines Freundes sprechen. Das war eine Abmachung zwischen uns, Noel und mir. Und jetzt muss ich euch etwas erzählen, was ich bisher verschwiegen habe. Drei Wochen vor den Ferien stürzte mein Freund Noel von einem leer stehenden Gebäude und starb. Ich war dabei. Eigentlich müsste ich wissen, was passiert ist, aber ich kann mich an fast gar nichts erinnern. Alles ist vernebelt. Damals, als wir unsere Abmachung trafen, konnte Noel nicht wissen, dass mit dieser Nacht auf dem Silo die Party für ihn zu Ende sein würde. Keiner kann so etwas vorhersehen. Es hätte genauso gut mich treffen können. Nur, weil du vierzehn bist, heißt das nicht automatisch, dass dir so etwas nicht passieren kann.

Folgendes wollte ich Noels Eltern sagen:

»Euer Sohn Noel lässt ausrichten, er erwartet euch hinter der Ziellinie. Fragt mich bitte nicht, wo die ist; wenn ich das wüsste, wäre ich ja selber schon da. Ich gebe mir ziemliche Mühe, damit klarzukommen. Ihr müsst euch auch anstrengen, okay? Ihr seht euch ja später wieder, wenn es so weit ist. Ob-

wohl ich hier, unter uns, zugeben muss, dass ich manchmal nicht übel Lust hätte, aufs Longboard zu steigen und dann nichts wie weg hier. Aber das hab ich natürlich nicht wirklich vor. Noel lässt euch noch ausrichten, dass er euch liebt. Seinem kleinen Bruder soll ich sagen, er soll die Ohren steifhalten. Und ich soll noch fragen, ob ihr bei der Beerdigung nicht mal coolere Musik spielen könntet? Kirchenlieder sind doch so was von traurig. Und ja, herzliches Beileid.«

Noels Familie wollte das alles aber nicht hören. Anders gesagt, sie gingen nicht ans Telefon, sie machten die Tür nicht auf, sie schimpften nicht mal, als ich ihr Wohnzimmerfenster mit einem Stein einwarf. Keiner reagierte auf meinen besonderen Pfiff. Als ich nicht weiterwusste, fing ich an, gegen die Wand zu klopfen. Unseren geheimen Code. Schließlich fuhr der graue Peugeot von Noels Familie davon. Fluchtartig.

Bestimmt glauben sie, dass ich daran schuld bin, was auf dem Silo passiert ist. Aber der Nebel … alles ist so verschwommen. Sicher ist, dass es Wladimir war, der den Notruf gewählt hat. Mama sagt, für Wladimir ist es besonders schwer, mit der Sache klarzukommen, weil er die ganze Zeit dabei war. Weil er die ganze Zeit neben dem Toten auf den Rettungswagen (und den Hubschrauber) gewartet hat. Ich habe das Gefühl, sie will mir ein schlechtes Gewissen machen, weil nicht ich den Rettungswagen gerufen, sondern mich im Silo versteckt habe. Die Schuldigen verstecken sich immer. Und sie verlieren das Gedächtnis.

Abgesehen davon hätte Wladimir eigentlich gar nicht am

Silo sein dürfen. Er hatte uns hinterhergeschnüffelt, aber musste er dafür geradestehen? Nein. Er hat mir auch nie gesagt, warum er dort war. Und ich frage nicht. Wir reden überhaupt nicht darüber.

Noch kurz vor der Abfahrt war unser Flur voll mit Taschen und Kisten. Mama telefonierte. Ein paar Bücher mussten noch zurück in die Bücherei. Die Nachbarin wurde eingespannt, um bei uns die Blumen zu gießen. Im Laufe der Zeit wanderte das Chaos aus dem Haus in das Wohnmobil, das Mama uns doch noch hatte mieten können. Dass sie es gefunden hatte, war fast ein Wunder, denn bei allen Autovermietungen, mit denen sie telefoniert hatte, waren die Wohnmobile schon Monate im Voraus vergeben. »Ein Wohnmobil muss immer sehr früh gebucht werden«, bekam sie zu hören. Auch bei der fünften Autovermietung sah es zuerst schlecht aus, aber als sie in Tränen ausbrach, ließ der Vermieter mit sich reden und bot uns sein privates Wohnmobil an. Man sah ihm zwar an, dass es Tausende Kilometer auf dem Buckel hatte, aber es fuhr und hatte bisher noch keinen im Stich gelassen. Und das Wichtigste: Es war frei, und wir waren es auch – frei, endlich aufzubrechen.

Ich sprang ins Auto, meinen Seesack lässig über der Schulter. Mit einem Seesack verlässt man sein Zuhause für immer, jedenfalls im Film. Auch ich würde nie wieder nach Hause kommen, das wusste ich zu diesem Zeitpunkt allerdings noch nicht. Hätte ich andere Sachen eingepackt, wenn mir das klar gewesen wäre? Oder einfach nur das Nötigste? Vielleicht wäre ich ganz ohne Gepäck losgefahren, im Vertrauen darauf, dass alles Wichtige sich unterwegs findet. Einen Seesack packt man übrigens anders als einen Koffer. Man legt die Kleidungsstücke nicht ordentlich gefaltet hinein, sondern lässt sie einfach als Knäuel auf den Grund des Seesacks fallen, wo sie ihre eigene Form annehmen. Wer Ordnung mag, nimmt einen Koffer. Den kann man auch am Flughafen bequem hinter sich herziehen. Ich bin ein Seesacktyp, mein Bruder ist ein Koffertyp.

Papa fand das wohl auch. Deshalb bekam ich zum Geburtstag diesen Seesack, den er in irgendeiner Hafenstadt gekauft hatte. Er hatte es aus einer Laune heraus getan und sich ausgemalt, wie er einmal damit auf Weltreise gehen würde. Stellt euch bloß vor, wie er mit seiner Aktentasche unterm Arm am Hafen steht und den Schiffen hinterherguckt, die über die Weltmeere fahren, und wie er davon träumt, auf einer Kommandobrücke zu sitzen. Armer Papa. Ein Seesack ist nichts für einen Geschäftsmann. Im Seesack kann man keinen Laptop und auch keinen Anzug transportieren. Aber ich freute mich riesig über das Geschenk. Und noch besser fand ich das, was Papa leise wie ein Geheimnis dazu sagte: »In dir, mein Sohn, steckt eine ordentliche Portion Seefahrer.« Ohne Worte war die Begeisterung, mit der er zusah, wie ich sofort männlich-wichtig anfing, den Seesack zu packen. Als Zehnjähriger wusste ich genau, was von einem Mann erwartet wird: Furchtlosigkeit und ein Seesack wie dieser. »Trag ihn bei dir, wohin du auch gehst«, sagte Papa, und das tat ich.

Das Camp

Beim Aufschlagen des Lagers hatte sich unsere Familie während dieser einen Ferienwoche zu einer echt effizienten Truppe entwickelt. Wir schafften es auch bei schwierigen Verhältnissen und es dauerte nie länger als eine Viertelstunde. Zuerst schoben wir Keile unter die Reifen, damit das Wohnmobil nicht wegrollen konnte. Dann kam der Anschluss an den Stromverteiler. Als Nächstes spannten wir das Vordach auf, rollten die Teppiche aus und klappten die Campingmöbel auf. Zuletzt wurde der Kühlschrank eingeschaltet und die Gasflamme auf dem Herd angezündet. Wir bauten unser Lager immer nur für einen Tag auf. Am nächsten Morgen wurde es wieder aufgelöst, zurück ins Wohnmobil gepackt, und die Reise ging weiter.

Da wir nie länger als zwei Nächte an einem Ort blieben, mussten wir uns jedes Mal schnell eingewöhnen. Für meinen Bruder hieß das, auf die Play-Taste der Fernbedienung zu drücken. Da hatte er alles vor Augen, was er brauchte: ein Labyrinth von Straßen mit der ewig gleichen Truppe Hunde und Katzen, verhexter Kleinkinder, Schmalspurgangster oder geisteskranker Mörder. Für Mama dagegen bedeutete Wohnlichkeit, im Bannkreis des Herdfeuers herumzuwerkeln. Ankommen hieß für sie, dass auf dem Herd etwas zu essen brodelte und dass die Dinge eine bestimmte Ordnung hatten. Die Fenster mussten offen sein, damit die Vorhänge im Durchzug hin- und herwehen konnten, und zwar bei jedem Wetter. Wäsche musste in der Campingplatz-Waschmaschine gewaschen und später an die Leine gehängt werden. Beim Kochen musste leise Popmusik zu hören sein. Manchmal schaltete Mama das Radio aus und sang ihre eigenen Versionen alter Hits. Ihr Gesang folgte seinen eigenen Pfaden, ohne allzu viele richtige Töne zu treffen, und bewies, dass Mama durch und durch unmusikalisch war.

Und nun zu mir und zu dem, was ich brauche, um mich zu Hause zu fühlen. Ein Zuhause ist für mich Startlinie und Versorgungsstation in einem. Ein Junge braucht einen Punkt, von dem er aufbrechen kann. Und zu dem er zurückkehren kann, falls er hungrig ist oder sich verletzt hat. Denn selbst wenn er kein Pflaster mehr braucht, braucht er immer etwas zu essen. Und ohne Startlinie kein Start.

Nachdem das Lager fertig aufgeschlagen war, saß ich im Wagen und wartete darauf, dass Mamas Viertelstunden-Fix-Feldverpflegung fertig wurde. Eine Viertelstunde ist ganz klar zu lang, wenn man aufs Essen wartet. Egal worauf man wartet, eine Viertelstunde ist immer zu lang. Da fangen die Fersen ganz von alleine an, einen Rhythmus tonk tonk tonk an die Wand zu klopfen. Und die Finger zip zip zip, am Feuerzeug zu spielen. Bei mir die Fersen. Bei Wladimir das Feuerzeug. Die Musik der Langeweile, unplugged.

Weil Mama sich beschwerte, machten wir eine Pause, aber nur kurz. Dann ging es weiter. Zip zip Zip zip Zip zip Zip zip Zip zip Zip zip Zip zip Zip zip Zip zip Zip zip Zip zip Zip zip Zip zip Zip zip Zip zip Zip zip. TonK tonK tonK

tonK tonK tonK (Pause) TonK tonK tonK tonK tonK tonK (Pause) TonK tonK tonK tonK tonK tonK (Pause) TonKediTonKediTonKediTonK (rennend) und dann wieder TonK tonK tonK tonK tonK tonK (Pause) TonK tonK tonK tonK tonK tonK.

Unser Konzert machte Mama ganz fertig. Eine Zeit lang seufzte sie vor sich hin, und als das nichts half (was es ja nie tat), zeigte sie mit der Spaghettizange auf die Tür. »Raus, und zwar sofort!«, rief sie, und aus ihrer Stimme klang mühsam unterdrückte Wut. Ihretwegen konnten wir draußen machen, was wir wollten, Hauptsache, der Lärm hörte auf. Denn sie konnte die Nudeln nicht richtig würzen, wenn sie in ihrem Kopf ständig TonK TonK TonK und zip zip zip hörte wie ein Metronom. »Gib doch nicht immer mir die Schuld«, beschwerte sich Wladimir. »Wem denn sonst?«, zischte Mama und knallte die Tür hinter sich zu.

Einen Abend auf dem Campingplatz kann man sich etwa so vorstellen: Durch das Tor strömen die letzten Touristen, die von der Autobahn abgefahren sind, um einen Schlafplatz zu suchen. Die Leute schlagen ihre Zelte auf, kochen Essen, und wer schon länger hier ist, hat Bekanntschaften gemacht. Alle sind wie eine einzige große Familie. Kleine Kinder springen in Handtücher gewickelt durch die Gegend, ihre Mütter passen auf sie auf wie Schäferhunde. Die Väter stehen mit einem extrem entspannten Lächeln im Gesicht an ihren Autos herum und erzählen jedem, der es hören will, wie viele Kilometer der Wagen gefahren ist, wie viel PS er hat, und am Ende läuft es immer darauf hinaus, wie wahnsinnig toll und erfolgreich sie sind. An ihrem Arbeitsplatz sind sie natürlich unentbehrlich; ganz egal, was sie beruflich machen – ohne sie steht der Laden kurz vor dem Zusammenbruch. Stolz erzählen sie, dass ihre Schlafzimmerwände ganz aus Glas sind und ihre Frau deswegen nachts nicht schlafen kann. Nebenbei lassen sie durchblicken, wie beneidenswert ihr Leben ist. Anders gesagt, sie messen sich wie Breakdancer im Battle auf der Tanzfläche, ihr wisst schon.

Einen Moment lang versuchte ich mir vorzustellen, wie sie wohl mit vierzehn gewesen waren. Was begeisterte sie damals? Wovon hatten sie geträumt? Wladimir schien ähnlich zu denken, denn er seufzte tief und sagte: »Was für Vollidioten. Also, ich werde später garantiert nicht so. Wieso müssen die die ganze Zeit labern und alles besser wissen?« Er hatte sich schlaff in einen Campingstuhl fallen lassen und sich Mamas Wachstischtuch mit dem Rosenmuster über den Kopf gezogen. Das sollte heißen *lasst mich einfach sterben*, es bedeutete aber nicht, dass er wirklich tot sein wollte. Stattdessen wünschte er sich wahrscheinlich eine Flutwelle, die alle Menschen in die Hügel in der Umgebung jagen würde.

»Wollen wir uns ein bisschen umschauen?«, fragte ich.

»Nein, lass uns einfach hierbleiben.«

»Was? Willst du etwa irgendein blödes Spiel spielen?«

Soweit ich sehen konnte, ging es um uns herum gerade los mit Boule, Tischtennis, Minigolf und Krocket.

»Keine Lust.«

»Nun komm schon. Wir beide zusammen.«

»Wieso sollte ich mitkommen?«

»Okay, dann geh ich eben alleine.«

»He, warte«, rief Wladimir mir nach, aber ich ging weiter. »Ach, hau doch ab. Ist mir egal. Und komm am besten nicht wieder.«

Mit Daumen und kleinem Finger formte ich einen Telefonhörer und bewegte ihn zwischen Ohr und Mundwinkel hin und her, was, wie jeder weiß, bedeutet, dass wir telefonieren würden. Dann war ich auch schon zu weit weg und hörte nicht mehr, was mein Bruder sagte oder dagegenhielt.

Ihr erratet bestimmt nicht, wohin ich ging. Ich suchte mir keinen Energydrink-Automaten und auch keine Spielkonsole, sondern ich ging – zum Spielplatz. Da gibt es nämlich Klettergerüste, die man für Akrobatiktraining und alles mögliche andere benutzen kann. Man kann zum Beispiel auf den Händen von Stufe zu Stufe balancieren. Bald hatte ich allerdings Angst, dass die Möwen, die über meinem Kopf kreisten, mir in den Nacken scheißen könnten, und ließ mich wieder auf die Füße fallen. Vögel sind unkontrollierbar, nicht nur in diesem Film *Die Vögel*, der zu Wladimirs Favoriten gehört. Ich beschattete meine Augen mit der Hand und sah ihnen eine Zeit lang zu. Wie relaxed sie aussahen, während sie da am Himmel durcheinanderflogen. Wie cool sie durch die Luft schossen. Trotzdem wussten sie die ganze Zeit genau, was um sie herum los war. Das wäre doch was Tolles. Ich würde auch gerne fliegen können.

Silo 2

Wladimir ist durch das Gestrüpp bis an die Grenze des verlassenen Grundstücks gekrochen und durch ein Loch im Maschendrahtzaun auf das Gelände gelangt. Seine Hose ist an den spitzen Drähten hängen geblieben und eingerissen. Die Ellbogen fest in den Boden gepresst, zieht er sich vorwärts. Seine Knie drücken sich in die schlammige Erde, die mit Öl und undefinierbaren Schlacken durchsetzt ist.

Während er wartet, stellt er sich vor, er wäre ein verwundeter Soldat zwischen den Frontlinien. Die Kameraden haben die Flucht ergriffen und ihn auf dem Schlachtfeld zurückgelassen. Überall liegen Tote verstreut, wo der Kugelhagel sie niedergestreckt hat. Ein feindlicher Soldat geht durch die Leichen. Sticht den Gefallenen mit dem Bajonett ins Fleisch, um die Toten von den Lebenden zu unterscheiden. Hinter ihm kommen noch mehr Feinde. Die Leichen der Besiegten werden auf Haufen zusammengekarrt. Wladimirs Zeit ist noch nicht gekommen. Er liegt da, umgeben von Tod, und wartet. Irgendwo hört man ein einzelnes Stöhnen.

Dann hat Wladimir genug von seiner Fantasiewelt. Feuchtigkeit hat sich in seine Kleidung gesogen und sie bis auf die Haut durchnässt. Aus dem Spiel ist Wirklichkeit geworden, es ist nicht mehr lustig. Wladimir ist nicht mehr der Soldat, den die eigenen Truppen zurückgelassen haben, sondern ein Junge, der auf einem verlassenen Industriegrundstück auf der Lauer liegt. Sein University-T-Shirt ist für immer im Eimer und die Hose, die sich mit Öl vollgesogen hat, wird kein Waschmittel der Welt wieder sauber waschen.

Doch kurz darauf geschieht etwas: Hinter dem Zaun taucht Mitja mit seinem Freund auf. Die Jungen benutzen dasselbe Loch wie Wladimir. Wahrscheinlich haben sie es selbst mit einer Kneifzange hineingeschnitten. Nachdem sie sich hindurchgezwängt haben, laufen sie über die asphaltierte Fläche zu dem Gebäude, das durch diverse Feuerwehrübungen schlimm zugerichtet ist. Es sind nur zwei Jungen, denkt Wladimir. Zwei vierzehnjährige Jungen.

Target bedeutet Ziel. »Ziel in Sicht«, heißt es in Filmen, wenn der Flüchtige durch den Wald rennt und die Verfolger im Hubschrauber ihn ins Visier nehmen.

Nirgends kann man hin. Verschwinden ist unmöglich.

Wladimir drückt auf den Auslöser. Er ist endlich am Puls des Geschehens, aufgeregt. Auf dem Bild sieht man zwei Rücken, die sich von ihm entfernen, und den ganzen verlassenen Industriekomplex. Eine wirklich dreckige Gegend. Wladimir gibt zu, dass er Parks schöner findet. Gepflegte Blumenbeete. Licht und Ordnung. Das unterscheidet ihn von seinem Bruder. Auch in dieser Hinsicht ist er anders.

Ich weiß, wer du bist

Wenn man Hunderte von Kilometern Autobahn gefahren ist, kennt man die Lärmschutzwände, die überall an ihr entlang verlaufen. Mal sind sie aus Metall. Mal sind es Steinmauern. Oder hohe Dämme, an denen staubige Büsche und Gräser wachsen. Manchmal wird die Schutzmauer von einem Waldstück gebildet. Für die Menschen, die an so einer Straße wohnen, sind Lärmschutzwände lebenswichtig. Das begreift man, sobald man in die Welt jenseits der Wand eintaucht. Dort schnellen die Dezibel schlagartig nach oben und das Brummen des Verkehrs verwandelt sich in ein Donnern.

Ich ließ den Campingplatz hinter mir, denn ich wollte mir die Graffiti anschauen, an denen wir beim Abbiegen von der Hauptstraße vorbeigefahren waren. Wenn ich Stress mit der Familie habe, haue ich ab und suche mir einen Ort, an dem ich allein sein kann. Auf der anderen Seite der Wand war der Verkehr in beide Richtungen so stark, dass man schon ernsthaft hätte rennen müssen, um die andere Straßenseite lebend zu erreichen. Im Auto klingt der Verkehr wie ein eintöniges Brummen, von dem man leicht einschläft. Aber das hier war etwas ganz anderes. Um hier schlafen zu können, müsste man schon tödlich verletzt sein, so als wollte man im Schützengraben schlafen, während rundherum geschossen wird.

Die Grashalme am Straßenrand wippten unter ihrer

Staublast hin und her, genauso wie der Rest des kümmerlichen Lebens an der Böschung. Weil die Autofahrer achtlos Getränkedosen, Bonbontüten und Zigarettenkippen aus den Fenstern geworfen hatten, sah der Seitenstreifen aus wie eine Müllkippe – und das war er ja auch. Mitten durch diese Allee aus Abfällen rauschten die Autos, angeberisch und siegessicher. Besiegt hatten sie zum Beispiel eine Menge kleiner Waldtiere, deren Kadaver jetzt im Müll verstreut lagen. Als letzte Heldentat ihres Lebens hatten sie sich vorgenommen, die Straße zu überqueren, doch sie waren sofort von Autoreifen überrollt worden, die wie aus dem Nichts auftauchten.

So wie dieser Fuchs. Ich beugte mich zu ihm hinunter. Er musste gerade eben überfahren worden sein, denn er sah noch lebendig aus; er war noch nicht steif vom Tod. Sein Pelz glänzte golden und war noch frei vom Straßenstaub, der alles andere bedeckte. Vor nicht langer Zeit war der Fuchs im Wald herumgelaufen und hatte gemacht, was Füchse eben machen. Ich kenne mich mit Füchsen aus. Bei uns in der Gegend heißen sie Stadtfüchse und hausen an denselben verlassenen Orten wie wir Jungs. Sie fressen aus Mülltonnen und verstecken sich in Abbruchhäusern. Wir kommen gut miteinander klar, bei den Füchsen können wir unsere Coolness ablegen. Nehmen wir zum Beispiel einen vierzehnjährigen Jungen, der zuerst am Computer Tausende Feinde niedermetzelt und dann in die Küche geht und mit dem Familiendackel schmust. Tieren können wir das geben, was Eltern und Mädchen von uns nicht bekommen, weil wir

Angst haben, das Gesicht zu verlieren, oder aus irgendwelchen anderen Gründen. Diesen Fuchs hätte ich gerne umarmt; er erinnerte mich an Noel. Seine Bewegungen waren wie unsere Bewegungen bei unseren Crossläufen durch den Wald, rennen, ohne anzuhalten. Seine Kraft war wie unsere Kraft. Sein Leben wie unser Leben. Sein Tod – wie der Tod jedes Lebewesens.

Ob der Geist des Fuchses noch irgendwo in der Nähe herumschwebte? Weit konnte er jedenfalls nicht gekommen sein. Vielleicht würde ich es herausfinden, indem ich mich mit der Wange auf die Erde legen und meine Nase an die Fuchsschnauze drücken würde.

Da lagen wir nun wie zwei Freunde, die der Verkehr niedergemäht hatte. Ich versuchte, dem Fuchs in die Augen zu sehen, und dachte darüber nach, was es bedeutete, wenn Augen tot waren, und ob ihnen etwas fehlte. Und ja, es fehlte etwas. Der Fuchs hatte keinen Blick. Er sah mich nicht an. Was hier lag, war nur der Körper, der Fuchs selbst war woanders. Was sah ich in seinen Augen? Ich sah, dass sie die Landschaft widerspiegelten. Ich sah ein Stück vom Seitenstreifen, Gras, Müll und – eine Bewegung. Ganz bestimmt hatte sich zwischen den Abfällen etwas bewegt.

Ich drehte mich um. Aus einer rostigen Tonne kam ein rotes Wesen mit einem langen Schwanz hervor und lief am Straßenrand entlang. In sicherer Entfernung blieb es stehen und beobachtete mich.

Ein Fuchs. Natürlich nicht derselbe, der Kadaver lag immer noch neben mir. Lag da und war sehr, sehr tot. Falls der lebendige Fuchs mit dem toten befreundet gewesen war, nahm er den Tod seines Kumpels gelassen auf. Gelassener, als ich den Tod von Noel, obwohl … andererseits wusste ich ja nicht, wie ein trauernder Fuchs aussieht. Vielleicht genau wie dieser. Vielleicht war ja gerade jetzt sein Herz dabei, zu brechen. Die Art, wie der Fuchs mich ansah, hatte etwas Gespenstisches, als würde er mich von irgendwoher kennen. Aber das war natürlich unmöglich.

Als ich mir den Fuchs genauer ansehen wollte, zuckte ich zusammen, denn er war nicht allein. Eine Hand streichelte ihn sanft, ich sah einen Arm, einen Ellbogen, und dann verschwand der Arm hinter den Autoreifen. Da versteckte sich jemand.

Das wollte ich genauer wissen. Ich ging an der Mauer entlang und hockte mich hinter einen rostigen Herd. (Gott weiß, wie der dahin gekommen war, denn Herde konnte man ja schlecht aus dem Autofenster werfen.) Mit angehaltenem Atem versuchte ich, von meinem neuen Posten an der Böschung aus herauszufinden, wer sich da versteckte. Und da sah ich es.

Ob ihr es glaubt oder nicht, es war ein Mädchen mit langen Haaren und einem weißen Kleid, wie eine Brautjungfer mitten im Weltuntergang. Sie hätte direkt aus einem Computerspiel stammen können, aber sie war nicht WUMM und ZACK die unechte und überfrauliche Karatetussi Lara Croft, sondern total natürlich, so natürlich, wie ein Mädchen in einer solchen Umgebung nur sein kann. Und sie glaubte, sie wäre allein, während sie sich die Zeit vertrieb. Anscheinend war ihr langweilig. Der Fuchs sah ihr in die Augen, wie verliebte Tiere ihre Menschen ansehen. Fast wurde ich neidisch, ich hatte nie versucht, einen Fuchs zu zähmen.

Das Mädchen beschäftigte sich an der Böschung mit diesem und jenem. Mit einem Stock kratzte sie Rost von einem alten Auspuff. Oder sie warf Steine auf die Straße, wie man sie übers Wasser flitschen lässt. Schleuderte sie wie Raketen direkt über die Fahrbahn, mit schief gelegtem Kopf, auf die vorbeisausenden Autos. Sie zielte gut, und immer wieder wurde eins getroffen.

Nach einer Weile ließ sie ihren Wurfarm sinken und zog ihre Knie unter das Kleid und hoch an ihr Kinn. Zwischen den staubigen Grasbüscheln und Bonbonpapieren kamen ihre bloßen Füße unter dem Kleid zum Vorschein und ich konnte ihre schmalen Knöchel erkennen. Abwechselnd hob sich der eine Fuß, um den anderen zu reiben, die Zehennägel kratzten die Haut an den Fußgelenken. Dann streckte sich das Bein wieder, und die Zehen griffen nach einem Bonbonpapier, das ein Stückchen entfernt lag, hoben es in die Luft und legten es auf einen Bonbonpapierhaufen. Wie ein Bagger, der Sand auf einen Lastwagen häufte. Während das Mädchen diese komplett sinnlose Arbeit verrichtete, beobachtete ich sie die ganze Zeit von meinem Versteck aus. Ich zeigte mich nicht, und das hatte seinen Grund. Ich war mir nämlich sicher, dass das Mädchen sonst sofort das *Wunder* verlieren würde, das sie für mich hatte. Sie würde anfangen zu schauspielern wie die Mädchen in der Schule. Würde die Diva oder die Schüchterne geben. Es ist unglaublich schwer, sich bei Mädchen natürlich zu verhalten. Deswegen sagte ich nichts und ging auch nicht näher heran.

Die Zeit, die wir so in der dicken Lärmsuppe verbrachten, schien endlos. Wurde dem Mädchen eine Sache langweilig, begann es etwas anderes. Nachdem sie eine Zeit lang Bagger gespielt hatte, fing sie an, aus den Bonbonpapieren winzig kleine Flugzeuge zu falten, die sie in die Luft warf und die kurz hinter ihren Füßen auf die staubige Erde krachten. Manchmal knallten sie, ohne wirklich zu fliegen, direkt mit der Nase auf den Boden. Einmal streckte das Mädchen einem vorbeisausenden Auto die Zunge heraus. Ganz kurz erkannte ich noch das Gesicht eines Kindes, das an die Scheibe gedrückt war. Die platt gedrückte Nase und die am Fenster festgesaugte Zunge.

Dann stand das Mädchen auf und raffte sein Kleid zusammen. Neben ihr lagen jede Menge Spraydosen. Sie hob sie auf, schüttelte sie und probierte auf der Erde aus, ob noch Leben drin war. Anschließend ließ sie sie entweder in ihr Kleid fallen oder warf sie zurück an den Straßenrand. Jeder Junge, der auch nur ein bisschen Ahnung von Graffiti hat, und jeder Security-Mann, der hinter Sprayern her ist, kennt diese Sprühdosen, ihr Klappern und ihr Zischen. Mädchen finden, die Farben stinken und die Orte, an denen wir sprayen, auch. Jedenfalls hatte ich das bisher geglaubt. Und ich hatte auch gedacht, wenn Mädchen sprayen könnten, also, wenn sie es richtig gut könnten, hätte ich bestimmt schon mal nachts an den Bahngleisen welche gesehen.

Hinter mir an der Mauer war ein Piece, das das Mädchen wohl gerade gesprayt hatte. Es war ganz anders als die alten, von Regen und Staub ausgeblichenen Graffiti. Die Farben waren so klar, als wäre es noch nass. Ein riesenhafter Fuchs verschluckte die Autobahn und mit ihr alle Autos. Die Straße führte dem Fuchs direkt ins Maul und verwandelte sich dort in seine Zunge. In dieser Malerei hatte das Mädchen seine ganze Fantasie spielen lassen, und es hatte eine Botschaft. Das Mädchen wollte die Menschen daran erinnern, wer ihrer Raserei zum Opfer fiel. Sie hatte das Bild zur Erinnerung an den toten Fuchs gemalt. Wahrscheinlich nicht für diesen, sondern für irgendeinen früheren.

Als sie genug Spraydosen gesammelt hatte, ging sie zur Mauer. Zum Klettern benutzte sie Metallhaken, die in den Beton gerammt waren. Ganz selbstverständlich stieg sie darauf nach oben, ohne auch nur eine einzige Sprühdose aus ihrem Kleid zu verlieren. Sie sah aus wie eine Fürstin in einem historischen Kostümfilm. Außer, dass Fürstinnen nicht an Mauern herumkraxeln, sondern langsam und würdevoll eine Treppe hinunterschreiten, auf die Gäste zu, die unten warten. Das Mädchen dagegen hatte kein Publikum außer mir und den vorbeifahrenden Autos. Auch der Fuchs hatte sich irgendwohin verzogen.

Weil ich das Mädchen nicht verlieren wollte, rannte ich hinter ihr her und begann, auch an der Mauer hochzuklettern. Über mir tanzten ihre bloßen Fußgelenke, und der Saum ihres Kleides flatterte um sie herum. Jetzt wollte ich mich doch zeigen. Und da, genau in diesem Moment, bemerkte sie mich endlich, als hätte mein Gedanke ihr einen Wink gegeben. Sie sah auf mich herunter. Mit ihrer freien Hand machte sie ein Kreuzeszeichen, als wollte sie etwas Böses abwehren.

Je höher ich kletterte, desto weiter entfernte sie sich. Ihr Gesichtsausdruck wechselte von Schreck zu Streitlust. Als ich oben war, hob sie abwehrend die Hände. *Bleib, wo du bist. Komm nicht näher.*

Sie ließ die Sprühdosen fallen und holte einen dicken Filzstift hervor, mit dem sie etwas auf den Beton der Mauer schrieb:

VERSUCH ES ERST GAR NICHT.

ICH WEISS, WER DU BIST.

Ich zeigte fragend auf meine Brust. *Du weißt, wer ich bin?*

Das Mädchen nickte und schrieb weiter.

ICH WARNE DICH!!

Jetzt nahm ich den Stift in die Hand.

WER BIN ICH?, schrieb ich, obwohl ich eigentlich schreiben wollte WER BIST DU? Ich verdeckte die falschen Wörter mit der Hand und zeigte auf das Mädchen. *Du? Wer? Wer bist du?* Dann streckte ich ihr den Stift hin.

Sie überlegte kurz, nahm ihn in die Hand und schrieb:

HOTEL HORIZONT

Was war das denn für eine komische Antwort? Hatte sie mich überhaupt verstanden? Hotel Horizont. Wollte sie mir sagen, dass sie dort wohnte? Ich zeigte auf sie und danach auf die Schrift. Das Mädchen nickte, klopfte mit dem Finger an das Wort und malte eine Linie und ein paar Wellen als

Zeichen für Wasser daneben. Der Strand, dachte ich. Anschließend kritzelte sie ein paar Kreuze auf diesen Strand, ich weiß nicht, warum, vielleicht wollte sie mir zeigen, dass es dort einen Friedhof oder eine Kirche gab. Doch statt es mir zu erklären, entfernte sie sich zuerst rückwärts von mir, drehte sich plötzlich um und fing an, auf der Mauer entlang vor mir wegzulaufen. Ich wollte sie noch alles Mögliche fragen, aber sie rannte, dass ihre bloßen Fußsohlen nur so blitzten.

Ich holte sie nicht mehr ein. Als ich sie fast erreicht hatte, ließ sie sich plötzlich von der Mauer fallen und ging im Moos in die Hocke. Dann verschwand sie im Wald. Am besten vergaß ich sie gleich wieder. Morgen würden wir sowieso weiterfahren.

Als ich zum Campingplatz zurückkam, wartete Wladimir schon an der Schranke auf mich. Er saß auf dem Schlagbaum und hatte seine Sonnenbrille auf, wie immer. Obwohl sich fast sein ganzes Gesicht dahinter verbarg, konnte die Brille nicht verdecken, dass er mir etwas zu sagen hatte.

»Wo warst du?«, fragte er. »Was ich vorhin gesagt habe, das hab ich nicht so gemeint. Ich hab dich gesucht, wir hätten«, er sprang von der Schranke herunter, »uns zusammen hier umschauen können.«

»Ach, ich war … überall und nirgends«, sagte ich.

Wladimir seufzte tief und nickte.

Um uns herum rauschten die Bäume, ohne ihr Geheimnis auszuplaudern. Irgendwo da drin war das Mädchen, und ich würde sie nicht wiedersehen.

»Worüber denkst du nach?«, fragte Wladimir.

»Ich hab an der Autobahn ein cooles Graffito gesehen.«

»Du und deine Graffiti.«

Wir machten uns auf den Weg zu unserem Wohnmobil, beide in Gedanken versunken. Ich dachte an das Mädchen und Wladimir an was auch immer. Neuerdings war er oft abweisend und dann wieder fröhlich. Manchmal war er gemein, manchmal mürrisch und schweigsam. Es ging ständig hin und her, das reinste Aprilwetter. Ich wusste nie, was er dachte. Trotzdem war Wladimir in Mamas Augen vernünftig und vertrauenswürdig. Wenn mein Bruder darauf bestand, auf dem Campingplatz zu bleiben, würden wir das bestimmt tun. Auf mich hörte Mama überhaupt nicht. Schlug ich mal etwas vor, bekam sie bloß einen traurigen Gesichtsausdruck.

Dabei wollte ich doch so dringend hierbleiben.

Ich musste das Mädchen unbedingt wiedersehen.

Denn wenn ich sie nicht mehr treffen würde,

dann würde ich nie erfahren, wer ich bin.

Das Mädchen

Das Mädchen gehört zum Campingplatz wie das Blau der Sommertage, wie die Stimmen, die durch die Luft schwirren, wie die bunten und lauten Spielsachen, wie der Sommer selbst. Sie fällt kaum auf, eine so vertraute Erscheinung ist sie, wie sie in ihrem weißen Kleid kreuz und quer über den Campingplatz läuft.

Schwer zu sagen, wie sie eigentlich hergekommen ist, und wann. Aber war es nicht vielleicht, wie bei den anderen Kindern ihres Alters, auf dem Rücksitz im Auto ihrer Eltern? Später hat sie ihre Eltern in ihren Liegestühlen zurückgelassen, und sie haben sich unter den Dutzenden und Hunderten Eltern in ihren nahezu identischen Liegestühlen verloren. Das Mädchen ist mit aufblitzenden Fußgelenken ihrer eigenen Wege gerannt, was manchen albern vorkommen mag: Herumrennen wie ein kleines Kind. Vielleicht findet das auch die Mutter des Mädchens. Oder vielleicht nicht. Vielleicht stört es sie gar nicht, weil sie ihr Gesicht unter einem großen Hut verborgen hat und nur das sieht, was man unter solch einem Hut sehen kann.

Das Mädchen verschmilzt mühelos mit der Kulisse des ewigen Sommers auf dem Campingplatz. Dort verschwinden sogar viel größere Dinge. Am Strand springt das Mädchen von Stein zu Stein, auf der einen Seite das Meer, auf der anderen der Sand. Beide scheinen kein Ende zu nehmen. Der Gedanke gefällt dem Mädchen. Auch der Gedanke, dass ihre Aufgabe am Strand ewig währt. Sommer immerdar.

Das Mädchen gehört nicht zu denen, die am Strand Volleyball spielen. Sie hat anderes im Sinn. Nämlich ein bestimmtes Hotel. Das Hotel Horizont. Sie muss es in Ordnung bringen. Sie hat die Bettlaken im Meerwasser gewaschen und auf dem Dachboden getrocknet. Nun wartet sie wie eine Spinne im Netz auf ihre Mahlzeit.

Ein neuer Tag

Wir erfuhren die gute Nachricht beim Frühstück. Auch wenn Mama nicht fröhlich aussah, als sie sie verkündete. »Wir können heute noch nicht weiterfahren.« Seufzend rieb sie sich die Schultern. »Mein Nacken ist total im Eimer. Ich brauche eine Massage.« Sie hatte sogar schon einen Termin vereinbart. Der Masseur hatte seine Praxis im Sektor F, auf der Parzelle 781. An der Pinnwand bei der Rezeption hatte ein Werbezettel gehangen. Allerdings war er ziemlich ausgebucht, Mama hatte erst für den nächsten Morgen einen Termin bekommen.

»Ihr müsst euch also noch gedulden«, sagte sie und ging mit ihrer Kaffeetasse nach draußen. Durch den Türspalt rief sie uns noch zu, dass es nicht das Richtige für Jungs war, bei diesem Wetter drinnen zu hocken. »Raus, und zwar sofort!«, befahl sie, und wahrscheinlich zuckte dabei der halbe Campingplatz zusammen.

Ich war der Einzige, der sich über die Nachricht freute, und wurde so fröhlich, dass ich vor lauter Übermut anfing, mit den Schranktüren zu klappern.

»Wenn du was kaputtmachen willst, geh woanders hin«, raunzte Wladimir.

»Lächeln, Bruderherz. Nicht so angespannt.«

»Ich stehe am Rande des Nervenzusammenbruchs.«

Wahrscheinlich war Wladimir der einzige Fünfzehnjährige im ganzen Universum, der fand, dass er am Rand des Nervenzusammenbruchs stand. Das hatte er aus dem Film *Frauen am Rande des Nervenzusammenbruchs.*

Kurz darauf stand ich draußen vor dem Wohnmobil und sah voller Freude in den sonnigen Morgen. Vor mir lag ein ganzer Tag, an dem ich den Campingplatz erkunden – und das Mädchen suchen konnte. Mama wartete draußen auf uns, mit einem Notizbuch in der Hand. Sie hatte im Empfangsgebäude Prospekte für alle möglichen Aktivitäten entdeckt und wollte sie Wladimir zeigen, denn sie fand, dass er sich zu wenig bewegte und zu viel drinnen hockte. (Genau!) Wladimir hatte aber kein Interesse am Tennisclub und auch nicht am Surf-Anfängerkurs oder am Tauchkurs. Er stand immer noch kurz vor dem Zusammenbruch. Und weil Mama nicht nachgeben konnte, hörte man sie schon bald heftig streiten. Mich ließ Mama schon seit Jahren in Ruhe. Sie wusste, dass ich auch ohne Tennisstunden ständig in Bewegung war.

»Tauchen«, begeisterte sie sich jetzt. »Wie toll das sein muss! Denk doch wenigstens drüber nach.«

»Keine Lust.«

»Das kannst du doch nicht wissen, bevor du es ausprobiert hast.«

»Das weiß ich ganz genau. Ich will nicht ins Wasser zu den schleimigen Fischen.«

Was da gerade vor sich ging, kann man Zermürbungstaktik nennen. Am Ende des Krieges schließt man einen Friedensvertrag. Und stellt euch vor, später geht Wladimir schmollend, aber mit einer Badehose am spindeldürren Körper zum Tauchkurs. Weil er Mama zufriedenstellen will, ist er bereit, schleimige Fische und sogar Sport in Kauf zu nehmen. Denn obwohl er herummotzt, macht er das nicht, um sie zu ärgern. Außerdem ist er ängstlich und lässt sich leicht ins Bockshorn jagen, wenn es um seine Gesundheit geht. In letzter Zeit habe ich mir fast gewünscht, dass Mama mich auch mal wieder zu etwas zwingen würde. Das würde mich davon abhalten, Dummheiten zu begehen, hätte mich vielleicht sogar davon abgehalten, auf den Silo zu steigen.

Der Streit endete damit, dass Mama sich verärgert einen Campingstuhl schnappte und sich in den Schatten setzte. Die Märtyrerrolle hatte sie drauf. Leider sah Mama von ihrem Platz direkt auf das Tor, durch das ich zu meiner Erkundungstour hatte losgehen wollen. Auch Wladimir stellte sich einen Stuhl in dieser Richtung auf, wahrscheinlich, damit ihm nichts Spannendes entging. Er hatte den

Stuhl so platziert, dass ein dicker Baum zwischen ihm und unserem Wohnmobil war, um zu demonstrieren, dass er mit unserer Schrottlaube nichts zu tun hatte, sondern eher mit dem weißen amerikanischen Straßenkreuzer nebenan. Er gab mal wieder den schlecht gelaunten Jungstar.

Nach einem letzten Blick zu den beiden machte ich mich davon. Durch das Tor konnte ich mich nun nicht mehr verdrücken. Ich wollte nicht, dass sie später Fragen stellten. Dass ich ihnen von dem Mädchen erzählte, kam nicht infrage. Das Mädchen gehörte mir. Sie war ein Wunder, das vielleicht verschwinden würde, sobald ich darüber redete. Außerdem hatte ich Angst vor Wladimirs Charmeoffensive. Einige meiner Freundinnen fanden Wladimir toll, a) weil er älter war und b) weil sie in ihm etwas Romantisches sahen. (Sie dachten, seine traurigen Augen mit den langen Wimpern wären ein Zeichen dafür, dass er keiner Fliege etwas zuleide tun konnte.) Außerdem zog er mit seiner abweisenden Art die Vamps an wie der Honig die Ameisen. Die Mädchen wollten testen, ob sie diese Haltung durchbrechen konnten. Weil sie nicht wussten, wie Wladimir wirklich sein konnte, dekorierten sie ihn mit ihren Fantasien wie einen Weihnachtsbaum.

Also, wie denn nun?

Es musste einen Schleichweg geben.

Beim Anblick der Möwen am Himmel kam mir eine Idee. Die Möwen würden mir den Weg zum Strand zeigen. Genauso wie der Lageplan, der an jeder Kreuzung auf dem Campingplatz stand und auf dem das ganze Gelände abgebildet war: Man konnte erkennen, dass es akribisch in Abschnitte aufgeteilt war und es eigene Bereiche für Zelte, Wohnwagen, Wohnmobile und Camper mit Hunden gab. Der Strand lag hinter einem Zaun, zu dem drei Tore führten. Auf der Karte war hinter dem Zaun eine große weiße Fläche zu sehen. Mit dem Finger malte ich eine Linie an die Stelle, wo ich mir einen Weg vorstellte. Ich kam mir vor wie ein Gott, der aus dem Nichts eine Welt erschafft. Sobald ich den Strand betrat, würde ich in die pure Leere treten.

Ich ging am Zaun entlang und fand eins der drei Tore. Hinter dem Zaun hatte sich der Sand zu Dünen aufgeschichtet, auf denen Gras und vom Wind zerzauste Sträucher wuchsen. Diese Sandbuckel bildeten ein richtiges Gebirge zwischen dem Campingplatz und dem Meer. Jenseits der Dünen verlief der Strand in beide Richtungen. Im Sand waren Wellen wie im Meer, als ahmte der Strand das Wasser nach. Ich hockte mich hin und ließ Sand durch meine Finger rieseln. Es fühlte sich an wie ganz fein gemahlenes Gewürzpulver. Und es gab Massen davon. Noch nie zuvor hatte ich so viel Sand auf einmal gesehen oder einen so langen Strand. In beiden Richtungen endete er an Felsen, auf denen Bäume wuchsen.

Das Meer war hier viel wilder als in meiner Heimatstadt, die auch an der See liegt. Zu Hause bremsen die Inseln vor der Küste den Wind. Sie beschützen die Stadt. Während ich auf das Meer sah, packte mich dasselbe Gefühl, das einen in einer sternenklaren Nacht unter freiem Himmel überkommt. Unendlichkeit. Grenzenlosigkeit. Endlosigkeit. Diese Wörter würde mein Bruder benutzen.

Land's End Camping.

Das letzte Stückchen Land vor dem Meer. Vielleicht gab ich in diesem Moment dem Campingplatz den Namen. Aber eigentlich weiß ich es nicht mehr genau. Ich kann mich allerdings noch gut daran erinnern, wie toll es roch. Ein wilder Duft nach allen möglichen Sachen aus dem Meer: nach Möwen, Fischen und Muscheln. Nach einem angespülten Netz und den weichen, olivfarbenen Algen, die in großen Haufen am Strand lagen. Obwohl das Meer quasi der Highway in die Welt war, schottete es gleichzeitig den Campingplatz von allem anderen ab. Es gab das Meer, es gab die Straße, es gab die Felsen. Zwischen diesen drei Kräften lag der Campingplatz wie ein Wischlappen in einem Kampfring, in dem riesige Monster gegeneinander antreten.

Und ratet mal, was dann passierte: Ich lächelte. Es war mein erstes Lächeln seit wirklich langer Zeit. In diesem Sommer hatte ich bisher kein einziges Mal gelächelt. Nicht mal gestern, bei dem Mädchen und ihrem Graffito. Aber am Meer passierte es plötzlich. Gleichzeitig wurde das Pochen kurz weniger, dieses Pochen, das an Zahnschmerzen erinnerte. *Noel, Noel, Noel. Ich will beides: dich vergessen und mich an dich erinnern.*

Anscheinend war dies sogar mein Glückstag, bald bekam ich nämlich noch mehr Grund, zu lächeln. Im Morgendunst stand das Mädchen, wieder ganz in Weiß. Sie rieb sich das

Fußgelenk mit den Zehen ihres anderen Fußes und ließ den Blick über den Strand schweifen. Ich brauchte sie nicht mehr zu suchen. In diesem Moment hörte sie auf, ihren Knöchel zu reiben. Irgendetwas hatte ihre Aufmerksam auf sich gelenkt, und sie suchte mit ihren Augen konzentriert die Wasserlinie ab.

Direkt am Wasser bewegte sich etwas, das zuerst nur ein Lichtreflex oder ein Flimmern in der Luft zu sein schien, aber dann bemerkte ich, dass es eine Gruppe von Menschen war. Vor dem offenen Meer waren sie kaum mehr als Schatten kurz vor der Auflösung. Meine Augen tränten von der Sonne, die immer heller schien, und ich konnte nicht klar sehen. Trotzdem war es offensichtlich (warum sollte ich auch daran zweifeln?), dass es eine Gruppe von Jugendlichen war, die dort am Wasser entlanggingen. Für Erwachsene waren sie zu dünn, für kleine Kinder waren ihre Gliedmaßen zu schlaksig. Sie bewegten sich flüssig wie eine Gruppe Tiere, mal rannten sie abrupt vorwärts, mal glitten sie geschmeidig aneinander vorbei. Natürlich fiel mir gleich auf, dass es eine Gruppe von Jungen war, denn wenn dir jemand ähnlich ist, erkennst du es sofort. Und ich nahm an, dass sie mit dem Mädchen befreundet waren. Deshalb war sie aufmerksam geworden, als sie sie sah. Als Nächstes würde ich mit ansehen müssen, wie sie hinrannte, dass der Sand nur so spritzte, und einem von ihnen um den Hals fiel. Einen Moment lang hatte das Mädchen mir gehört, aber in Wirklichkeit gehörte sie einem anderen. Überrascht von meiner Enttäuschung biss ich mir auf die Lippe. Als ich mich nach ihr umdrehte, war ich darauf gefasst, dass sie ihrem Freund zulächelte.

Aber sie war nicht mehr da. Sie war wieder verschwunden. Das hätte mich mehr heruntergezogen, wäre nicht die Erleichterung dazu gekommen, dass sie doch zu keinem dieser Typen gehörte. Vor seinem Freund lief man nicht davon. Meine Enttäuschung war auch deswegen nicht so groß, weil mich diese gleichaltrigen Jungen interessierten. Sie erinnerten mich an wilde Tiere am Horizont. Pferde – oder Rehe mit schlaksigen Gliedmaßen. Ich würde das Mädchen wiedersehen, das fühlte ich im Jucken an meinen Fersen. Aller guten Dinge sind drei.

Wie geht man auf eine Horde fremder Jungen zu, ohne was auf die Fresse zu kriegen? Am besten, indem man sich ganz entspannt gibt. Aber nicht zu entspannt, sondern eben genau richtig. Jede Übertreibung kann nämlich eine Kriegserklärung sein. Im Klartext: Man legt es darauf an, dass einem das Blut aus der Nase spritzt. Ich machte also schnell ein paar Schritte weg von der Leiter der Badeaufsicht, an die ich mich cool gelehnt hatte, weil ich Eindruck auf das Mädchen machen wollte. Bei den Jungs war es besser, sich unauffällig zu geben.

Eine gute Maßnahme in jeder heiklen Situation ist, sich Knöpfe in die Ohren zu stecken und so zu tun, als wäre man in seiner eigenen Welt. Jeder sieht sofort: Dieser Junge konzentriert sich auf die Musik. Die Musik bedeutet ihm alles. Aber er ist kein einsames, bedauernswertes Wesen, du kannst ihn ansprechen und fragen, was er gerade hört. Habt ihr den gleichen Geschmack, könnt ihr euch die Stücke abwechselnd anhören, und so kommt man ins Gespräch. Beim Verabschieden lasst ihr eure Fäuste leicht zusammenstupsen, ihr geht auseinander, und keinem läuft Blut aus der Nase. Musik ist der Weg zum Frieden.

Was dich außerdem schützen kann, ist ein Skateboard unter dem Arm, damit hast du die Chance, einen Angriff zu einer Unterhaltung über die besten Tricks und Locations umzubiegen; mit einer Spraydose in der Hand kannst du in ein Gespräch über die besten Farben einsteigen (Montana, Belton, Dinitron und Racing) und über deinen Style: Machst du Pieces? Wo? Auf Zügen, in Tunneln? Ach so, Tags? Wo kriegst du das Zeug her? Und so weiter. Aber zu faken ist keine gute Idee, denn es kommt schnell raus, wenn du die Sachen zwar dabeihast, aber nichts davon verstehst. Die Folge ist eine blutige Schlägerei, die du nur über dich ergehen lassen kannst – und das Beste hoffen.

Musik, Skateboard, Graffiti – mit allem konnte ich dienen, damit kenne ich mich aus. Allerdings hatte ich kein Zeug dabei, und so blieb mir nichts anderes übrig, als mich weiter unauffällig zu geben. Ich durfte nicht ängstlich aussehen. Vor allem durfte ich nicht ängstlich sein. Raubtiere und Jungs haben nämlich etwas gemeinsam: Beide riechen die Angst und beide kennen kein Mitleid. Kaum hat das Raubtier den Geruch von Angst in der Nase, fängt der Speichel an, aus seinem Maul zu tropfen, denn es weiß, dass etwas zu fressen in der Nähe ist. Es riecht schon aus großer Entfernung, wie die Beute zittert, und das Opfer hat nur eine einzige Option: die Beine in die Hand zu nehmen. Es kann darauf hoffen, zu entkommen, indem es auf die andere Straßenseite wechselt oder unauffällig um die nächste Ecke biegt. Am Strand kann man versuchen, sich ins Gewimmel der Liegestühle zu verkrümeln. Man kann sich auf den Boden werfen und so tun, als hätte man eine Lebensmittelvergiftung.

Letztlich bemerkten die Jungen mich gar nicht, obwohl sie ihre Blicke über den Strand schweifen ließen. Sie hatten alle Hände voll zu tun. Mit den Stöcken, die sie dabeihatten, stocherten sie in Löchern und Pfützen herum. Manche trugen ihre Stöcke quer über der Schulter. Einige wateten durch das flache Wasser und droschen auf die Wasserpflanzen ein, dass es nur so spritzte. Algen flogen durch die Luft und klatschten wieder ins Wasser. Ich erkannte dieses Dreschen sofort: Das ist unsere normale Art, überschüssige Energie abzubauen. Und obwohl es nur selten böse gemeint ist, geht dabei oft etwas kaputt, wie zum Beispiel Ming-Vasen oder Nasenbeine. Aus einem Versteck in den Dünen beobachtete ich die Jungen. Es sah lustig aus, wie zwei von ihnen auf einem umgekippten Boot balancierten, während drei andere sie mit ihren Stäben piesackten. Doch obwohl sie Quatsch machten, war es klar, dass die Jungen etwas suchten. Sobald einer etwas gefunden hatte, pfiff er die anderen zusammen, und die Gruppe versammelte sich um ihn.

Ich ging erst zu unserem Wohnmobil zurück, als die Jungen zwischen den Felsen verschwunden waren. Sie hatten Balken, Bruchstücke von Fässern und anderes Treibgut vom Strand weggeschleppt.

Am Wohnmobil war alles unverändert. An den Schuhen auf dem Fußabtreter konnte ich sehen, dass Wladimir drinnen war und einen Film sah. Mama war mit dem Sonnenhut über den Augen im Campingstuhl eingeschlafen. Die Zeitschrift, die sie gelesen hatte, war auf den Boden gerutscht, aufgeschlagen bei einem Artikel über Trauer bei Kindern. Die Trauer eines Kindes braucht einen Erwachsenen, hieß es da. Mama tat mir leid. Dass sie über so etwas nachdenken musste, wo doch die Sonne schien. Ich stand kurz da und dachte darüber nach, was ich mit der Zeitschrift machen sollte. Schließlich warf ich sie weg. Ich glaube nicht, dass es für irgendjemanden gut ist, sich mit der Trauer von Kindern zu beschäftigen. Immerhin war Mama darüber eingeschlafen.

Als ich ins Wohnmobil kam, stand mein Bruder erstaunlicherweise am Herd und versuchte, die Gasflamme anzuzünden. Natürlich klappte es nicht.

»Ich mach das«, sagte ich und schnappte ihm die Streichholzschachtel aus der Hand.

Erschrocken riss Wladimir sie wieder an sich.

»Nein! Du setzt noch das ganze Wohnmobil in Brand.«

»Garantiert nicht. Ich kann das gut, und du weißt es.«

»So was passiert dir ja auch nur aus Versehen.«

Wladimir drückte auf den Knopf, der das Gas entließ und fuchtelte mit dem brennenden Streichholz herum, traute sich aber nicht, nahe genug heranzugehen. Wieder nahm ich ihm die Streichhölzer aus der Hand und zündete die Flamme an. Das Einfachste von der Welt.

»Ich kann das eben besser. Das ist einfach so.«

»Aber du hast immer Pech.«

Ich warf mich aufs Sofa und schloss die Augen. *Der Strand, der Strand. Das Mädchen. Der Strand.*

»Weck mich, wenn das Essen fertig ist.«

»Klar, sobald ich deine Portion ausgespuckt habe.«

Aus den Augenwinkeln schnappte ich gerade noch sein Lächeln auf.

»Du bist gut drauf«, stellte ich fest. Es war schön, dass er mal lächelte. Vielleicht würde ja auch Mama –

Und tatsächlich kam Mama gerade herein. Anders, als ich vermutet hatte, war auf den Stellungskrieg eine Entspannung gefolgt, ohne dass Wladimir hatte tauchen gehen müssen.

»Du machst ja Essen!«, rief sie überrascht, als sie bemerkte, was hier vor sich ging. »Du hättest mich doch wecken können. Ich hätte …«

Wladimir hob die Schultern. Ich wusste, was er im Sinn hatte. Er hatte Mama entlasten wollen, sie sah erschöpft aus. Wladimir war ein guter Junge. Ich war derjenige, der seinen Eltern graue Haare bescherte. Die waren bei Mama tatsächlich mehr geworden. Jetzt blitzte allerdings eine Art Licht in ihren Augen auf.

»Ich habe einen Nachtisch vorbereitet. Heute gibt es ein richtiges Festessen«, kündigte sie an und begann, den Tisch zu decken, Gläser, Teller, Löffel, Gabeln und Dessertlöffel, sorgfältig für drei Personen.

Silo 3

Wladimir stürmt aus seinem Versteck im Gestrüpp und rennt über den rissigen Asphalt. Er läuft schnell und gebückt, er will nicht, dass die Jungen, die gerade im Schatten der Silogebäude verschwunden sind, ihn entdecken.

Wladimir ist kein guter Läufer. In der Sportstunde zum Beispiel ist er sofort am Ende, aber das ist eher eine geistige als eine körperliche Erschöpfung. Am liebsten würde er auf der Laufstrecke sterben. Einfach aufhören. Aber der Lehrer würde ihn sogar tot noch zwingen, sich über die Ziellinie zu schleppen. Lieber würde Wladimir spazieren gehen und einfach vor sich hin denken. Leider ergibt das keinen Sinn, spazieren gehen auf der Aschenbahn. Genauer gesagt, ist das total idiotisch und nur was für Leute, die ihr Gehirn beim Bingo gewonnen haben. Die anderen überholen ihn und machen sich einen Spaß daraus, ihn anzufeuern. »Wladi vor«, rufen sie. »Nur noch drei Runden!« Statt zu antworten, zieht er den Bund seiner Jogginghose etwas herunter, sodass man seine Jeans sieht. Um den anderen zu demonstrieren, dass er so einen Quatsch nicht mitmacht, hat er sie nicht ausgezogen. »Sport – NEIN danke« ist sein Motto. Dafür wird er respektiert. Er ist eben etwas anders.

Jetzt allerdings beschleunigt Wladimir seine Schritte. Sein Körper ist fast zur Hälfte zusammengefaltet, so tief beugt er sich beim Laufen nach vorn. Seine Beine fühlen sich steif an, und er macht so viel Lärm wie ein Trampeltier. Ob die Jungen ihn hören? Ob Mitja ihn hört? Wohl kaum, Wladimirs Schritte vermischen sich einfach mit den anderen Geräuschen der Nacht. Mit dem pochenden Lärm irgendeiner nahen Fabrik. Mit den dröhnenden Motoren in einer Lagerhalle ganz in der Nähe. In diesem Moment antwortet ein einzelner Hund einem anderen. Am Flussufer schreien ein paar Verrückte herum. Das Wohnheim für Obdachlose zieht zu allen Tages- und Nachtzeiten zwielichtige Gestalten an, die schlafen, wo es ihnen gerade passt.

Mit beiden Händen umklammert Wladimir seine Kamera, die Linse starrt unter seinem Kinn hervor wie ein drittes Auge. Er fotografiert das gespenstische Gebäude mit langer Belichtungszeit. Das Bild wird grobkörnig, weil zu wenig Licht da ist. Als Wladimir um eine Ecke biegt, stößt er fast mit seinem Bruder zusammen, der dort gerade sein ganz spezielles »Ich war hier« an die Wand sprüht. Stocksteif bleibt Wladimir stehen und geht langsam rückwärts davon. In der Deckung des Schattens hebt er die Kamera; das ist schon fast zu einfach. Tatsächlich gelingt es ihm, Fotos von den kriminellen Machenschaften seines Bruders zu machen, und ohne es zu wissen, hilft ihm dabei auch noch dessen Freund, der gerade die Wand zum Sprayen ausleuchtet. Was könnte er sich mit diesem Material für Vorteile erkaufen! Er könnte damit drohen, dass er seinen Bruder auffliegen lässt, zum Beispiel bei ihrer Mutter, oder, etwas härter: bei der Polizei. Natürlich wird er in Wirklichkeit nichts ausplaudern. Schließlich ist er kein Denunziant. Aber drohen kann er immer. Mitja würde ihm das abnehmen.

Wladimir drückt sich in den düsteren, stinkenden Spalt zwischen Wand und Betontreppe. Hier sind bestimmt schon eine Menge Tiere verendet. Der Geruch deutet auf ein Massaker hin, aber in der Dunkelheit kann er keine Kadaver erkennen. Er hört das Klappern und Zischen der Spraydose. Diese Geräusche übertönen den Laut, den Wladimir ausstößt, als sein Fuß mit einem Gegenstand kollidiert. Der Geruch von Farbe weht ihm in die Nase. Mitja würde es Duft nennen. Oder nein, er würde sagen, er habe Witterung aufgenommen.

Vor solchen hallenden, dröhnenden Orten hat Wladimir Angst. Der Wind, der in den Rohren heult, klingt wie ein Gespensterchor. Er kann sich beim besten Willen nicht vorstellen, wie sich jemand hier wohlfühlen kann. Ist das Knacken eben vielleicht eine Ratte gewesen? Davon gibt es an diesem Ort sicher Hunderte. Hunderte glimmende Augenpaare im Halbdunkel, im Geruch nach vermodertem Getreide. Ratten sind Allesfresser, sie beißen Menschen und fressen sie auch. Haben sie genug zu fressen, wachsen sie und werden dreist. Ratten können sich durch Betonmauern fressen. Wladimir schüttelt sich vor Ekel. Er ist hier am absolut falschen Ort.

Die Strandräuber

Ohne Papa fühlte sich unsere Familie unvollständig an. Sonst war er immer mit dabei. »Wir alle zusammen. So soll es sein«, fand er. Die gemeinsamen Urlaubsreisen waren ihm wichtig. Auch jetzt betonte er immer wieder, dass er zu uns stoßen wollte, nur wären die Umstände gegen ihn: Streiks, liegen gebliebene Züge, Gleisschäden, was auch immer. Bei seinen Anrufen, die normalerweise zur Frühstückszeit kamen, ging Mama mit dem Handy nach draußen. An einen Baum gelehnt sprach sie aufgeregt ins Telefon. Anders gesagt, sie beschuldigte und forderte. Die Gespräche arteten schnell in Streit aus, und wenn Mama am Ende auf das rote Hörersymbol gedrückt hatte, sah sie uns durch das Fenster des Wohnmobils hilflos und ein bisschen entschuldigend an. Uns rief sie kein einziges Mal ans Telefon.

An unserem zweiten Morgen auf dem Campingplatz ließ Mama sich die Schultern massieren, und Wladimir und ich kümmerten uns um den Abwasch. Unsere Hauswirtschaftslehrerin wäre stolz auf uns gewesen, hätte sie gesehen, wie tapfer wir zum Küchengebäude marschierten, wie Soldaten auf dem Weg zum Schützengraben. Mit Spülbürste und Spülmittel bewaffnet zogen wir gegen die schmutzigen Tassen und Teller in den Krieg. In der Küche stellten wir die

Plastikwanne auf einer der Spülen ab, von denen mindestens dreißig Stück in einer Reihe standen. Auf Campingplätzen ist alles in Reihen angeordnet. Herde, Schränke und Spülen stehen in einer Reihe, genau wie die Klokabinen, Waschbecken und Duschen, Bänke und Haken. Die Leute warteten in einer Reihe vor den Toiletten. Eine Reihe von Leuten pinkelte in die Klobecken. Wenn sie fertig waren, kamen sie in einer Reihe wieder heraus.

Wladimir hatte seine Sonnenbrille auf (nur ein echter Angeber wäscht mit Sonnenbrille ab). Dadurch war er halb blind und sah den Dreck auf den Tellern gar nicht richtig. Also legte ich die Teller immer wieder zurück ins Spülwasser und schob schließlich Wladimir ganz von der Spülschüssel weg. Vom heißen Wasser wurden meine Hände schrumpelig wie bei einem Greis. Während wir abwuschen, hörte ich die Unterhaltung von drei Frauen mit. Zwei von ihnen kannten den Campingplatz anscheinend wie ihre Westentasche, die dritte war ein neueres Gesicht, so wie wir. Sie hatte dunkle Augenringe und einen leidenden Gesichtsausdruck.

Die Frauen sprachen über Taschendiebe. Anscheinend gab es auf dem Platz eine ganze Horde davon.

»Vor denen ist nichts sicher.«

»Genau. Meinem Sohn haben sie eine rote Sportjacke geklaut. So eine kann man doch nicht verlieren: knallrot, meine Güte. Die hat garantiert einer mitgehen lassen.«

»Oder mehrere.«

»Meinst du wirklich, es waren mehrere?«

»Ich weiß es.«

Als Nächstes zählten sie auf, was alles gestohlen worden war. Einer Familie war der Grill abhanden gekommen. Einer anderen der Wäscheständer. Der Gedanke war schon lustig, wie die Diebe einen Wäscheständer wegschleppen, auf dem Doppelripp-Unterhosen und grottenhässliche BHs hängen, oder einen Grill, auf dem noch die Würstchen brutzeln. Bestimmt konnte man genauso gut einen Grill klauen wie irgendetwas anderes. Die Kunst bestand zur Hälfte in Täuschung und Ablenkung.

»Diese Küste hat einen schlechten Ruf. Wisst ihr, dass es hier früher Strandräuber gegeben hat?«

»Ist das nicht nur Gerede?«

»Nein, das stimmt wirklich. Das kann man in alten Gerichtsakten nachlesen. Die Leute haben mit falschen Leuchtfeuern Schiffe auf das Riff gelockt. Saß der Kahn dann fest, sind die Banditen rübergerudert, und die Passagiere, die sich auf die Felsen gerettet hatten, wurden abgemurkst.«

»Gott, wie schrecklich.«

»Und dafür ist nie irgendjemand in den Knast gewandert.«

»Wenn alle eins mit dem Riemen übergezogen gekriegt haben, gab es ja keine Zeugen. Heute passiert das aber doch wohl nicht mehr.«

»Naja, was ist mit den geklauten Sachen? Fast jeder Familie ist was abhandengekommen.«

»Das sind doch normale Kinderstreiche. Das können genauso gut die Kids von den Urlaubern sein. Sobald die sich ein bisschen angefreundet haben, rotten sie sich zusammen, und schon ist es aus mit der Ruhe.«

Vermutlich dachten die Frauen über die missratenen Kinder der anderen nach, denn man hörte jetzt nur noch die Spülgeräusche. Ab und zu sahen sie in unsere Richtung, höchstwahrscheinlich dachten sie, wir wären auch Taschendiebe. Wladimir mit seiner Sonnenbrille sah natürlich besonders verdächtig aus.

»Diesen Abschnitt nennt man auch Teufelsküste«, sagte eine der Frauen schließlich. »Hier sind viele Schiffe auf Grund gelaufen, und angeblich verschwinden auch heute noch welche. Sogar auf den Kompass soll man sich nicht verlassen können.«

Teufelsküste! Aufgeregt sah ich Waldimir an. Dachte er das Gleiche wie ich? Gerade als wir Dummköpfe abreisen wollten, wurde es interessant. Würde ich es schaffen, Wladimir auf meine Seite zu ziehen, könnten wir gemeinsam mit Mama sprechen. Wladimir könnte sagen, dass er unbedingt zum Tauchkurs gehen wollte. Außerdem mussten wir alle uns noch mehr erholen. Gerade wollten wir wieder gehen, als die älteste der Frauen Wladimir am Arm fasste.

»Es ist besser, nicht zu weit rauszuschwimmen«, warnte sie ihn. »Vor der Küste ist eine starke Strömung unter der Wasseroberfläche. Jeden Sommer wird irgendein Dummkopf aufs Meer hinausgetrieben.«

»Ich geh nicht ins Wasser«, antwortete Wladimir schnell. »Ich hasse Wasser.«

Die Frau nickte.

Wie sich herausstellte, brauchten wir gar keine besonderen Schachzüge, um länger auf dem Campingplatz zu bleiben. Als wir zum Wohnmobil kamen, verkündete Mama, dass sie eine weitere Nacht und noch einen Massagetermin gebucht hatte. Wir würden ja wohl noch einen Nachmittag herumkriegen. Offenbar hatte die Behandlung Mama gutgetan, sie sah fast zufrieden aus. »Ich werde schlafen wie ein Stein«, sagte sie und nahm Wladimir die Spülschüssel aus der Hand. »Was hab ich doch für fleißige Jungs.«

»Mama. Hör auf.«

»Na, dann eben nicht.«

Seufz. Wladimir konnte Mamas ständiges »Ach, meine Jungs«-Geschwafel nicht ertragen. Warum ließ er es nicht einfach gut sein? War das nicht egal? Jetzt war Mama schlecht gelaunt. Besser, ich machte mich wieder davon. Das tat ich auch. Und zwar sofort.

Das Mädchen

Das Mädchen hat im Hotel allerlei zu tun. Sie näht Hemden und verziert sie mit Gegenständen, die sie gefunden hat: mit sonnengebleichten Vogelknochen, mit Federn, die im Sand gesteckt haben, mit Knöpfen, die sie aus Blechdosen ausgeschnitten hat. Strom gibt es im Hotel nicht, also muss das Mädchen Nadel und Faden benutzen. Sie hat auch eine dieser fußbetriebenen Nähmaschinen, die schnurrt wie ein Kreisel und die man treten muss, bis es sich fast anfühlt, als würde man beim Nähen tanzen. Das Mädchen hat geschickte Hände. Die Stoffe hat sie in der Wäschekammer des verlassenen Hotels gefunden, sie hat sie gewaschen, ausgespült und zum Trocknen auf den Dachboden gehängt. Es sind Laken aus Seide, früher einmal kostbar, jetzt staubig und voller Mottenlöcher. Diese Hemden sind für die Jungen. Das Mädchen nennt sie Schwanenhemden, weil es sie an Aufbruch erinnert und an das Märchen mit den dreizehn Jungen, die in Schwäne verwandelt wurden. Und an das Lied, das merkwürdige Lied, in dem es um mächtige Schwäne geht und um Brüder, um Brüder, die gebadet werden, bis sie aussehen wie Schwäne. Dieses Lied singt sie, während sie näht, dieses Lied.

Am Strand geht das Mädchen barfuß, so wie man am Strand eben geht, im Wald jedoch nicht. Im Hotel benutzt sie hochhackige Schuhe, von denen sie eine ganze Kiste voll auf dem Dachboden gefunden hat. Viele sind von Hotelgästen in ihren Zimmern vergessen worden, es gibt mehr einzelne als Paare. Sogar wenn sie unterschiedliche Schuhe trägt, ist der Eindruck verblüffend. Das Zauberwort lautet Übung. Im Hotel finden sich der Platz und die Treppen dazu.

Manchmal sieht man das Mädchen auf dem Wellenbrecher oder oben auf einem Felsen stehen. Das Meer wirkt stark auf sie. Es flutet klar und frisch in sie hinein, durchströmt sie ganz und gar und verlässt sie wieder wie ein Geist. Hinein und heraus, hinein und heraus. Am Strand sammelt das Mädchen in seinem Kleid die Dinge, die es zum Verzieren braucht. Zu sehr darf sie die Hemden aber nicht schmücken, das würde den Jungen nicht gefallen, denn sie werden diese Hemden anziehen müssen, am Ende.

Das Mädchen selbst trägt ein weißes Kleid, tagein tagaus dasselbe. Es ist einmal ein Brautkleid gewesen, es spielt keine Rolle, wem es gehört hat, eine Braut ist eine Braut. Dieser Gedanke gefällt dem Mädchen. Ein Brautkleid. Eine Braut. Sie stellt sich vor, dass das weiße Kleid ihre Uniform ist. Wie ein Soldat, ein Türsteher, ein Sanitäter hat auch sie ihre besondere Tracht. Sie denkt darüber nach, während sie an der Tür zum Hotel steht. Sie ist viel allein, aber einsam ist sie nicht. Denn sie hat eine Aufgabe.

Der Strand

Wieder folgte ich dem Mädchen zum Strand. Erst kurz vorher (da war ich mir fast sicher) hatte sie an einem der Tore gestanden, auf dem Kopf einen Anglerhut mit Angelködern, die von der Krempe baumelten. Bei ihr wirkte das natürlich wie eine Königskrone. Ich fragte mich, ob ich mir das Mädchen am Tor nur eingebildet hatte. Vielleicht. Vielleicht auch nicht. Trotzdem glaubte ich (wollte ich glauben), dass sie mich abholen wollte, so wie Alice von dem Kaninchen abgeholt wurde, in dem Buch, das wir als Kinder vorgelesen bekamen. Und so rannte ich über den Campingplatz zum

Strand und sah mich dort gespannt in alle Richtungen um. *War sie da? Nein, war sie nicht.*

Der Sommertag war heiß und der Strand voller Menschen, die auf ihren Sonnenliegen lagen wie Steaks auf dem Grill und langsam braun und rot wurden. Kinder plantschten mit Eimern in der Hand im flachen Wasser, manche trugen aufblasbare Enten oder Bären um den Bauch. Direkt am Wasser war eine Reihe von Sandburgen.

Einige größere Mädchen standen bis zu den Hüften im Wasser, sodass das Bikinioberteil und der Bauchnabel zu sehen waren, und warfen sich Strandbälle zu. Spaß hatten sie dabei eigentlich nicht, sie wollten nur posen, posen für die Jungen, die am Strand Volleyball spielten. Es waren hübsche Mädchen mit wenig an, also schaute ich auch hin. Für einen Moment vergaß ich sozusagen, warum ich hier war, und starrte einfach. Aber ich war ihnen zu jung, und deshalb beachteten sie mich nicht. Mädchen können mit vierzehnjährigen Jungs nichts anfangen, wir haben schließlich kein Auto und kein Motorrad und kein Geld. Stattdessen haben wir eine viel zu laute Stimme und versinken stundenlang in Spielen, in denen am laufenden Band Autos und Menschen explodieren. Was wir auch anfassen, wir machen es kaputt. Wir machen Blödsinn. Will ein Mädchen kuscheln, kitzeln wir sie oder werfen sie mit einem Ringergriff auf die Matte. Wir sind so romantisch wie Frösche.

Neben den Mädchen wehte die grüne Flagge. Grün ist nicht nur im Straßenverkehr die beste Farbe. Wenn die Flagge grün ist, darf man ins Wasser. Wenn die Flagge rot oder gelb ist, darf man nicht hinein. Was bei Gelb passiert, können wir jeden Sommer in der Zeitung lesen: »Urlaubstraum von Quallen zerstört« oder »Portugiesische Galeeren vor der Costa Brava«. (Das sind keine Schiffe, sondern auch so was wie Quallen, die aussehen wie große Kaulquappen aus Glas.) Zu den Risiken bei Gelb gehören zum Beispiel Feuerkorallen: Sie heften sich an Wracks und in Hafenbecken fest und locken dich mit ihrer Schönheit an, und kommt man mit ihnen in Berührung, muss man spucken. Ich hatte ein komisches Gefühl im Kopf, als ich an diese roten und gelben Bedrohungen dachte, fast als befände ich mich unter Wasser. Vielleicht ein Sonnenstich? Für einen kurzen Moment entglitt mir alles und ich vergaß komplett, warum ich hergekommen war, warum, warum, warum ich eigentlich am Strand war. Und da bemerkte ich endlich das Mädchen, auf einer Schaukel, die in einem Baum hing. Ach ja, das Mädchen. Ich war gekommen, um das Mädchen zu treffen, das Mädchen hatte mich gerufen, und da war sie nun. Saß mit durchgestreckten Armen auf der Schaukel und holte mit den Beinen Schwung. Endlich würde es passieren. Sie würde mit mir sprechen.

Bei all dem Lärm konnte das Mädchen unmöglich meine Schritte gehört haben, und trotzdem bemerkte sie mich. Sie hörte auf zu schaukeln und machte dasselbe Kreuzzeichen, das sie an der Mauer gemacht hatte. Und wisst ihr, was dann passierte? (Natürlich nicht!) Sie lächelte mich an. Erst später wurde mir klar, dass es auch etwas anderes gewesen sein konnte. Vielleicht hatte sie nur auf ihrer Lippe gekaut.

Doch die Sonne schien in einem günstigen Winkel auf ihr Gesicht, und deswegen sah es aus wie ein strahlendes Lächeln, das nichts, aber auch gar nichts, mit dem Posen der Mädels drüben im Wasser zu tun hatte. *Das Mädchen, wahrhaftig. Das Mädchen, so wahrhaftig.* Ich lächelte und hob die Hand, aber in dem winzigen Augenblick zwischen gerade eben und jetzt hatte sich etwas verändert. Das Mädchen schaute hinter mich. Eine Wolke war vor das Licht gezogen, und ihr Gesicht lag im Schatten. Sie ging rückwärts davon, auf den Pfad zu, der hinter ihr nach oben führte.

Was? Was wolltest du? Diese Frage bereitete ich im Geiste vor. Aber sie sah nicht mehr mich an, sondern etwas hinter meinem Rücken. Und dann war es vorbei mit Denken, denn ein heftiger Schlag traf mich in die Kniekehle, und ich fiel vornüber. Als Nächstes lag ich auch schon auf dem Boden mit dem Gesicht im Sand, den Mund voller Steinbrösel und ekelhafter Algenfäden. Irgendein fieser Unbekannter drückte mir seine Knie in den Rücken, seine Hände pressten meine Schultern in den Boden und mein Gesicht in den Sand.

»Aus welchem Wohnmobil bist du?«, zischte eine heisere Stimme.

Pause.

»Oder wohnst du in einem Zelt?«

Pause.

»Sag was! Bist du aus einem Zelt?«

Pause.

»Wer bist du?«

»Hör auf, ihn vollzulabern. Der Typ sagt doch kein Wort.«

Um mich herum waren anscheinend mehrere Jungen, das hörte ich an den Stimmen, dem Wispern, Flüstern und Lachen. Irgendwann wurde der Druck auf meinem Rücken kurz weniger und ich konnte den Sand ausspucken.

Ich rief um Hilfe.

»Der Typ klingt wie ein Tourist.«

»Klar klingt der wie ein Tourist.«

»Aber ich … woher wisst ihr denn – ?«

»Das hört man.«

»Ich hab doch gar nichts gesagt. Ich hab bloß Hilfe gerufen.«

»Du hast eben wie ein Tourist gerufen.«

»Er hat gar keine Kamera dabei.«

»Nicht alle Touristen haben eine.«

Die Angreifer drückten mich wieder stärker zu Boden. Zwei von ihnen hielten mich an den Armen fest und zwei saßen auf meinen Beinen, sodass ich mich überhaupt nicht mehr rühren konnte. Um mich von meiner rundum bedauernswerten Situation abzulenken, merkte ich mir die Namen, die ich aufschnappte, und versuchte, sie den Stimmen zuzuordnen. Der Junge, der auf meinem Rücken kniete und mein Gesicht in den Sand drückte, hieß Nikolai. Außerdem fielen noch die Namen Medusa, Lusitania und Globe Star, Romeo und Mark Antonio. Aus dem Klang mancher Stimmen schloss ich, dass zur Gruppe einige zehn- oder elfjährige Jungen gehörten, deren Namen alle mit dem Buchstaben U anfingen. Sie waren die ganze Zeit in Bewegung, das merkte ich daran, dass ihre Stimmen wie Tischtennisbälle mal aus der einen und mal aus der anderen Richtung auf mich zusprangen.

»Was machen wir mit ihm?«, fragte der Junge, den ich als Globe Star ausgemacht hatte.

»Wir bringen ihn zum Camp«, erwiderte Medusa mit seiner tiefen Stimme.

»Du meinst, der Captain entscheidet über sein Schicksal?«

»Genau.«

Die anderen waren auch dafür. Fanden es eine gute Idee und was nicht noch alles.

»Was machst du, Nikolai?«

»Ich denke nach.«

»Tu das nicht!«

»Was?«

»Das ist gefährlich. Dabei kann eine Ader in deinem Kopf platzen.«

»Halt den Mund und hör zu«, befahl Nikolai. »Ich weiß, was wir machen.«

Dann zog er mich aus dem Sand hoch. Im hellen Sonnenlicht musste ich die Augen zusammenkneifen, und es dauerte ein bisschen, bis ich irgendetwas erkennen konnte. Nikolai saß neben mir in der Hocke, er war nur ein schwarzer Schatten vor dem strahlenden Blau des Meeres. Dann endlich konnte ich sein Gesicht sehen, seine Augen. Große, schöne, freundliche Augen. Das hatte ich nach der Quälerei eben nicht erwartet. Seine Haut war dunkel, olivfarben, wie man so sagt, aber damit sind immer braune Oliven gemeint, und seine Haare waren verfilzt und durcheinander, genauso wie bei den anderen. Bestimmt hatte keiner von ihnen in der letzten Zeit einen Kamm in der Hand gehabt. Der Jüngste, Joshua, der höchstens sieben war, hatte einen regelrechten Afro.

»Du kannst uns beweisen, dass du okay bist, stimmt's?«, fragte Nikolai.

»Hab ich eine Wahl?«

»Eigentlich nicht.«

»Frag ihn nach dem Mädchen«, schlug einer vor.

Nikolai nickte seinen Freunden über die Schulter zu und wandte sich wieder zu mir. »Meine Kumpels wollen wissen, warum du dieser Tussi hinterherläufst.«

Sie sprachen über mein Mädchen. Ich konnte den Ton der Frage nicht leiden und schon gar nicht dieses respektlose Tussi-Gerede, also vergaß ich meine ungünstige Position und spuckte ihnen die Antwort vor die Füße.

»Ich kann hier beobachten, wen ich will. Schließlich hab ich die Campinggebühr bezahlt.«

Die Campinggebühr. Das war dermaßen lächerlich und erniedrigend, dass ich sofort knallrot wurde. Auch die Jungs fanden es zum Totlachen.

»Der Typ hat die Campinggebühr bezahlt!«, schrien sie durcheinander. »Der Typ hat die Campinggebühr bezahlt, und jetzt gehört ihm der ganze Strand!«

Als die Horde genug gewiehert hatte, befahl Nikolai ihnen, den Mund zu halten.

»Meine Leute fragen sich, was du denn wohl mit der Campinggebühr alles mitbezahlt hast?«

»Keine Ahnung. Ich bin bloß – naja, auf der Durchreise.«

»Es wäre schon gut, wenn du kapieren würdest, dass alles an diesem Strand uns gehört. Die Campinggebühr hast du bezahlt, aber – hast du uns auch was gegeben? Nein.«

»Was denn gegeben?«

»Schutzgeld.«

Die Jungs warfen sich vielsagende Blicke zu. Jetzt hatte ich endlich verstanden, worum es ging: Revierkämpfe. Damit kannte ich mich aus. Ein Junge verirrt sich auf das Gebiet einer anderen Gang und soll einen Denkzettel kriegen. Das kann einen Schnitt mit dem Taschenmesser in dein Ohr oder deinen Finger bedeuten. Oder du wirst die Kugellager von deinem Skateboard los. Oder deine Gitarrensaiten. Sie können dir zum Angstmachen die Haare abschneiden. Im besten Fall musst du dich nur von deinen Turnschuhen verabschieden. Im schlimmsten Fall von deinem Leben. Für mich war noch nicht alles verloren. Um die Situation zu entspannen, würde ich eine Rede halten – unterschätzt niemals die Macht der Worte! Das würde mein Bruder sagen. Allerdings bekam er oft auf die Fresse.

»Wir fahren morgen schon wieder ab. Und ich muss auch nicht unbedingt an den Strand kommen, falls euch das stört. Ich kann sofort abhauen. Ist das okay, wenn ich mich vom Acker mache?«

»Lass gut sein«, unterbrach Nikolai mich mit zusammengekniffenen Augen. »Vielleicht können wir was aushandeln. Ich sag jetzt mal, was ich mir gedacht habe. Du kriegst die Chance, uns davon zu überzeugen, dass du okay bist. Du kriegst eine Aufgabe. Stimmt's, Leute?«

Die anderen antworteten mit einem einstimmigen Ja.

»Du musst es uns beweisen. Du musst uns beweisen, dass wir dir vertrauen können.«

Das Mädchen

Auf dem höchsten Aussichtspunkt an der Felswand ist die gebückte Gestalt des Mädchens zu erkennen. Sie ist auf eine vorstehende Spitze des Kliffs gestiegen wie in eine Loge und verfolgt von dort aus die Ereignisse am Strand. Vor dem blauen Hintergrund des Meeres zeichnen sich die schwarzen Silhouetten der Urlauber scharf ab. Die Strandjungen machen sich freudig über den Neuen her. Wie jedes Mal. Von außen könnte man denken, dass sie einen von ihnen fertig machen, aber das ist es nicht.

Sogar von ihrem hoch gelegenen Beobachtungsposten aus erfasst das Mädchen die besondere Art der Jungen, miteinander umzugehen. An allen Stränden, überall auf der Welt.

An diesem Strand geht es um Abschied, das weiß das Mädchen, springt auf die Füße und verlässt die Loge, das Schauspiel ist ihr nur zu bekannt. Sie steigt auf dem Pfad nach oben Richtung Felskuppe und ist rasch verschwunden.

Die Mutprobe

Zu den Urlaubern am Strand fällt mir vor allem eins ein: Leichtfertig unterbrechen sie ihre Sonnenbäder nicht. Erst, nachdem sie rundherum braun gebrannt sind, können sie zurückfahren ins Landesinnere, in den Norden, in den Osten, nach Hause. Die Strandkinder, die gerade einen einsamen Touristen lynchten, konnten unbehelligt damit weitermachen, weil alle Sonnenanbeter ins Nirwana geglitten waren und sich um nichts anderes kümmerten als um die warmen Sonnenstrahlen auf ihren Augenlidern. Hätte sich jemand auf die Ellenbogen gestützt und umgeschaut, hätte er nur nebenbei gedacht: »Ach, die Kinderchen spielen schön. Und das bei der Hitze!« Aber wir spielten natürlich nicht, pah. Inzwischen waren wir auf einem Level angelangt, auf dem ein vorsichtiges Kennenlernen möglich war. Das hieß, dass ich wieder aufrecht stehen durfte und eine Aufgabe bekommen sollte, die mich das Leben kosten konnte. Aus meinen Haaren hatte ich eine Ladung Sand geschüttelt, die für einen mittelgroßen Sandkasten gereicht hätte.

Die Gruppe bewegte sich unruhig und sprunghaft. Da die

Stimmung sich gebessert hatte, nutzte ich die Gelegenheit, um sie über den Strand auszufragen. Woher sie kamen und wie lange sie schon hier waren. Mir war aufgefallen, dass sie sich untereinander ›Wracks‹ nannten, und fragte auch danach. Was bedeutet das? Ist das irgendein Cliquencode? »Vergiss es«, bekam ich zur Antwort, »das musst du nicht wissen.« Immerhin war der Ton freundlicher geworden.

Nikolai schlug mir kumpelhaft auf den Rücken und sah seine Freunde an.

»Bestimmt ist es für alle okay, wenn ich die Verantwortung für den Fremden übernehme?«

Da niemand antwortete, wandte er sich an den ältesten Jungen, den ich als Medusa ausgemacht hatte. Medusa hatte den Vorschlag unterstützt, mich zum Captain zu bringen, aber seitdem hatte er nichts mehr gesagt. Ich fragte mich, was er wohl von der Situation hielt. Offensichtlich hatte er Macht in der Gruppe, und die Jungen hörten auf ihn. Klar war auch, dass er keine Spielereien mochte. Etwas in seinem Gesicht ließ mich zusammenzucken. Es kam mir bekannt vor, obwohl ich den Jungen nie zuvor gesehen hatte, ebenso wenig wie er mich. Bei seinem Anblick wurde ich unruhig. Er war wie ein Junge aus der Nachbarschaft: ein vertrautes Gesicht, aber gefährlicher als ein Unbekannter.

»Handgelenke her«, unterbrach Medusa meine Gedanken.

Nikolai und ich streckten die Arme aus und wurden auf eine Art aneinandergebunden, die der Jüngste der Gruppe, Joshua, der ständig Quatsch machte, »Ritual« nannte. Als der Knoten fertig war, überprüften alle gewissenhaft, wie fest er war.

»Ertrinke ich, ertrinkst du mit mir. Haust du ab, komme ich hinterher. Du wirst mich nicht los, und ich dich auch nicht«, sagte Nikolai und umklammerte den Knoten mit der Faust.

Dann machte sich die ganze Gruppe auf. Die Jungen bildeten eine Front, die sich vorwärtsschlängelte, scheinbar planlos, aber in Wirklichkeit aufmerksam und zielgerichtet. Nachdem wir in den Dünen unter der Strandbar angekommen waren, nickte Nikolai mir mit wichtiger Miene zu.

»Hier wartet deine Aufgabe.«

»Und die wäre?«

»Besorg uns was zu essen.«

»Ich hab kein Geld.«

Die Gruppe fing an zu kichern.

»Daher wirst du wohl auch kein Geld benutzen«, stellte Nikolai fest.

Sie wollten also, dass ich Hamburger für sie klaute. Genau genommen war das nicht weiter verwunderlich, ich wusste ja, dass es am Strand Diebe gab. Und das waren diese Jungs. Essen zu ›besorgen‹, war für mich eine gute Möglichkeit, meine Position zu verbessern.

Im Nachhinein würde ich sagen, ich hatte echtes Anfängerglück, die Sache lief quasi professionell. Der Typ hat Talent, sagten manche später.

»Was darf es denn sein?«, fragte ich Nikolai selbstsicher, als ich mir überlegt hatte, wie ich es machen wollte.

Er hob erstaunt die Augenbrauen. Bevor er antwortete, warf er den anderen einen Blick zu.

»Egal, solange es eine Portion für echte Männer ist. Du weißt, was ich meine?«

»Also, einen Riesenburger mit einer doppelten Portion Pommes und einer großen Cola. So was bestellen …«, dachte ich laut nach und suchte dabei die Warteschlage nach einem passenden Opfer ab, »dicke Männer.« Nun erklärte ich den Jungs meinen Plan: Wenn ein Kunde Essen bestellte, bekam er eine Nummer, die er mit an seinen Tisch nahm. Sobald das Essen fertig war, wurde die Nummer an der Theke ausgerufen, und der Kunde drängelte sich zwischen den Wartenden hindurch, um seinen Teller abzuholen. In diesem Moment kämen wir ins Spiel. Wir würden an der Theke warten, bis die bestellte Portion fertig war, und sie dem Kunden einfach vor der Nase wegschnappen.

Und dann –

nichts wie weg.

Nikolai nickte zufrieden. Medusa sah auch nicht überzeugter aus als vorher.

Viele Leute bestellten nur Kleinigkeiten: kleine Burger, Pizzastücke, Tortillas, Salate, Nacho-Teller. Die beiden Bedienungen versuchten, gleichzeitig überall zu sein, und schafften es doch nicht, denn die Schlange wurde immer länger und war bald mehr eine Flut als eine Reihe von Wartenden. »Geht's bald mal los?«, flüsterte Nikolai. »Gleich«, raunte ich zurück und zeigte mit dem Kopf auf den Mann, der unser Opfer sein sollte. Als seine Nummer ausgerufen wurde, war der ersehnte Moment da.

»Jetzt«, flüsterte ich, und es ging los. Wir stürzten uns auf die Theke und schnappten mit unseren freien Händen die Getränke und das Tablett. Dann rannten wir, so schnell wir konnten, die Beute hoch in die Luft gereckt. Wir liefen, ohne stehen zu bleiben, bis wir mitten in den Dünen waren. Dort ließen wir das Tablett auf den Boden fallen und lachten und lachten. Es ist nicht leicht, sich totzulachen, während man mit jemandem zusammengebunden ist, aber irgendwie klappte es trotzdem.

Die anderen Jungen hatten es gemacht wie wir und versammelten sich jetzt um uns, jeder mit seiner Beute in der Hand. In den Dünen wurden jetzt mindestens die Nummern 15, 17, 19, 22 und 25 serviert. Globe Star hatte Halbliterbecher mit Limonade in beiden Händen. Er sprang herum-herum-herum, die Becher hoch in der Luft, und in seinem Karusselltaumel fiel er bald mit dem Rücken in einen Dornenstrauch, und mit ihm landeten auch die Getränke – platsch – im Sand. Romeo hatte eine Wurstpfanne geklaut, und die Horde Kinder, die mit U anfingen, hatte jede Menge Teller mit Pommes und eine Flasche Tomatenketchup erbeutet. Auch Joshua hatte sich an der Aktion beteiligt. Zwar reichte er nicht an die Theke heran wie die größeren Jungen, aber er hatte die Idee gehabt, sich einen halb leeren Teller von einem der Tische zu schnappen.

»Weil da eine Tomate drauf war«, verkündete er.

»Das ist ja auch gesund.«

»Ich ess die aber nicht.«

»Aha. Wieso denn dann?«

»Die ist mein Amulett.«

»Aber die wird doch in der Hitze total schnell schlecht.«

»Macht nichts«, sagte er und steckte die Tomate in seine Hosentasche.

Anscheinend waren wir niemandem aufgefallen und genauso würde uns auch später niemand bemerken. Wir waren Teenager im Urlaub. Im Sommer waren wir überall, und die Erwachsenen versuchten, möglichst zu vergessen, dass es uns gab. Manchmal fallen wir ihnen natürlich schon auf, wenn wir zum Beispiel anfangen, uns an Orten wohlzufühlen, an denen sie sich auch gerne aufhalten, wie zum Beispiel in Einkaufszentren. Darum ist jemand auf die Idee gekommen, dort klassische Musik, hohe Töne oder Vogelstimmen abzuspielen, das hält uns fern (denken sie). Wir sind ein bisschen wie Mäuse, die man mit Ultraschall abschrecken will. Diese Einkaufszentrum-Musik ist wie Ultraschall für Teenager. Wahrscheinlich gab es auch Grund dazu, denn unter dem bunten Vordach der Strandbar herrschte inzwischen ein regelrechter Kriegszustand. Die Strandurlauber stritten miteinander über ihr verschwundenes Essen, aber niemand konnte herausfinden, was genau passiert war und wer Schuld hatte. Die Touristen zeigten mit den Fingern aufeinander und sahen munterer aus als je zuvor.

Zusammen mit meinen Kidnappern machte ich in den Dünen zwischen den hohen Sträuchern ein echt cooles Picknick. Wir aßen mit den Fingern; Besteck hatten wir nicht und brauchten wir nicht. Zwischendurch beschossen wir uns mit Pommes und Brötchenhälften oder warfen den Möwen Tomatenstücke und Gurkenscheiben hin. Globe Star und Romeo klemmten sich Ketchupflaschen zwischen die Beine und rannten damit los. Der Ketchup spritzte überall hin, und sie riefen: »Ich pisse Blut! Ich pisse Blut!« Abgesehen von Medusa hatten alle mir anscheinend verziehen, dass ich ein Tourist und alles mögliche andere Schlimme war. Ich hatte die Mutprobe bestanden und gezeigt, dass ich zur Gruppe gehörte. Ich war ein guter Typ.

Und Medusa? Aus seinem Gesichtsausdruck konnte ich nichts herauslesen, aber unter der Oberfläche brodelte Feindseligkeit. Auch Nikolai merkte es. »Hör auf zu maulen, Medusa«, sagte er und steckte ihm eine Pommes hinter das Ohr. Einer von den Kleineren mit U streifte Medusa aus Versehen mit einem ketchupverschmierten Papierknäuel und flüchtete sofort, als er sein Vergehen bemerkte. Medusa griff nach dem Kartoffelschnitz hinter seinem Ohr und starrte ihn an wie einen Feind. Nikolai bekam denselben Blick.

»Das ist doch scheiße«, fluchte Medusa.

Nikolais Miene fror ein.

»Es ist doch nichts dabei.«

»Wir müssen den Typen zum Camp bringen. So will es das Gesetz des Strandes.«

Unwillig zog Nikolai die Augenbrauen hoch.

»Ach, hör doch auf.«

»Du weißt das genauso gut wie ich. Das Gesetz des Strandes besagt, dass alle Herumtreiber eingesammelt werden müssen.«

»Der Typ ist doch kein Rumtreiber. Der ist …«, begann er und versuchte, sich zu erinnern, »wie heißt du noch mal?«

»Mitja.«

»Mitja ist auf der Durchreise. Stimmt's?«

Ich nickte. Nikolai sah mir einen Moment lang fest in die Augen.

»Weißt du, dass du mich an einen Freund von mir erinnerst?«, fragte er. »Kennst du Caesar?«

»Nie gehört.«

»Wäre ja auch komisch.«

Jetzt sah auch Medusa mich mit seinem kalten Blick an, als würde er in meinem Gesicht etwas Bestimmtes suchen. Seine Augen hatten einen merkwürdigen Ausdruck, ganz anders als Nikolais. Sie erinnerten mich daran, dass auf den Straßen auch dann schlimme Dinge passierten, wenn niemand es mitbekam; denn wo die Laternen mit Steinen kaputtgeworfen wurden, kommt nichts ans Licht.

Nikolai unterbrach die Kraftprobe und wandte sich an Joshua.

»Joshua, mach den Knoten auf«, befahl er.

Dem kleinen Jungen hingen Pommes aus den Nasenlöchern, im Mund hatte er als Zähne einen Tomatenschnitz und auf den Lidern Gurkenscheiben als Augen. Er sah aus wie das Werbeplakat bei der Schulkrankenschwester, das uns dazu bringen sollte, mehr Gemüse zu essen. *Lass den Gemüsejungen mitspielen.* Jetzt war das Spiel sowieso zu Ende, und der Junge hatte eine ernste Aufgabe zu lösen. Er schluckte so angestrengt, dass man es fast hören konnte. Der eine große Junge wollte das eine. Der andere, nettere, etwas anderes. Der nettere Junge gewann. Joshua ließ sich die Tomate aus dem Mund und die Pommes aus der Nase fallen. Fast verstohlen nahm er sein Taschenmesser aus der Tasche und schnitt den Strick durch, immer mit einem Auge auf Medusa, als wäre er bereit, blitzschnell abzuhauen, käme der Junge ihm zu nahe.

Also war ich frei, jedenfalls fast.

»Kann ich jetzt gehen?«

Dabei war ich nicht einmal sicher, ob ich es noch wollte.

»Geh ruhig.«

»Okay, ich hau ab.«

»Sieh zu, dass du nicht noch mal Probleme kriegst«, grinste Nikolai und schlug mit mir ein.

Dann drehte er sich um und ging über die Dünen davon. Er gab den anderen Jungen ein Aufbruchszeichen, sie schnappten sich sofort ihre Stöcke und marschierten in einer langen Schlangenlinie hinter ihm her zu den steilen Felsen, auf denen vom Seewind schiefe Bäume und Sträucher wuchsen. Bald würden ihre Umrisse mit den Stängeln, Ästen und Schlingpflanzen verschmelzen. Ich sah ihnen noch nach, als sie schon verschwunden waren. Diese Jungen hätten auch aus dem Armenviertel einer schmuddeligen Bergarbeiterstadt kommen können, aber sie lebten wie Strandräuber abseits vom ordentlich umzäunten Campingplatz. In dem großen Gebiet, das auf der Karte ganz weiß war.

Die Kinder des Gestern.

Tatsächlich, die Kinder des Gestern.

Ich würde sie nie wiedersehen.

Der Automechaniker

Am nächsten Morgen war ich innerlich hin- und hergerissen. Während ich die klapprigen Campingstühle zusammenlegte, die man anscheinend jedes Mal anders falten musste, machte ich Witze darüber, wie ich eines Tages Gartenmöbel in Pillenform erfinden würde. Die Pillen werden in die Erde gelegt und gegossen, und wenn sie ausgewachsen sind, tadaa, haben wir einen Tisch mit Stühlen! Wladimir lachte nicht, er rollte nur mit den Augen. Nicht mal über die Idee, die Pillen zu bepinkeln, lachte er und auch nicht über meine Werbeslogans.

SCHIFFST DU NOCH ODER SITZT DU SCHON?

JETZT NEU: MÖBEL ZUM SELBERPINKELN!

Ziemlich flaue Sprüche, ich weiß. Wladimir sah mich nachdenklich an. »Du klingst ja fast nach dir selbst«, sagte er schließlich, und ich wusste, was er meinte. Ich war die letzte Zeit ziemlich ruhig gewesen. Aber das hatte seine Gründe, wie wir wissen. Über diese Gründe wollte ich allerdings nicht nachdenken, nicht mal nebenbei.

Mama studierte im Wohnmobil eine Landkarte, die sie aus dem Handschuhfach genommen und auf dem Beifahrersitz ausgebreitet hatte. Ein Navi hatten wir nicht, das hätte gegen Papas Grundsätze verstoßen: Einen Ort, den man mit einer Karte nicht findet, den braucht man gar nicht zu finden. Jetzt, wo er als Kartenleser nicht dabei war, konnten wir uns nur an seinen Prinzipien orientieren.

Als Mama ihre Route gefunden hatte, streckte sie ihren Kopf aus dem Fenster und rief: »Wie lange kann das denn mit den paar Möbeln dauern? Hopp, hopp jetzt!«

Unsere Antwort kam wie aus einem Mund: »JA-HAA.«

Wir mussten einsteigen, obwohl meine Füße keinen einzigen Schritt machen wollten, obwohl sie im Rasen hängen blieben und die Grashalme sich um meine Knöchel wickelten wie Wasserpflanzen beim Schwimmen, obwohl es insgesamt eine durch und durch saumäßige Idee war, abzureisen. Noch nie hatte ich es so unmöglich gefunden, die paar Schritte zum Auto zu machen. Und doch machte ich sie – eins-zwei-drei-vier … dreizehn Schritte – und ließ mich gegenüber von Wladimir auf den Sitz fallen.

An diesem Morgen hatte ich als Erstes an das Mädchen gedacht, und an sie dachte ich auch jetzt. *Beobachtest du mich? Läufst du hinter mir her?* Dann war mir unsere Abreise eingefallen, und der Himmel hatte sich mit Wolken bezogen.

In diesem Moment passierte allerdings etwas Unvorhergesehenes. Ein unerwarteter Schicksalsschlag.

Das Auto – keuch, hust – sprang nicht an. Mama knallte die Hände aufs Lenkrad.

»Das verstehe ich nicht. Das verstehe ich überhaupt nicht!«, rief sie. »Gestern Abend war doch noch alles in

Ordnung!« Ihre Augenbrauen waren misstrauisch zusammengekniffen, als sie den Schlüssel noch einmal im Zündschloss drehte. Wieder nichts.

Ein drittes Mal. Ein viertes.

Noch mal. Noch mal. Noch mal.

Nichts passierte.

Schließlich sprang Mama fluchend aus dem Wagen. Da sie wirklich selten flucht (oder überhaupt Schimpfwörter benutzt), könnt ihr euch vorstellen, wie sauer sie war. Sie lief um den Wagen herum, öffnete die Motorhaube und war darauf gefasst, dort was auch immer zu finden, und sei es ein Storch. Doch sie stieß auf ein wahrscheinlicheres und gleichzeitig schwierigeres Problem, nämlich den Motor. Damit kannte sich keiner von uns aus. Es ist grundsätzlich schwer, irgendetwas über Motoren zu sagen.

»Was ist denn damit?«, fragte Wladimir.

Auch wir beide standen nun an der Schnauze des Wohnmobils und starrten ratlos auf den Motor. Wladimir schlug vor, bei Papa anzurufen, weil Papa Ahnung von Autos hatte. Mama winkte ab. Sie hatte ihren Morgenstreit mit Papa schon gehabt und das Gespräch von sich aus beendet, und sie würde ihn nicht noch einmal anrufen.

»Ich komme ohne diesen Feigling klar«, verkündete sie und ergänzte, dass sie einen Mechaniker suchen würde.

»Wer arbeitet denn bitte in den Sommerferien?«, warf Wladimir ein.

»Irgendjemand wird unser Geld schon gebrauchen können.«

In der ganzen Gegend fand sich nur eine entsprechend geldgierige Person. Der Hausmeister vom Campingplatz. Ihr wisst noch: der krebsrot verbrannte Mann von der Rezeption? Der Mann war geradezu ein Generalschlüssel für Probleme, ein echter Tausendsassa. Man traf ihn überall: Er kümmerte sich um den Rasen, lotste neue Gäste zu ihren Lagerplätzen, außerdem war er als Strandwart unterwegs und hisste die gelben, roten und grünen Flaggen. Dann war er noch zuständig für Probleme mit der Elektrizität und heizte die Sauna, kümmerte sich um den Swimmingpool und den Tennisplatz. Seine ständigen Begleiter waren sein Werkzeugkasten, eine Bohrmaschine, ein Beil und manchmal sogar eine Schrotflinte (Verdacht auf streunende Wildtiere). Und abgesehen von all dem wusste er auch noch, was im Innern von Autos vorging.

Weil dieser Mann der einzige Werkelfuzzi weit und breit war, würde er bestimmt einen ziemlichen Preis für seine Dienste verlangen. Und Mama blieb nichts anderes übrig, als zu bezahlen. Mein Volltrottel von Vater hatte sie sich selbst überlassen.

Unserem Tausendsassa blieb Mamas Hilflosigkeit nicht verborgen.

»Wir kriegen Ihr Auto schon wieder hin, kleine Lady«, sagte er mit einem selbstzufriedenen Lächeln und legte Mama den Arm um die Schultern. Na super, als Zugabe fing er nun auch noch an, Mama anzugraben. Obwohl Mama schon vierzig war, guckten ihr die Männer noch hinterher. Normalerweise war das nicht weiter schlimm, aber bei diesem Verehrer sah ich rot und schwarz. Hände weg von meiner Mom, wollte ich rufen, aber stattdessen hob ich einen Kiefernzapfen vom Boden auf und warf ihn dem Typen direkt an den Hinterkopf. Schade, dass es kein Stein oder Campingstuhl war, aber immerhin brachte es den Kerl dazu, zu fluchen. Er gab Wladimir die Schuld, denn als er sich umdrehte, sah er als Erstes ihn. Mein Bruder zuckte die Schultern. Als Mama dem Kerl zu allem Überfluss noch Erdbeersaft anbot, patschte Wladimir ihm so mit der Fliegenklatsche auf die Glatze, dass er sich den Saft übers Hemd schüttete.

»Sorry, ich wollte nur eine Fliege totschlagen«, entschuldigte sich Wladimir.

Wir mussten alle lachen, sogar Mama. Für dieses Lachen würden wir später einen Aufschlag zahlen.

Doch zunächst konnten wir alles wieder aufbauen. Das Vordach ausbreiten. Tisch und Stühle auseinanderklappen. Und keine Arbeit der Welt konnte mir jetzt die Stimmung vermiesen. Wir würden auf dem Campingplatz bleiben. Wladimir und Mama waren nicht so begeistert wie ich, sondern fingen an, sich gegenseitig zu nerven; ein Streit war die Folge. Mama bat Wladimir, Essen zu kochen, aber er wollte nicht.

»Hab keine Lust.«

»Aber du kochst doch gerne.«

»Jetzt nicht mehr.«

Nach dem Unfall hatten wir uns alle verändert. Aus Wladimir war ein Minderleister geworden. So würde unsere Lernberaterin es nennen, und es hieß, dass mein Bruder nichts mehr angehen wollte. Ihm gelang fast gar nichts mehr. Manchmal schlief er mitten im Nudelkochen ein, und aus den Makkaroni wurde Kleister und aus den Zwiebeln schwarze Bröckchen, und die Sahne kochte über. Vor einem Monat war Wladimir noch ein begeisterter Koch gewesen, der richtig viele Pastagerichte zubereiten konnte.

»Es ist deine Schuld, dass die zu diesem schimmeligen Silo gegangen sind«, flüsterte Wladimir. »Du hättest das verhindern müssen. Als Mutter ist das deine Pflicht.«

Zwischen Mama und Wladimir flogen die Fetzen. Wie üblich floh ich vor der dicken Luft; ich mach mich immer aus dem Staub, wenn es meinetwegen Streit gibt. Das Letzte, was ich hörte, war Mamas Schluchzen: »Warum bist du so gemein?« Und Wladimirs Antwort: »Ach, warum? Warum ich so gemein bin? Merkst du das nicht?« Ich war erst wenige Schritte gegangen, als die Tür des Wohnmobils aufflog und Wladimir herausgelaufen kam.

»Ich will braun werden«, brummte er verärgert.

»Und die Nudeln?«, fragte ich.

»Ab sofort mache ich überhaupt nichts mehr im Haushalt. Ich hab auch gar keinen Hunger.«

»Aber du wirst doch gar nicht gerne braun, oder?«

»Man muss eben alles mal ausprobieren.«

Es ist nicht leicht, seine Familie zu verstehen, manchmal ist es sogar unmöglich.

Wir gingen zum Strand.

»Lass Mama lieber in Ruhe«, fing ich an, aber als Wladimir mich streng ansah, redete ich nicht weiter.

»Das kapierst du nicht«, sagte er. Plötzlich blieb er stehen und verstummte. Das Meer lag heute besonders weitläufig vor uns. Er drehte sich zu mir um und sprach mit versöhnlicher Stimme weiter: »Das ist alles deinetwegen. Weil du zu diesem Silo gegangen bist. Und falls du mich was fragen willst: Ich war da, weil du da warst. Ich bin dir gefolgt. Du hängst ja immer in solchen Bruchbuden rum.«

»Ich geh da jetzt aber nicht mehr rein.«

»Ach, sag das nicht. Du kannst gar nicht anders. Wie ein Skorpion, der stechen muss.«

Das stimmte vielleicht.

Wladimir lag auf einem großen Stein, das Kinn an die raue Oberfläche gepresst. Er hielt ihn mit ausgebreiteten Armen umfasst, als wollte er den Brocken in die Luft heben oder damit losfliegen. Kaum war er am Strand, hatte er die Sache mit dem Braunwerden auch schon vergessen. Während ich neben ihm auf dem Stein saß, platschte ich mit meinen Turnschuhen im Wasser herum. Ich wollte das Mädchen wiedersehen. *Ich weiß, wer du bist.* Wer denn?

Das Mädchen machte Urlaub in einem Hotel irgendwo am Strand, womöglich ganz in der Nähe. Bestimmt würde man das Hotel finden, wenn man der Straße folgte, die zum Campingplatz führt. Es war ein feines Hotel mit fünf Sternen. Ob dort wohl ein Film gedreht worden war, im Stil von *Der Tod in Venedig* oder Luhmanns *Romeo und Julia*? Von der hohen Decke hingen sicher gigantische Kronleuchter, und auf der Treppe ins Erdgeschoss lag ein weinroter Samtteppich; im Foyer plätscherte ein Brunnen, in dem große Fische schwammen. Die Kinder, die im Hotel wohnten, steckten die Hand ins Wasser und streichelten die zahmen Fische wie Kaninchen oder Hundewelpen. Anders als auf dem Campingplatz gaben sich im Hotel reiche Familien die Klinke in die Hand. Dort wurde jeden Abend gefeiert. Schatten flackerten an den Fenstern, wenn die Hotelgäste tanzten, und die Orchestermusik konnte man bis aufs Wasser hören.

ZACK. Nichts dergleichen. In der Nähe konnte es kein Hotel geben, ich hätte wenigstens ein Hinweisschild gesehen. In den Nächten, in denen ich im Licht des Weltalls dasaß und darauf wartete, dass das Mädchen auftauchte, hätte ich gesehen, wie sich die Lichter im Wasser spiegeln, und die leise Musik gehört.

Und das war nicht alles – die Strandkinder würden sich kaum mit rostigen Grills und alten Klamotten zufriedengeben, wenn sie ganz in der Nähe Edelsteine, Halsketten, Computer und Handys mitgehen lassen konnten. Das Hotel Horizont war bestimmt bloß ein Witz. Hier gab es nichts außer Zelten, Wohnwagen und einem Swimmingpool, in dem Abfälle schwammen.

»Echt ekelhaft, dieser Schaum. Da sind bestimmt alle möglichen Bakterien drin«, riss mich Wladimir aus meinen Gedanken. Zuerst hatte er mit einem Stock im Schaum herumgemalt und dann angefangen, mit den Händen darin zu planschen. Nun hatte er eine ganze Wolke von Schaum aufgeklaubt und drehte sie zwischen den Händen wie einen

Schneeball. Ich war schlecht gelaunt, weil er mich aus meinen Gedanken an das Mädchen gerissen hatte.

»Zwingt dich etwa jemand, das Zeug zu essen?«, schnappte ich verärgert.

»Weißt du, was man über diesen Schaum hier sagt?«

»Was denn?«

»In so was verwandeln sich Meerjungfrauen, wenn sie sterben.«

»Das ist also Leichenschaum. Wow!«

»Schau, ich wühle gerade im Magen der Meerjungfrau herum. Ach, die Arme. Dir hat der Film ja nicht gefallen.«

»Dafür fandest du ihn umso besser. Alberner Weiberkram.«

»Du bist selber albern. Ich finde es echt hart, dass die Frau wegen eines Typen ihre Stimme hergibt und dass sie tanzt, obwohl sie die Messerklingen an den Füßen spürt. Das ist echte Opferbereitschaft. True Love, you know? Ein Mädchen nach meinem Geschmack.«

»Und ich finde, die Frau ist nicht ganz dicht, sich so quälen zu lassen.«

»Tja, ich mag eben Frauen, die sich opfern.«

Wladimir hatte sich hingekniet und wischte sich die Handflächen an den Oberschenkeln ab. Das Draußensein schien ihm nicht gut zu bekommen. Weil er Mama verärgert hatte, konnte er aber auch nicht zurück zum Wohnmobil.

»Ich halte mein Leben nicht aus«, seufzte er.

Verständlich, ich hätte sein Leben auch nicht ausgehalten.

»Auf wen warten wir eigentlich?«

»Du bestimmt auf niemanden«, spottete ich.

»Aber du wartest ganz eindeutig.«

»Neulich hab ich am Strand ein paar Leute kennengelernt. Die kommen vielleicht noch mal vorbei.«

»Mädchen?«

»Nein, Jungs. Alles Jungs.«

Wladimir kaufte es mir ab.

»Kein Mädchen würde es hier aushalten. So einfach ist das.«

»Die sind aus denselben Gründen hier wie wir. Familienurlaub. Und genau wie wir können sie sich das nicht aussuchen.«

Das stimmte. Im Sommer sammelten die Familien schöne Erinnerungen für den Winter. So, wie man im Wald Blaubeeren oder Pilze sammelt. Während draußen der Wintersturm heulte, schaute man sich die Erinnerungen im Fotoalbum an. Familienurlaub, Album Nr. 55. Hier spielen wir Krocket. Hier grillen wir. Hier sind wir auf dem Flug nach Paris. Hier gucken wir uns eine Skulptur an. Hier ein paar lustige Fotos, wie Papa Quatsch macht. Jetzt lächeln, Kinder. Wladimir, etwas freundlicher bitte. Mitja, lass die Grimassen. Kannst du nicht wenigstens einmal still stehen? Was ist denn schon wieder in euch gefahren? Sogar Papa, ein erwachsener Mensch. Im Winter sind diese Streitigkeiten vergessen. Alle Schrammen und blauen Flecken sind verschwunden. Wenn draußen alles verschneit ist, freut man sich, dass einem die Fotos ein Lächeln ins Gesicht zaubern.

Ich drehte mich um und saß jetzt neben Wladimir auf dem

Stein. Durch halb geschlossene Augen schauten wir in den klaren, hellen Himmel. Einige feine Schleierwolken zogen über den einheitlich blauen Vorhang. Die alles durchdringende Hitze machte uns schläfrig. Ob die Jungen heute auch unterwegs waren? Sie würden jedenfalls nicht daraufkommen, dass ich noch da war, denn ich sollte ja längst unterwegs sein, auf dem Weg zu einem anderen Campingplatz. Sicher hatten sie mich schon vergessen, waren vielleicht sogar selbst Touristen und heute Morgen zu ihrer nächsten Etappe aufgebrochen. Oder ich hatte sie mir einfach eingebildet.

Ich sah den Strand.

Ich sah das Meer.

Die Jungen waren wie ein Traum, der zu Ende war.

Silo 4

Als die beiden mit ihrem Graffito fertig sind, fangen sie an, die Gebäude unter die Lupe zu nehmen. Es gibt mehrere auf dem Grundstück. Alle sind nutzlos geworden. Neben den flachen Bauten recken sich hohe Lagertürme aus Metall in die Luft wie einsame Bergspitzen. Sie sehen aus wie ein lückenhaftes Riesengebiss, schwarz gewordene Zahnruinen in verfaulendem Zahnfleisch. Weit oben sind die Gebäude über schmale Stege miteinander verbunden. Diesen düsteren Ort kann man sich nicht lebendig vorstellen, nicht als Arbeitsplatz und noch weniger als Zuhause.

Die Lichtkegel der Taschenlampen wischen über das Dunkel in den Fenstern. Dort ist die Finsternis am schwärzesten. In der Gasse zwischen den Türmen hallen die Schritte der Jungen wider. Sie hüpfen auf den herumliegenden Blechplatten, dass es nur so dröhnt. Der Klang vervielfacht sich, bevor er verhallt. Fast, als würden zehn Jungen dort herumpoltern und nicht nur diese beiden.

Schließlich verschwindet das dürre Licht. Wladimir bleibt im Dunkeln zurück und tastet sich mit der Kamera um den Hals voran. Als er auf etwas Feuchtes und Rutschiges tritt, zieht es ihm die Beine weg. Stöhnend fällt er auf den Asphalt. Von den anderen Jungen ist kein Ton zu hören. Sie haben ihn zurückgelassen. Natürlich haben sie das, sie wissen ja nicht einmal, dass er da ist. Diese Erkenntnis ist erstaunlich grauenerregend. Fiele nämlich Wladimir in irgendeins dieser bodenlosen Speicherbecken hinein, käme niemand auf die Idee, dort nach ihm zu schauen. Niemand weiß, wo er ist. Wo würde man ihn wohl suchen? Im Kino, in der Bibliothek, irgendwo auf den Straßen der Stadt, jedenfalls nicht hier. Panik überkommt ihn. Und plötzlich muss er pinkeln. Wie immer in solchen Situationen. Wladimir erleichtert sich im Schatten.

In diesem Moment hört er die Stimmen wieder, diesmal auf der anderen Seite der Mauer. Sie sind innen im Gebäude. Auf einmal ertönt ein Poltern mit metallischem Nachhall. Ein Platschen. Jemand flucht. Anscheinend ist einer von beiden in eine Wasserpfütze oder – wahrscheinlicher – irgendetwas Giftiges getreten.

Wasser wird es da wohl kaum geben. Wladimir stellt sich vor, was für Krämpfe man bekäme, würde man aus so einer Pfütze trinken. Wahrscheinlich hat er sich auch schon eine Vergiftung geholt, als er mit der Hand seine Lippen gestreift hat. Dabei ist bestimmt etwas Lebensgefährliches in seinen Mund gelangt. Er merkt, dass er auf seinen Nägeln kaut, weil er nervös ist und überhaupt – hat er vorhin nicht auch darauf herumgekaut? In seinem Magen rumort es. Er muss sich zusammenreißen.

Wie sind die Jungen in das Gebäude hineingekommen? Das muss Wladimir herausfinden. Sein Blick schweift forschend über die Wand. Der Zugang muss irgendwo in der Nähe sein. Die unteren Tür- und Fensteröffnungen sind mit Spanplatten vernagelt; sie sind zwar vom Regen feucht, sitzen aber trotzdem fest und versperren den Zugang zum Gebäude. Vorsichtig nähert er sich der Wand, tastet sich vorwärts. Weit kann sie nicht sein. Die geheime Pforte.

Wladimir fühlt sich erstaunlich einsam. Er ist auf eine bestimmte, unwiderrufliche Weise allein und spürt die Gefahr wie einen nahen Felsvorsprung oder eine tickende Bombe. Die Mine, die nur auf den nächsten Schritt wartet. Jetzt will er sich doch zu erkennen geben: »He, Leute, ich bin hier! Nehmt mich mit. Lasst mich nicht zurück.« Fast ruft er es laut heraus, hält dann aber gerade noch inne. Er ruft eher innerlich, oder wie heißt das, wenn es von den Höhlen und Wänden im eigenen Kopf widerhallt?

Die Ahnung von Gefahr lähmt Wladimir jetzt so, dass er seine Beine nicht bewegen kann. Aber das geht vorbei, oder wenigstens wird es weniger, und er kann sich wieder sammeln. Er denkt noch einmal darüber nach. Es wäre ja schon obercool, wenn er den geheimen Zugang zum Gebäude finden würde. Die Sache ist nämlich die, dass Waldimir normalerweise nichts findet. Seine Gabe ist es, Gefahr zu erahnen. Der Spürsinn, den sein Bruder hat, fehlt ihm dagegen. Mitja hat in seinem Leben schon Dutzende Male Finderlohn kassiert, indem er Portmonees, Schlüssel, Ringe, im Bus vergessene Taschen und Flugtickets gefunden und ihren Besitzern zurückgegeben hat. Wladimir hat keinen Spürsinn, er hat Ahnungen. Er ahnt die Schlucht. Er weiß, wo er mit dem Abgrund rechnen muss.

Wladimir ist hierhergekommen, um zu beweisen, dass er – auch er – einen Spürsinn hat. Als sie sich einmal über das Thema gestritten haben, hat Mitja gelacht und gesagt, selbst einen Goldklumpen direkt vor seiner Nase würde Wladimir wohl nicht finden.

Wladimirs Ahnungen heißen bei Mitja Angst.

»Der Typ hat bloß Angst«, sagt er und lacht.

Dann ist es so weit.

Wladimir findet den Zugang.

Der Pfeil

Ich konnte nicht sagen, wie lange das Mädchen auf dem Stein nebenan gesessen und mich im Schlaf beobachtet hatte. Aber ich hatte in meinem Traum gespürt, dass sie da war. Sie hatte dort etwas von sich zurückgelassen. Im Traum stand ihr Hotel mitten in einem verwilderten Garten, und niemand wollte dort wohnen. Der Ball war zu Ende, das Orchester war verschwunden. Trotzdem wusste ich sofort, dass es *das* Hotel war.

Ansonsten war alles aus der Tagwelt im Traum an seinem normalen Platz. Die gestreiften Schatten, die Strandbar, die Sandburgen. Nur die Stimmung war ganz anders, und sie veränderte die Landschaft völlig. Alles von der Sandschaufel bis zum Sonnenschirm hatte eine neue, traumeigene Form. Die Sonne sah aus, als würde sie erlöschen, und außerdem wirkte sie eher bleich wie der Mond, und alle Gegenstände hatten seltsam geformte Schatten, Schatten, obwohl es kein Licht gab.

Auch die Sonnenanbeter sahen anders aus. In den Liegestühlen saßen jetzt Jungen, die aufs Meer hinausstarrten, mit einem konzentrierten Gesichtsausdruck wie Spieler vor der Konsole. Aber die Gesichter der Jungen wurden nicht vom Bildschirm, sondern vom mondbleichen Meer beleuchtet. Sobald ich einen der Jungen erkannt hatte, wusste ich auch sofort, wer die anderen waren.

Als Erstes Noel. Es kam mir ganz normal vor, dass er zwischen den anderen saß und zum Horizont schaute.

Neben ihm sah ich Jimi aus der Nachbarstraße. Wir hatten denselben Schulweg. Manchmal kam es auch vor, dass wir uns prügelten. In den Pausen waren auch Artur und Oskar aus der Parallelklasse dabei. Ihre Spezialität waren schlechte Witze, über die wir umso mehr lachten, je schlechter sie wurden.

Hinter Jimi saß Elias, der Spielfreak. Allzeit bereit, Tipps zum Anbaggern von Mädchen zu verteilen, aber selber ging er anders vor. Und das war kein Wunder, denn befolgte man seine Ratschläge, handelte man sich höchstens Ohrfeigen ein.

Neben Elias hockte Edgar. In der Schule kippelte Edgar die ganze Zeit mit seinem Stuhl und quatschte, aber jetzt tat er nichts davon.

Die Jungen schienen weit entfernt zu sein, als gehörten sie zum Leben eines anderen. Wie Figuren in einer Serie, die vor tausend Jahren im Fernsehen gelaufen war.

Sie gehörten zum Leben eines anderen Jungen.

Aber das Hotel –

es stand hinter den Bäumen in einem Garten und hatte viele Fenster, die aufs Meer hinausgingen. Mir war klar, dass es ein Hotel war, denn es war von einer feierlichen Atmosphäre umgeben. Das ganze Gebäude badete sozusagen in Licht. Im Garten strahlten Dutzende von Laternen, und hier und da huschten Schatten von Menschen vorbei, die tanzten oder spazieren gingen. Die großen Fenster im Erdgeschoss standen offen, und die Orchestermusik klang bis nach draußen. Es war das Hotel des Mädchens, und die Feier dort steuerte auf ihren Höhepunkt zu. Als hätte ich sie durch diese Erkenntnis herbeigerufen, tauchte im selben Moment das Mädchen auf der Bühne des Traums auf. Sie lief durch den Garten und trat vor mich auf den Strand, sie bemerkte mich und lächelte. Das machte mich unfassbar glücklich. Das Mädchen lächelte nämlich so, wie man einen Jungen anlächelt, den man gerne um sich hat. Sie war echt süß, wie sie lächelte. Mit ihrem Arm zeigte sie zum Hotel.

Ich begriff, dass sie ein Date vorschlug.

Im Traum ist alles irgendwie immer besser,

so wie jetzt. Denn ich –

wachte auf.

Vom Licht der untergehenden Sonne wurde der Strand in glühendes Rot getaucht. Die Jungen waren aus den Liegestühlen verschwunden. Und auch Wladimir war nicht mehr auf dem Stein, auf dem er gelegen hatte, als ich eingeschlafen war. Ich blinzelte und hob die Hand als Sonnenschutz an die Stirn. Einige ältere Jungen und Mädchen saßen im Kreis am Wasser und prosteten sich zu. Sie hatten im Sand ein Lagerfeuer gemacht. Gitarrenklänge schwebten durch die Luft.

Und da war das Mädchen wieder, so nah wie noch nie, das erste Mal so nah, dass ich sie hätte berühren können.

»Ich habe dir was zu sagen«, sagte ich leise, ungewöhnlich leise, denn ich hatte Angst, sie könnte sich in Luft auflösen, wenn ich lauter sprach. Schrei nicht so, bekam ich ständig zu hören. Kannst du nicht mal in normaler Lautstärke reden?

Wahrscheinlich hörte mich das Mädchen nicht oder wollte mir nicht zuhören, sie hob nur gereizt die Schultern. Gedankenverloren sahen wir einem Hund nach, der über den Strand humpelte. Der Arme hatte einen Verband um die Pfote. Hilflos zuckte ich die Schultern, als sei das irgendwie meine Schuld. Das gefiel dem Mädchen anscheinend auch nicht. Vielleicht fand sie Entschuldigungen blöd. Sie stand jetzt mit aneinandergedrückten Fersen da. (An dieser Stelle muss ich mal eine Beobachtung einschieben: Ihre Füße standen nie still, es ging vor, zurück, zur Seite; sie griffen aus, hüpften, krümmten sich; aber alles, was sie mit den Füßen machte, geschah so beiläufig, dass es wohl einfach ihre spezielle Art war, zu stehen.)

Irgendwie musste ich das Mädchen auf mich aufmerksam machen. Mir etwas ausdenken, das ihr Interesse weckte. Das tat ich auch, doch leider ging es gründlich daneben. Wenn du etwas auf Teufel komm raus willst, bist du eben nicht in Bestform. Als ich versuchte, auf den Stein zu springen, auf dem sie stand, verlor ich das Gleichgewicht und flog ihr direkt in die Arme. Beinah zerquetschte ich sie unter mir, und sie musste sich wütend freistrampeln. Kaum war sie wieder auf den Beinen, drehte sie sich um und humpelte davon. In der Welt der Computerspiele heißt TOD, dass man einen neuen Versuch bekommt, aber im Leben gibt es das nicht, und es ist unmöglich – manchmal kommt es mir zumindest so vor – das Leben richtig zu leben.

Das Mädchen reagierte nicht auf meine Entschuldigungen. Sie wandte sich nicht einmal mehr um, sondern winkte nur genervt ab und ging weiter auf die Felsen zu. Als sie schon fast im Wald verschwunden war, bemerkte ich etwas Ungewöhnliches: Auf dem Rücken trug sie einen Köcher mit Pfeilen. Und einen Bogen hatte sie auch dabei. Das war mir vorher gar nicht aufgefallen. Ich stand noch einen Moment herum und konnte mich nicht entscheiden, was ich jetzt tun sollte. Dann wurde mir klar: Das Mädchen durfte mir dieses Mal nicht abhandenkommen, oder ich würde sie für immer verlieren. Und so lief ich ihr rasch auf dem Pfad hinterher.

Doch ich verlor sie ein drittes Mal. Die Felsen waren ihr Revier, und deshalb konnte ich ihr nicht das Wasser reichen. In der feuchten Hitze herumzuklettern, war anstrengender und schwieriger als das Laufen auf der Straße. An die Straße war ich gewöhnt, der ölbefleckte Asphalt rund um verlassene Fabriken war *mein* Revier. Der Wald aber versuchte die ganze Zeit, mich zu Fall zu bringen, mir einen Ast oder eine Wurzel in den Weg zu strecken, mich ins Gesicht zu schlagen oder an den Haaren zu ziehen. Kurz und gut: Ich schaffte es nicht, dem Mädchen auf den Fersen zu bleiben.

Die Aussicht, die sich vor mir öffnete, entschädigte mich allerdings dafür. Es war fast genauso eindrucksvoll wie die verbotene Landschaft vor dem Fenster des Silos, doch daran wollte ich in diesem Moment gar nicht denken. Schnell schüttelte ich die Erinnerung ab, strich mir die Haare aus der Stirn und konzentrierte mich auf das, was sich mir bot, als ich über den Strand unter mir schaute: Aus Steinen aufgeworfene Wellenbrecher und Findlinge griffen weit aufs

Meer hinaus. In einiger Entfernung vom Strand strahlte das Rot-Weiß eines Seezeichens. Unzählige Sonnenschirme und leere Liegestühle waren über den Sand verteilt, dahinter erhob sich das buschbestandene Gebirge der Dünen. Draußen auf dem Wasser lagen Segelboote und Motorboote in einer Reihe vor Anker, und von einem Schwimmfloß hüpften Kinder wie braune Sprungfedern ins Wasser. Hinter all dem schimmerte Land's End Camping wie eine Miniaturwelt.

Ich brauchte lange, bis ich auf der Kuppe den Weg fand, der auf die andere Seite der Felsen hinunterführte. Schließlich trugen meine Füße mich nach unten, über Stock und Stein, immer schneller, direkt zu einer Kiefer, die über dem Weg stand, schief, wie alle Bäume an dieser Küste. Aber anders als die meisten anderen Bäume wirkte sie kräftig und war bestimmt auch älter. In ihre Rinde war etwas geschnitzt, vielleicht Herzen, als Zeichen für heiß lodernde Liebe. Doch als ich näher kam, sah ich, dass es keine Herzen oder andere Symbole waren. In die Rinde waren Namen geritzt, aber ausschließlich Jungennamen. Jesse, Jonas, Lauri, Luis, Neo, Niko, Nathan, Mikael und so weiter. Grob mit einem Taschenmesser eingekerbt. *Wer waren diese Jungen?*

In Richtung Strand wurden die Bäume dichter, bald konnte man schon von einem Wald sprechen. Krumme Baumwurzeln wuchsen aus der feuchten Erde wie verzauberte Schlangen. Zwischen den Ästen, die sich in alle Richtungen streckten, herrschte eine Dämmerung, die sich stellenweise zu Dunkelheit verdichtete. Immer wieder blieb ich mit den Schuhspitzen in den Wurzeln hängen, die den

Pfad kreuzten, und war mehr als einmal kurz davor, einen Abgang zu machen. Dann wieder schleuderten Zweige aus dem Nichts hervor und schrammten mir die Arme blutig. Oder sie hatten es auf meine Augen abgesehen. Es dauerte eine Zeit lang, bis ich erkannte, dass manche dieser Steine und Baumstümpfe in Wirklichkeit Liegestühle waren, die das Meer an den Strand gespült hatte. Jetzt waren sie verrostet und zu Müll geworden. Und die formlosen Klumpen auf dem Boden waren keine Gräser und Sträucher, sondern Abfall, der mit Erde bedeckt war: Sandalen, Strandspielzeug, Stücke von Brettern, Saftpackungen.

Und die Geräusche? Der Wald war voll davon: Vogelstimmen, das Summen von Insekten, ein Sirren und Knacken und als Hintergrundmusik die Dünung, die pausenlos an den Strand rollte. Das Mädchen war nicht zu sehen. Aber sie hatte Zeichen an den Zweigen hinterlassen, wie den Angelköder, der sich in einem Busch verfangen hatte; er lauerte auf im Wald herumfliegende Fische und bewies, dass das Mädchen hier entlanggekommen war. In einem anderen Zweig hing ein Büschel verfilzter blonder Haare. Damit hörten die Zeichen auch schon auf.

Ratlos blieb ich stehen, mit dem Köder und der Haarlocke in der Hand, und überlegte, wohin ich gehen sollte. Vor mir teilte sich der Weg in Dutzende kleinere Trampelpfade; einen Hauptweg gab es nicht, und man konnte nicht einmal sagen, ob die Pfade überhaupt irgendwohin führten. Ich wusste, wo die Felskuppe war und wo das Meer, und doch war dieses Ufer viel wilder, verglichen mit dem Touristenstrand auf der anderen Seite der Kuppe. Direkt vor mir lag ein undurchdringliches Dickicht, dessen gewundene Zweige an kämpfende Schlangen erinnerten.

Da plötzlich –

EIN PFEIL.

Der Pfeil sauste knapp an meinem Ohr vorbei und traf den Baum neben mir. Wie versteinert starrte ich ihn an. In dieser gefühlten Ewigkeit spielte sich vor meinem geistigen Auge die Szene vom Strand ab: das Mädchen, das davonging, ihr Rücken mit dem Bogen und dem Pfeilköcher. Ich warf mich auf den Boden und presste das Gesicht zwischen die Knie. Einen Moment hockte ich still da und horchte, ob in der Nähe Schritte zu hören waren. Als es ruhig blieb, kroch ich weiter und suchte Schutz zwischen den Büschen. Angst hämmerte in meiner Brust. Den Pfeil hatte ich mir nicht eingebildet. Er war echt. Zwar hatte er mich nicht verletzt, aber er hätte es tun können. Statt im Baumstamm hätte er genauso gut in meinem Hals stecken können, und aus meiner Schlagader würde gerade eine unglaubliche Menge Blut auf die Blätter sprudeln. Er hätte mein Herz oder mein Auge treffen können.

Wäre die Schützin nur genauer gewesen –

oder nachlässiger?

Weil ich den Pfeil mitnehmen wollte, tastete ich mich näher an den Baumstamm heran und setzte mich etwas auf, um daran zu ziehen. Doch der Schaft wackelte nur in meiner Hand und ich musste mich weiter aufrichten, damit ich ihn fester packen konnte. Aber ich hatte wieder kein Glück, und so stellte ich mich aufrecht vor den Pfeil und zog und zerrte mit aller Kraft. Als er sich schließlich löste, schnellte meine Hand mit ihm nach hinten. Ich kiekste triumphierend. Und wurde wieder beschossen (vielleicht weil ich mich so freute?); der Pfeil traf denselben Baum wie vorher, aber weiter unten. Ganz nahe an meinem Kopf. Wütend und fassungslos warf ich mich zurück in die Sträucher. Das Mädchen war überhaupt nicht so, wie ich gedacht hatte – sie war kein bisschen nett und normal, wie in meiner Vorstellung, sondern von allen guten Geistern verlassen.

Ich umklammerte den Pfeil und schrie:

Frieden! Ich bin unbewaffnet.
Nicht töten.
Lass mich gehen.
Ich bin nur ein Urlauber.
Ein ungefährlicher Tourist.
Also, ich gehe jetzt –

Gerade, als ich mich erhob und davonstolpern wollte, traf wieder ein Pfeil den Baum direkt neben mir.

Das Mädchen

Dafür, dass sie einen weiten Rock und keine Schuhe trägt, ist das Mädchen schnell. Der weite Saum bleibt in dornigen Zweigen hängen und schleift Reisigstückchen, Papierschnipsel und anderes mit sich. Und dann ist da noch das, was zum Schutz in den Saum eingenäht ist, Vogelknochen und Federn, Glassplitter als Kristalle und Muscheln als Perlen, überwiegend guter Zauber. Das Kleid begleitet das Mädchen überallhin und schleppt dabei den ganzen Wald mit. Und auf dem Rücken Bogen und Köcher. Die Pfeile hat das Mädchen selbst gemacht, denn sie kann nicht nur nähen, sondern beherrscht auch viele andere alte Künste; sie schärft Waffen, und wenn es sein muss, stellt sie auch Gifte her.

Das Hotel ist für das Mädchen der wichtigste Unterschlupf. Während sie auf Gäste gewartet hat, hat sie geputzt und aufgeräumt und den Tisch gedeckt; eine große Tafel für eine große Gesellschaft. Noch weiß sie nicht, wer kommen wird. Jetzt sitzt sie auf dem Tisch und baumelt mit den Beinen, sie erfreut sich an ihren Zehennägeln, die sie mit glitzerndem Silber bemalt hat. Ihre Füße rühren in der staubschweren Luft des unbewohnten Zimmers. Feuchtigkeit ist in alle Winkel des Hauses gedrungen.

Das Mädchen ist allein in diesem Hotel, das kein Hotel mehr ist. Manchmal ist sie niedergeschlagen. Dann fällt es ihr schwer, sich auf die Vorbereitungen für die Abschiedsfeier zu konzentrieren. Aus Zeitungen schneidet sie Todesanzeigen von Kindern aus, die mitten im Leben gestorben sind. Oft gehen solche Kinder auf Wanderschaft. So etwas beobachtet sie auch an diesem Strand.

Der Captain

Ganz still lag ich unter dem Blätterdach der Büsche, versteckt wie ein bedauernswertes Pelztier vor dem Jäger, der ganz in der Nähe herumschlich. Eine Zeit lang würde das Mädchen danebenschießen und so tun, als könne sie nicht zielen, aber am Ende würde sie ins Schwarze treffen. Den Pfeil an meine Brust gepresst, dachte ich an die durchbohrten Opfer, die ich in meinem Leben schon gesehen hatte. In einer Kunststunde zum Beispiel hatten wir uns ein Bild von einem Märtyrer angeschaut, in dem so viele Pfeile steckten, dass er aussah wie ein Stachelschwein. Der heilige Sebastian. Das wusste ich noch, weil wir den Sebastian aus unserer Klasse deswegen geärgert hatten. Sebastian war dick, in seinen Körper hätten viele Pfeile gepasst. Wir nannten ihn den Heiligen Bauch. Blöd. Blöd. Blöd. Sollte ich dies hier überleben, würde ich so etwas nie, nie wieder machen. Ich würde ein anständiger Mensch werden, der nur Gutes über seine Mitmenschen denkt.

Ohne darüber nachzudenken, in welche Richtung oder wohin, kroch ich rückwärts. Das Wichtigste war wegzukommen, und zwar schnell. Irgendwann wurde der Boden nasser. Zwischen meinen Fingern quollen Matsch und kleine Käfer hervor, hier lernte man wirklich alle Widerwärtigkeiten des Erdbodens aus nächster Nähe kennen. Es war wie Schwimmen im Kompost. Meine Angst vor den Pfeilen ließ nach, als ich begriff, dass das Mädchen mich schon getötet hätte, wenn das ihr Plan gewesen wäre. Sie hatte mich nur warnen wollen.

Nimm mich nicht auf die Schippe. Ich meine es ernst.

Mein Gott, was für Methoden. Schließlich wagte ich es, mich in eine halbwegs aufrechte Haltung aufzurappeln und ging vorwärts weiter. Dabei sah ich mich immer wieder um, weil ich prüfen wollte, ob mir jemand folgte. Auch deshalb bemerkte ich die Wand nicht, gegen die ich stieß.

Das Haus stand am Meeresufer an einer abgelegenen kleinen Bucht. Wer wohnte wohl an so einem eigenartigen Ort? Gebückt wegen der Pfeile schlich ich an der Wand entlang, aber eigentlich hatte ich keine Angst mehr, denn das Haus gab mir ein Gefühl von Sicherheit. Das Mädchen würde kaum auf einem fremden Grundstück herumschießen, sie wollte ja nicht bei einem Mord ertappt werden. Also ging ich weiter, den Pfeil in der Hand, das Haarbüschel und den Angelköder in der Tasche.

Wie bei solchen herrschaftlichen Villen üblich, zeigte die prächtige Fassade des Gebäudes auf das Meer. Eine breite Treppe mit schmiedeeisernen Geländern auf beiden Seiten führte zu einer Veranda, deren hohe Fenster mit kleinen bunten Scheiben verziert waren. Dahinter waren bestimmt große helle Räume, aus denen man aufs Meer schauen konnte. Das Haus selbst war ganz mit Efeu bedeckt und sah aus wie eine grüne Wand im Wald. In ein zerbrochenes Fenster im oberen Stock war ein Ast gewachsen. Auch viele andere Fenster waren kaputt und die Sprossen hingen krumm und schief in den Rahmen. Auf dem Rasen vor dem Haus lagen allerhand beschädigte Gegenstände, kleine Gartenstühle, die aussahen wie ausgeblichene Tierknochen.

Das Haus stand leer. Die Gartenlaternen hatten seit Jahren nicht mehr gebrannt und in den Fenstern war seit Ewigkeiten kein Licht mehr gewesen. Der vertraute Geruch nach leer stehenden Gebäuden stieg mir in die Nase. Es war eine Mischung aus Baumaterial und Möbeln, die feucht geworden waren, aus Schimmel (in den Wänden und Fußböden), aus Fäulnis und Rost. Wer schon mal in so einem Gebäude gewesen ist, erkennt den Geruch. Ich fühlte mich dadurch sicherer. Es schien, als sei das Haus wie aus dem Nichts aufgetaucht, um mich zu beschützen.

Aber wie gesagt, es war in einem erbärmlichen Zustand. Überall hatte das Meer seine Spuren hinterlassen, auf den Geländern klebten Hunderte Muscheln (als wäre das Gebäude dabei, sich in Stein zu verwandeln), und die Treppe war voller Sand, genauso wie die Veranda. Überall schien Sand zu sein. Was kaputtgehen konnte, war kaputt, Geländer waren zerbrochen, Treppenstufen hatten sich gelöst.

Und plötzlich – es war tatsächlich der Tag der Ereignisse.

»Wer schleicht denn hier herum? Ein Spion?«

Eine dunkle Stimme –

und wieder steckte ich in Schwierigkeiten.

Kennt ihr den Film *Spiel mir das Lied vom Tod?* Das ist ein Western, der zu Wladimirs Lieblingsfilmen gehört. Eine Szene spielt in der Prärie, obwohl das im Film nicht die richtige Prärie ist, sondern eine Kiesgrube in Italien. Solche Filme nennt man Spaghettiwestern, weil Pasta das italienische Nationalgericht ist und alles in diesen Filmen italienisch ist (bis auf ein paar Schauspieler, die Spanier oder Amerikaner sind). Darauf kommt es aber nicht an. Es spielt auch keine Rolle, dass diese Prärie sich nördlich von Rom befindet. Das Wesentliche ist, dass im Film zwei Kräfte aufeinandertreffen und dass dieses Zusammentreffen von großer Bedeutung ist. Schicksalhaft. Die Männer starren sich an. Das dauert richtig lange. Trotzdem langweilt man sich nicht. Denn man weiß, sobald die Musik aufhört, ziehen die Männer ihre Waffen und schießen. Und einer von ihnen wird sterben. Der Langsamere von beiden.

In einem Duell haben die letzten Worte eine besondere Bedeutung. In dieser Szene fragt der Mann, der getroffen wurde, den Schützen: Wer bist du? Der Zuschauer weiß es zu diesem Zeitpunkt schon: Der verletzte Mann heißt Frank oder so ähnlich. Er ist der Anführer einer Gangsterbande und hat den großen Bruder des Schützen getötet. Aus dem ist daraufhin der Rächer mit der Mundharmonika geworden, Franks böser Schatten. Wie der ältere Bruder gestorben ist, sieht man im Film als Rückblende: Er steht mit einem Strick um den Hals auf den Schultern des jüngeren, und als dieser vor Müdigkeit zusammenbricht und umfällt, zieht der Strick sich zu und der große Bruder stirbt. Franks Leute stehen drumherum und lachen, denn sie sind ja durch und durch böse. Die Szene ist nicht nur ziemlich traurig, sie macht einen auch wütend.

In der Duellszene kommen nur diese beiden Männer vor. Man sieht sie in Nahaufnahme, alle Poren und Schweißperlen sind zu erkennen. Wie eine Mondoberfläche voller Krater. Die Fliegen, die durch die Luft surren, werden riesig wie Bisons. Am Ende der Szene stirbt der Mörder.

Dass ich die Wracks getroffen habe, ist für mich genauso bedeutsam wie das Duell für die Filmfiguren, auch wenn sich unsere gemeinsame Zeit auf mehrere trockene und heiße Tage am Strand verteilt. Es ist schicksalhaft, genauso wie das Zusammentreffen mit dem Mädchen. Wenn ihr diese Stimmung begreifen wollt, könnt ihr euch im Netz das Stück aus dem Film als Hintergrundmusik hierzu anhören. *Spiel mir das Lied vom Tod.* Final scene. Play. Und denkt dran, die Lautstärke voll aufzudrehen. Filmmusik muss man laut hören.

»Was suchst du hier?«, fragte ein breitschultriger Junge.

Kap Arkona, vermutete ich. Ich hatte die anderen Jungen von ihm reden hören. Der Captain. Hinter ihm stand eine Gruppe von Jungen. Kap Arkona war der Typ Junge, den der Trainer aufs Spielfeld schickt, um den gegnerischen Stürmern Angst einzujagen. Er hatte eine Narbe im Gesicht, und ein Zahn fehlte ihm auch. Als Tier wäre er ein Bär gewesen. Die Mädchen aus der Raucherecke an unserer Schule hätten gesagt, er habe eine düstere Anziehungskraft. Von ihm ging etwas Gnadenloses und gleichzeitig etwas Aufrichtiges aus. Später würde ich noch erfahren, dass er niemals das Gesetz brechen würde, dem er sich unterworfen hatte. Das Gesetz des Strandes war sein Meister.

Obwohl Kap Arkona stark zu sein schien, war er für mich nicht der Frank aus der Filmszene, gegen den die Hauptfigur (also ich) kämpfen musste. Es war ein anderer aus der Gruppe. Dessen Kraft war schwammiger und deshalb gefährlicher. Aber darum geht es jetzt nicht, noch nicht.

»Lass hören!« Der Junge piekste mich herausfordernd mit dem Stock, den er wie die anderen dabeihatte.

»Das ist doch Mitja!«, tönte es plötzlich von oben. Ich erkannte die Stimme sofort. Im selben Moment plumpste mir der kleine Junge namens Joshua vor die Füße. Hinter ihm sprangen noch ein paar andere Jungen herunter. Alle Bäume rundherum schienen einen Bewohner zu haben. Einige Jungen erkannte ich, aber Joshua gab als Einziger zu, dass er wusste, wer ich war.

»Wer zum Henker ist Mitja?«, fragte der Captain mit dunkler Stimme.

»Das ist ein Junge, der Essen für uns geklaut hat«, erklärte Joshua, jetzt etwas vorsichtiger. Nach der ersten Wiedersehensfreude war ihm wohl klar geworden, dass er keine besonders starke Stellung in der Gruppe hatte.

»Wer hat ihm erlaubt, an unserem Strand zu klauen?«

»Das … das wollte er ja gar nicht. Wir haben ihn gezwungen«, sagte der kleine Junge.

Da fiel mir die düstere Gestalt von Medusa auf; er lehnte sich zu Kap Arkona hinüber und flüsterte ihm etwas ins Ohr.

»Nikolai«, rief er. »Los, komm her. Sieht aus, als müsstest du uns was erklären.«

Nun ließ sich auch Nikolai von einem Baum herunterfallen.

»Der Typ ist bloß ein Tourist. Wir haben uns ein bisschen auf seine Kosten amüsiert.«

»Und warum weiß ich nichts davon? Warum habt ihr mir das nicht erzählt?«

»Was machst du noch hier?«, fuhr Nikolai mich an. »Du solltest doch abfahren.«

»Naja, ich – das ist eine lange Geschichte.«

»Ich hab keinen blassen Schimmer, was dieser Typ hier macht. Die wollten weiterfahren. Das hat er uns wenigstens erzählt.«

Ich war verlegen und fühlte mich fehl am Platz. Naiverweise hatte ich geglaubt, dass Nikolai sich vielleicht sogar freuen würde, wenn er mich wiedersah. Aber das konnte ja gar nicht sein. Weil ich meine Enttäuschung nicht zeigen wollte, starrte ich dem Captain grimmig ins Gesicht. Angriff ist die beste Verteidigung.

»Habt ihr vorhin auf mich geschossen?« Ein überraschtes Murmeln ging durch die Gruppe, und die Nadeln der Bäume rundherum zitterten. Die Jungen sahen sich an, viele verfolgten die Reaktion des Captains.

»Du wurdest beschossen?« Erstaunt nahm er mir den

Pfeil aus der Hand und untersuchte ihn genau. »Bist du getroffen worden?«, fragte er schließlich.

»Nein.«

»Gut für dich. Da könnte Gift dran sein.«

»Ja, aber wer …«

»Also, wir nicht. Wir schießen nicht mit Pfeil und Bogen.« Mit gerunzelter Stirn gab er mir den Pfeil zurück. »Wir benutzen Messer. Nahkampf ist eher unser Ding.«

»Aber wir wissen, wer auf dich geschossen hat«, wandte Nikolai ein, immer noch mit herablassendem Gesichtsausdruck, aber diesmal sah er mir immerhin ins Gesicht.

Ich schaute trotzig zurück. »Ich auch. Das Mädchen.«

Einige Jungen sahen sich vielsagend an. Die anderen behielten ihr Pokerface.

»Also, du weißt über das Mädel Bescheid – ?«

»Die sind sich über den Weg gelaufen«, sagte Nikolai schnell. »Du weißt ja, dass die Tussi sich dauernd an neue Jungs ranschmeißt. Luder bleibt eben Luder.«

Zustimmendes Nicken ringsum. Einige Jungen kicherten. Einer formte aus seinen Händen Halbkugeln, um Brüste anzudeuten, und ging auf Zehenspitzen wie auf hochhackigen Schuhen. Andere schmatzten dämlich mit den Lippen. Total kindisch.

»Ich hab sie am ersten Abend an der Autobahn gesehen, aber sie ist weggelaufen. Vielleicht hat sie Angst …«

Die Jungen brachen in Gelächter aus.

»Der Typ denkt, jemand hat Angst vor ihm!«

»Mister Oberschlau!«

»Oooohhh, ich hab so die Hosen voll!«

In den Bäumen ringsum pfiffen und klatschten die Jungen. Aus dem Lachen wurde ein Grölen. Der Captain sah sie verärgert an.

»Sieht aus, als hätten wir dir das Leben gerettet, Kumpel«, sagte er zu mir. Seine Untergebenen brachte er zum Schweigen, indem er einen kleinen Rothaarigen am Kragen packte und ihn in der Luft schüttelte. »Maul halten! Ich krieg gleich die Krise mit euch!«

Seine Miene war dabei aus Stein, für Witze hatte er nichts übrig, genauso wenig wie sein zweiter Mann, Medusa. Zu mir hatte Medusa noch kein Wort gesagt. Jetzt sprach er mit dem Captain, und sie sahen immer wieder zu mir herüber. Nikolai stellte sich dazu und noch einige andere größere Jungen. Die übrigen gackerten im Hintergrund weiter. Romeo zum Beispiel schnitt todesmutig hinter dem Rücken des Captains Grimassen, obwohl er einen Heidenrespekt vor dem Boss hatte.

»Du kommst jetzt mit uns ins Dorf«, bestimmte der Captain. »Da überlegen wir uns, was wir mit dir machen.« Dann befahl er einem der Wracks, mich auf die inzwischen vertraute Weise mit einem anderen Jungen zusammenzubinden. Die Vorsicht war umsonst, ich würde nicht abhauen. Meine Neugier war geweckt und ich würde hierbleiben, bis sie gestillt war. Und das war noch lange nicht der Fall. Außerdem glaubte ich nicht mehr, dass ich in Lebensgefahr schwebte. Unsere gemeinsame Party am Strand war mir noch gut in Erinnerung.

Als die Gruppe kehrtmachte und in Richtung Strand losmarschierte, kam Nikolai zu mir und legte mir freundschaftlich den Arm um die Schultern. Anscheinend hatte er vergessen, wie unfreundlich er vorhin zu mir gewesen war. Warum sollte ich also noch daran denken? Trotzdem reagierte ich nicht, als er versuchte, den lockeren Kumpel zu mimen, sondern gab mich weiter abweisend. Doch Nikolais Augen strahlten mich freundlich an, und so hielt ich nicht lange durch.

»Wir bringen dich ins Dorf, das wird schon alles gut gehen«, beruhigte er mich. »Ich dachte, wir bräuchten das nicht zu machen. Ich dachte, du würdest wegfahren und wir würden dich nie wiedersehen. Aber dass du jetzt da bist – das beweist ja wohl einiges.«

Bis wir im Dorf ankamen, hatten ich, Nikolai und Mark Antonio uns schon ein bisschen kennengelernt und verstanden uns großartig.

»Was hat die Frau eigentlich für ein Problem?«

»Die ist total durchgeknallt«, meinte Nikolai.

»Allerdings die schönste Durchgeknallte weit und breit«, setzte Mark Antonio hinzu und lächelte vielsagend.

»Sie ist doch die einzige Tussi in der Gegend, da kann sie leicht die Schönste sein«, grinste Nikolai. »Ist bloß nicht gesund, mit ihr zusammen zu sein. Das Mädel mischt sich in unsere Angelegenheiten ein, aber sie ist nicht nur eine Nervensäge. Sie hat was mit dem Verschwinden von einem Typen zu tun.« Nikolai wollte sicherstellen, dass ich seinen Gedankengängen folgte. »Du erinnerst dich an Caesar?«

»Ja, du hast von ihm gesprochen.«

»Genau. Wir glauben nämlich, dass das Mädel dahintersteckt. Sie ist wie eine Würgeschlange, weißt du? Ist ein Junge alleine unterwegs, lauert sie ihm auf und schlägt genau dann zu, wenn er am wenigsten darauf vorbereitet ist. Und hat sie ihn erst mal in ihrem Würgegriff, lässt sie nicht los, ehe sein Herz aufhört zu schlagen. Das ist mein voller Ernst, und ich erzähle es dir, weil ich nicht will, dass dir was passiert. Ich finde, du bist ein bisschen wie Caesar. Ist nicht böse gemeint, aber du bist ein bisschen blauäugig. Du könntest ihr ins Netz gehen.«

»Ja, aber das mach ich schon nicht. Lass gut sein.«

Das Camp war komplett aus Sachen gebaut, die das Meer angeschwemmt hatte. Zuerst begriff ich nicht mal, dass der Schrott irgendeine Form hatte, und hielt es für eine Müllkippe. Aber das stimmte nicht. Holz, Blech und Spanplatten waren zu Wänden, Dächern und Unterständen zusammengezimmert, die eine Art Dorf bildeten. Drumherum verlief ein Zaun und in der Mitte war ein Platz, auf dem einige Jungen gerade ein Lagerfeuer entfachten. Das war also auf keinen Fall eine Müllhalde, sondern ein echt cooler Ort – und er gehörte diesen Jungen ganz allein.

Diejenigen, die nicht mit Anzünden beschäftig waren, tänzelten um den Feuerplatz herum. Sie sahen lässig aus in ihren schmuddeligen Shorts und zerrissenen Cargohosen, die sie bis zum Knie hochgekrempelt hatten. Viele waren in

Kampfbereitschaft, hüpften auf der Stelle, traten oder boxten in die Luft. Oder sie übten sich im Nahkampf, zum Beispiel *Mann mit Stock gegen Mann ohne Stock,* oder *Zwei Mann mit Stock.* Das Ziel der Kampfspiele war, den Gegner so weit zu bringen, dass er seinen Stock verlor oder sich ergab. Die Kämpfer ohne Stock hatten beim Ausweichen der Schläge tolle Akrobatik drauf. Alle hatten schmutzige Fußsohlen, und ihre Arme und Beine waren mit Schrammen und Kratzern übersät. Manche waren tätowiert, so wie Nikolai. Auf seinem Arm war ein Vogel, der aussah, als würde er fliegen, wenn Nikolai den Arm anspannte. Das war ziemlich unglaublich. Also lachten wir darüber.

»Das ist ein Seemannstattoo. Das bedeutet, ich hab eine Reise gemacht.«

»Wo bist du denn gewesen?«

»Naja, mein Leben ist doch ganz allgemein eine Reise, oder?«

»Ich will dabei sein, hier bei eurem … eurem … also, was ist das denn eigentlich genau?«

Mark Antonio stieß einen Pfiff aus. Nikolai sah mich scharf an. Der Moment schien ewig zu dauern.

»Machst du Witze?«, fragte Nikolai.

»Nein, du hast mich richtig verstanden. Ich rede keinen Quatsch.«

Nikolai sprang auf und marschierte zum Captain. Er flüsterte ihm etwas ins Ohr. Der Captain hörte zu, nickte und drehte sich um.

»Der neue Junge hat eine Lösung anzubieten«, teilte er

seinen Leuten mit. »Er will bei uns mitmachen. Wie findet ihr das?«

Meine Zukunft entschied sich in den folgenden Minuten, in denen die Jungen untereinander flüsterten und immer wieder zu mir herübersahen. Schließlich sagten die meisten Ja.

»Mitja ist okay.«

»Er kann ruhig mitmachen.«

»Einer mehr ist einer mehr.«

»Damit ist es also entschieden. Du bist dabei, aber«, der Captain trat vor mich hin und sah mir scharf in die Augen, »erst mal auf Probe. Wir behalten dich im Auge. Kapiert?«

An diesem Abend musste ich mehr als einmal zum Armdrücken und anderen spaßigen Kraftproben antreten. Aber ich war zufrieden. Näher am Glück konnte ein Junge wie ich nicht sein. Es schien, als wäre es mir vorherbestimmt gewesen, mich mit diesen Streunern zusammenzutun, und geradezu schicksalhaft, dass ich hier war. Und überhaupt, solange ich mit den Jungen zusammen war, vergaß ich sogar das Wohnmobil und meine Familie, die vielleicht gerade wieder darüber grübelte, ob ich schuld am Tod meines Freundes war. An diesem Abend vergaß ich einfach, dass es das Wohnmobil überhaupt gab. In den Augen der Wracks war mein einziger Nachteil anscheinend, dass ich zu wenig Respekt vor dem leer stehenden Haus hatte.

Weil es mir gerade in den Sinn kam, stieß ich Mark Antonio an, mit dem ich noch zusammengebunden war, und schlug ihm und den Jungen um uns herum vor, das Haus doch mal unter die Lupe zu nehmen. Aber ich erlebte eine Überraschung. Als Erstes lief ein Seufzer durch die Gruppe, dann schlang Nikolai den Arm um meinen Hals, aber diesmal drückte er so fest zu, dass ich einen Moment lang keine Luft bekam.

»Wir meiden dieses Haus«, raunte er mit unheilvoller Stimme.

»Wieso? Was ist denn damit?«

»Es ist kein gutes Haus. Deshalb.«

»Ich finde es ziemlich toll. Wart ihr schon mal drin?«

»Garantiert nicht. Da kann man nicht reingehen«, erwiderte Nikolai ungewöhnlich ernst. Die anderen waren auf seiner Seite. Sie konnten sich nicht vorstellen, dass jemand überhaupt darüber nachdachte.

»Bei mir zu Hause gibt es in der Nähe einen abgewrackten Silo. Ich bin einer von ganz wenigen Leuten, die wissen, wie man da reinkommt. Der ist total verrammelt, viel mehr als die Bruchbude dahinten. Hört mal, ich würde da leicht reinkommen und … ihr bestimmt auch. Da könnten wir uns doch bei Sturm gut verstecken, oder?«

Die Jungen sahen sich an. Schließlich sprach der Captain.

»Wir gehen da nicht rein.«

»Okay, verstanden.«

Und damit war die Sache abgehandelt, auch wenn ich nicht aufhören konnte, an das Haus zu denken.

Ein wichtiger Bestandteil des Camps waren merkwürdige, turmartige Konstruktionen, die überall am Strand und auf den Felsen standen. Die Jungen hatten alle möglichen Sachen aufgehäuft und mit Schiffstauen zusammengebunden: Bootsgerippe, feuchte Balken, Spanbretter und Obstkisten.

»Was ist das denn?«, wollte ich wissen.

»Das sind Leuchtfeuer. Wir nennen sie falsche Feuer.«

»Also, im Gegensatz zu echten?«

»Genau.«

Ich erfuhr, dass die falschen Feuer sozusagen Geisterfeuer waren, mit denen man Schiffe in Untiefen locken konnte. Während die echten Feuer den Schiffen halfen, Kurs zu halten, führten die falschen sie in die Irre, auf das Riff. Über das Warum machte ich mir erst mal keine Gedanken.

Allmählich wurde mir auch klar, dass die Jungen keine Ausreißer waren, wie ich vermutet hatte. Sie ließen nicht durchblicken, dass sie irgendwann auf den Campingplatz gekommen waren oder überhaupt irgendwo anders zu Hause waren als am Strand. Das enttäuschte mich ein bisschen, denn ich hatte gedacht, dass wir im selben Boot saßen und in gewissem Sinne gleich waren. Dass sie abgehauen waren, weil sie keine Lust mehr gehabt hatten, weiter mit ihren Familien Urlaub zu machen. Auf meine einfache Frage »Wo sind denn eure Leute?« folgte eine unglaubliche Diskussion.

»Leute? Welche Leute?«

»Naja, Papa, Mama, Oma und der Schäferhund Jim.

Mit wem seid ihr hergekommen? Von wo seid ihr abgehauen?«

»Wir sind nirgendwo hergekommen. Wir sind einfach da.«

»Aber alle kommen irgendwoher.«

»Wir nicht. Wir sind Wracks.«

»Ja, ja. Aber ihr habt doch irgendwo Familien?«

»Weiß jemand was von einer Familie?«

»Also, ich nicht.«

»Ja, wissen wir nicht mehr. Ich jedenfalls nicht.«

Schließlich gab ich auf und ließ die Sache auf sich beruhen. Wahrscheinlich hatten die Jungen schlimme Eltern und schlechte Erfahrungen mit Touristen; ich brauchte nicht weiter darüber nachzudenken und erst recht nicht nachzufragen, es interessierte mich ja gar nicht mal so besonders. Als mir in diesem Moment meine Familie auf dem Campingplatz einfiel, begriff ich, wie wichtig sie für mich war. In guten wie in schlechten Zeiten. Manchmal hatte ich die Nase voll von zu Hause, doch andererseits war die Familie wie ein Hafen. Dahin konnte man immer zurückkommen. Deshalb würde ich mich den Wracks nicht komplett anschließen. Nur, solange meine Familie auf dem Campingplatz war, würde ich meine Zeit bei ihnen verbringen. In dieser Zeit wäre ich ein lupenreines Wrack.

»Und du hast also eine, ich meine, eine … Familie?«, unterbrach Romeo meine Gedanken.

»Ja, hab ich«, sagte ich, »meine Mutter ist auf dem Campingplatz und mein Bruder. Mein Vater kommt später nach.«

»Ich glaub nicht, dass alle einen Vater oder eine Mutter haben«, überlegte Mark Antonio. »Ich hab jedenfalls keine.«

»Ich auch nicht«, stimmte Romeo zu, und ein paar andere nickten nachdenklich.

»Daran würde man sich doch erinnern«, warf jemand ein.

Als das Gespräch zu seinem Ende kam, sagte Nikolai: »Erinnern deprimiert mich«, und viele pflichteten ihm bei.

Schließlich wechselten wir das Thema, und nun erfuhr ich, dass die Jungen Strandräuber und warum ihre Feuer falsch waren, obwohl sie mit echter Flamme brannten (und sogar mit besonders hoher Flamme). Der Gedanke dahinter war dieser: Wenn die Wracks ihre Leuchtfeuer anzündeten, machten sie allen Leuchtfeuern in der Umgebung Konkurrenz. Da es an dieser Küste keinen Leuchtturm gab und man sich auf den Kompass nicht immer verlassen konnte, brauchte man Feuer, um die Schiffe sicher an den Untiefen vorbeizuleiten. Oder eben – bei den Strandräubern – direkt hinein. Die falschen Feuer zeigten die Einfahrt zu einer Bucht an, wo keine war. Sobald das Schiff auf Grund lief, wurde es ausgeraubt.

»Ihr lockt die Schiffe auf das Riff und dann …«

»Du hast es kapiert.«

»Verdammt noch mal, ja. Der Plan ist cool.«

Nun packte ein Junge eine Pfeife aus, die wir kreisen ließen. Die Jungen nannten sie Friedenspfeife. In den Pfeifenkopf war alles Mögliche vom Strand hineingestopft, und sie qualmte wie verrückt. Wir mussten husten, aber trotzdem gaben wir sie weiter und lachten uns dabei halb tot.

Silo 5

Die Geheimtür zum Silo ist hinter einem Haufen Metallschrott versteckt. Wie alle Türen und Fenster am Gebäude ist das Loch in der Wand mit einer Spanplatte vernagelt. Aber die Platte ist zum Teil abgerissen, sodass eine Öffnung entstanden ist. Sie ist nicht groß, aber sie reicht aus, um einen dünnen Jungen hineinschlüpfen zu lassen.

Vorher streckt Wladimir die Taschenlampe durch die Öffnung nach drinnen und versucht, etwas zu erkennen. Das Licht der Lampe ist kraftlos und reicht nur für eine kleine Fläche. Wahrscheinlich sind die Batterien bald leer. Idiotisch: in ein dunkles Gebäude gehen zu wollen, ohne die Batterien zu wechseln.

Wladimir hört die Stimmen der beiden anderen. Sie scheinen aus der Wand zu kommen und steigen auf einmal unerwartet in die Höhe. Weil es hier drinnen so hallt, kann man ihren genauen Standort nicht ausmachen. Wladimir versucht sich zu orientieren. Stehen bleiben kann er nicht mehr. Alles wäre besser als dieser dumpfe, stinkende Fußboden, den er im Schein der Taschenlampe betreten hat.

Irgendwo muss die Treppe sein, die nach oben führt.

Wladimir weiß weder, wie groß der Raum ist, durch den er sich den Weg leuchtet, noch, welchem Zweck er gedient hat. Pausenlos blickt er auf seine Füße. Er wird nicht darauf vertrauen, dass er sich im untersten Stockwerk befindet. Im Fußboden könnten Löcher sein, die in einen Keller führen. Fiele er dort hinein, wäre es das Ende, früher oder später.

Unter seinen Füßen ist alles voller Unrat und Abfall; in der öligen Flüssigkeit auf dem Boden liegt ein toter Vogel. Er wird wohl irgendwie durch die Fenster in den oberen Stockwerken hereingekommen sein. Seine Kleidung wird Wladimir später in den Müll werfen. Jetzt wundert es ihn nicht mehr, dass Mitjas Hosen ständig kaputt und voller Flecken sind, gegen die normales Waschpulver nichts ausrichten kann. Er kickt eine Sprühdose aus dem Weg, die mit lautem Klappern gegen ein paar andere Dosen prallt.

Im Silo nimmt man die Geräusche der Außenwelt nicht mehr wahr.

Das ist etwas ganz Spezielles. Etwas total Spezielles.

Kein anderes Gebäude ist wie dieses. Kein Architekt hat es geplant. Es ist überhaupt nicht geplant worden. Es ist einfach am Flussufer aufgetaucht, wie Pilze bei feuchtem Wetter. Zuerst ein Gebäude. Dann ein zweites. Zuerst ein Turm. Dann ein zweiter. Niemand hat je hier gewohnt. Nicht einmal, als die Türme noch in Benutzung waren. Jetzt wohnt in diesen Räumen der Geruch nach vermodertem Getreide und feuchten Wänden.

Die Aufgabe eines Silos ist es, etwas zu speichern.

Früher war es ein Getreidespeicher; so, wie es jetzt aussieht, ist es nur noch ein Müllspeicher.

Doch im Silo sind auch die Träume von Jungen gespeichert. Dieser Gedanke schießt in dem Moment an die Oberfläche, als das Licht der Taschenlampe über ein Graffito an der Wand wischt. Die Wände sind voll davon. Nebeneinander, übereinander. Hier sind alle geflüsterten und gesprühten Geheimnisse gut aufgehoben.

Man flüstert sie in die Luft
und sprüht sie an die Wand.

Der Silo ist ein Speicher,
und nachdem die Jungen gegangen sind,
speichert er ihre Träume.

Der Strand

He saw her dead, then said,
She went out at noon and the Ghost took her heart.
From that day we were warned not to do this.
Baarh is a small red fruit. We guard our hearts.

Carol Ann Duffy: Girl Talking

Das Mädchen

Die Autos rasen auf der vielspurigen Autobahn in beide Richtungen. Hinter ihnen entsteht ein Sog. Man spürt ihn, wenn man am Seitenstreifen steht, die Fersen im Sand, die Zehen auf dem Asphalt. Fast wird man mit fortgerissen. Ein besonders starker Sog geht von den Lastwagen aus, die schnell und schwer über die Straße rollen. Der Luftstrom hinter ihnen wirbelt Abfall auf, Blätter, Menschen. Lastwagen sind tödlich für jeden, der darunter gerät.

Ein plötzliches Ende hat dieselbe Sogkraft.

Man könnte diese Kraft als Trauer bezeichnen. Aber Trauer ist das falsche Wort für dieses Gefühl. Es ist zu weich und zu freundlich, umfasst nicht den Strudel, nicht den Sturm, den Trauer auch bedeutet. Ein plötzliches Ende reißt die Blätter in die Höhe. Wirbelt alles mit sich fort. Nichts bleibt an seinem Platz. Das Mädchen weiß es. Sehen ist ihre besondere Gabe. Sie kann in die Gedanken der Menschen hineinblicken. Traumseherin nennt sie sich. Ich bin eine Traumseherin. Genau das tut sie, sie blickt in die Träume und Gedanken, blickt hinein und sieht alles, sie lässt sich nicht belügen. Daher weiß sie: Wenn jemand ganz unerwartet stirbt, reißt dieser Tod ein Loch in die Welt, einen Strudel. Und wer an seinem Rand die Hände ausstreckt, wird mit hineingezogen.

Er reißt den Trauernden in einen Abgrund der Trauer.

Und genau das ist – der Campingplatz namens Land's End. Das letzte Ufer.

Ein neues Leben

Jeder Tag auf dem Campingplatz fing schon mit brütender Hitze an. Die Familien frühstückten auf ihren Terrassen oder im Gras auf einer Picknickdecke. Am Vormittag stieg die glühende Sonne hinter den Baumwipfeln nach oben an den Himmel und versengte den Rasen, der schon an vielen

Stellen gelb geworden war. Gnadenlos brannte sie auf die Kunststoffwände der Wohnmobile, auf die Planen der Igluzelte, die aussahen wie Ufos, zwang die Campingplatzbewohner nach draußen unter die Bäume und Pavillons. Alles verwelkte und verdorrte. Nur die Bremsen brummten dick und fett durch die Luft, und Vögel froren oder schwitzten ja anscheinend nie. Die Menschen allerdings drängten wie durstige Tiere an den Strand, erhofften sich vom Wasser eine kurze Atempause. Doch sobald etwas nass wurde, sengte es die Sonne sofort wieder trocken.

Jeden Morgen tauchte der Automechaniker auf und überbrachte uns seine gute und seine schlechte Nachricht. Zuerst die schlechte: Im ganzen Land gibt es zurzeit keine Ersatzteile. Danach die gute: Ein Werk im Ausland hat sie vorrätig. Die Bestellung ist abgeschickt und die Teile kommen (möglicherweise) übermorgen, aber wahrscheinlich eher später.

Ihr wisst natürlich, dass schlechte Nachrichten für Mama gute Nachrichten für mich waren. Was Wladimir darüber dachte, konnte ich immer noch nicht sagen. Aber ich glaube, dass es ihm nicht gut ging, obwohl er so viele Filme sehen durfte, wie er wollte. Sobald ich auftauchte, zuckte er zusammen. Einmal wachte ich davon auf, dass er im Schlaf weinte. Als ich ihn wach rüttelte, starrte er mich an, als wäre ich eine überdimensionale fleischfressende Pflanze, und wandte sich dann mürrisch ab.

Obwohl Mama von unserer Zwangspause nicht begeistert war, fand sie sich allmählich mit der Situation ab. Sie bot dem Automechaniker Kaffee und belegte Brote an, aber mein Bruder und ich sorgten dafür, dass er es nicht wirklich gemütlich hatte. Wenn er es nicht mitbekam (weil er gerade auf Mamas Busen stierte), streute ich Salz in seinen Kaffee. Einmal band ich die Schnürsenkel seiner Schuhe zusammen, ein anderes Mal legte ich eine Ringelnatter in seinen Werkzeugkasten. Immer wieder versteckte ich seine Werkzeuge, die sowieso nur Requisiten waren; ich sah ihn nie irgendetwas an unserem Auto machen. Auch Wladimir setzte ihm zu, indem er so tat, als würde er die kahlen Stellen an seinem Kopf bewundern (und vor allem die schütteren Resthaare), und ihn nach seinem Friseur fragte. Solche Bemerkungen liefen allerdings oft genug ins Leere, denn unser Automacker war nicht gerade ein Intelligenzbolzen.

»Morgen komme ich wieder, kleine Lady«, schleimte er zum Abschied und führte die zusammengelegten Fingerspitzen an die Lippen, als wollte er Mama einen Kuss zuwerfen. Wir schüttelten uns jedes Mal vor Ekel und taten so, als müssten wir uns übergeben. Mama dagegen lächelte dankbar. »Was für ein freundlicher Mann. Er hilft uns. Nicht so wie Papa.« Sobald sie Papa erwähnte, wurde ihre Stimme hart. Seine Ankunft lag immer noch in weiter Ferne.

»Gib endlich zu, wie es wirklich ist!«, rief sie, an ihren gewohnten Baum gelehnt. »Du willst ja gar nicht herkommen. Was bist du nur für ein Feigling.« Dann unterbrach sie wieder einmal die Verbindung. »So was nennt man eine Sackgasse«, erklärte sie dem Telefonhörer, obwohl die Worte eigentlich für uns bestimmt waren.

Bei den Wracks hörte ich viele spannende Geschichten. Zum Beispiel, dass sie ihre Namen von untergegangenen Schiffen hatten. Großfürst Nikolai war nicht nur ein russischer Zar gewesen, sondern auch ein nach ihm benanntes Schiff, das siebzehnhundertirgendwas in einen Sturm geraten und verschollen war. Alle Jungen, die mit U anfingen, hießen wie U-Boote, die im Krieg von Minen zerfetzt worden waren. Die Medusa war ein Kriegsschiff gewesen, das auf Grund gelaufen war. Von den einhundertsiebenundvierzig Passagieren hatten sich nur fünfzehn an Land retten können, allerdings völlig unterkühlt und ausgehungert. In ihrer Not hatten sie die Leichen ihrer Kameraden gegessen und waren deswegen wahnsinnig geworden. Das Kreuzfahrtschiff RMS Lusitania war von einem U-Boot versenkt worden und hatte über tausend Menschen mit auf den Meeresgrund gerissen. Romeo war gleichbedeutend mit dem nicht allzu romantischen Tod von dreihundert Menschen. Die Mannschaft des Schiffes war von irgendeiner Krankheit befallen, was zur Folge hatte, dass die restlichen Seeleute das Schiff nicht halten konnten, als es von einem Sturm überrascht wurde. Die Mark Antonio verschwand 1777 in einem Seegebiet, das als Schiffsfriedhof berüchtigt war, und erst zweihundert Jahre später wurde sie auf dem Meeresgrund wiederentdeckt, viele Meilen entfernt vom Ort ihres Verschwindens. Frachtschiffe, Segelschiffe und Kriegsschiffe waren vom Meer verschlungen worden. Sie waren in Stürmen und Kriegen, in Friedenszeiten und auf Handelsfahrten verschollen, durch Fehler, aus Versehen, aus allen möglichen Gründen.

Ich erfuhr auch die Geschichte des Captains. Die Offiziere der Kap Arkona waren vor einem Berg unter der Meeresoberfläche gewarnt worden, aber der Kapitän des Schiffes forderte hochmütig das Schicksal heraus und schrammte direkt über den Gipfel. Zusammen mit der Kap Arkona versanken viele Häftlinge, die für den Diktator irgendeines Landes hatten Straßen bauen sollen.

Die Wracks wussten viel über die versunkenen Schiffe und ihre Ladungen. Viele der Schätze, die auf dem Meeresgrund lagen, waren immer noch unglaublich wertvoll. Im Rumpf der Großfürst Nikolai befanden sich (und befinden sich sicherlich heute noch) vierzig Zinnbarren, unbearbeitetes Glas und Blauglas, ägyptisches Ebenholz, Nilpferdzähne und Elfenbein, Bernstein, Straußeneier, Mandeln, Feigen, Oliven, Gegenstände aus Gold, Ohrschmuck, Ringe, Keramiklampen, große Vasen und Werkzeuge aus Bronze. Die Medusa hatte Gold geladen, die Joshua Holz. Die torpedierten U-Boote U67, U7, U8 und andere waren voller Sprengstoff und eingeschlossener Soldaten, in der Kap Arkona baumelten die angeketteten Knochen von Mördern. Die Wracks glaubten, die magischen Namen der Schiffe würden sie vor dem Zorn der See und dem Arm des Gesetzes schützen. Natürlich war diese Vorstellung total unlogisch, denn die Namen der Schiffe hatten ihren ursprünglichen Besitzern ja nur Unglück gebracht.

Jetzt waren die Schiffe auf dem Meeresgrund von schwimmenden Raubtieren und dichten Algenwäldern besiedelt. Fischschwärme glitten durch die Risse im Schiffsrumpf hinein und heraus, in einer Dunkelheit, die für sie genauso natürlich war wie für uns Landbewohner das Licht eines Sommertags. Meine neuen Freunde redeten genauso begeistert über die Schiffsunglücke, wie die Jungs aus meiner früheren Clique über Fußball und Spielkonsolen sprachen, über Graffiti oder über Musik.

Schiffsunglücke waren alles in allem eine harte Nummer. Danach schwamm meistens Treibgut herum, das derjenige behalten durfte, der es fand. Genau darum ging es im Gesetz des Strandes: dass der Finder die Sachen behalten durfte. Deswegen war es gut, als Erster da zu sein, sobald ein Schiff in Seenot geriet.

Was die Schatzsuche ziemlich behinderte, waren natürlich die Touristen. Warum sollten Touristen denn Treibgut aufsammeln?, fragt ihr euch jetzt vielleicht. Der Grund ist offensichtlich: Touristen sammeln Reiseandenken. Normalerweise ist das irgendwelches Zeug wie Flaggen, Wimpel, Plastikpuppen in Nationaltracht mit Kastagnetten in den Händen, bedruckte T-Shirts, Schneekugeln. Diesen Schrott kann man überall kaufen, in Kiosken in der Stadt, am Strand und an Landstraßen. Doch manchen reicht dieser Plunder nicht. Sie wollen etwas Authentisches mit nach Hause nehmen, sagen sie. Ein Stück von dem fremden Land. In der Stadt nimmt sich so ein Tourist zum Beispiel einen Pflasterstein oder ein Stück von einer Mauer mit, die aus irgendwelchen Gründen dort gebaut wurde. Aus der Wüste bringt er Sand mit. Aus dem Dschungel einen Affen. Vom Strand Muscheln, Schildkrötenpanzer und Vogelfedern. Manchmal ist zufällig ein Tourist zur Stelle, wenn Schätze aus verunglückten Schiffen angeschwemmt werden. Genau die, hinter denen die Wrackjungen her sind.

Das alles erfuhr ich, während ich mit den Wracks herumzog und auf den Felsen Leuchtfeuer zusammenbastelte. Und ich erfuhr, dass das Gesetz des Strandes die Jungen stärker zusammenschweißte als Blutsbande.

Dass ich nun dazugehörte, gefiel nicht allen. Oft fühlte ich mich am Strand beobachtet. Dann konnte es sein, dass Medusa mir nachschaute, mit der Kälte eines Wintertags in den Augen. Ein paar Mal sah ich auch das Mädchen. Sie hielt sich von mir fern, kein einziges Mal kam sie näher. Was ich nicht wusste, war, dass auch mein Bruder am Strand war und mich beobachtete. Er hatte aufgehört, sich Filme anzuschauen, und verbrachte seine Zeit draußen. Denn er wollte wieder wissen, wo ich hinging. So wie damals, als er zum Silo gekommen war.

Silo 6

Gerüchte von geheimen Türen zu abgesperrten Gebäuden machen unter den Jungen der Stadt schnell die Runde. Solche Türen zu verbotenen Welten aufzuspüren und zu überwinden, ist eine Art Sport für sie. Jeder kennt jemanden, der zu diesem Geheimbund gehört. Es ist ein Ritual: Der Jugendliche schert sich nicht um Gefahren und beweist, dass er kein Kind mehr ist.

Dieser Geheimbund ist nicht etwa eine Pfadfindertruppe, die gemeinsam zu Abenteuern aufbricht, sondern einfach eine Gruppe von Leuten, die Bescheid wissen. Alles beruht auf der Information: *Ach, du auch? Hmm, ich auch. War die Polizei da? Hast du mein Piece gesehen?* Das Einsteigen unterscheidet die echten Abenteurer von einfachen Neugierigen. Jeder Junge in der Stadt weiß jemanden, der einen Kumpel hat, der einen Einstieg kennt. Und einige kennen ihn sogar wirklich.

Mitja hat mit seinem Spürsinn den Einlass zu einem der bestgesicherten Gebäude der Stadt gefunden. Zum alten Silokomplex an den Bahngleisen. Auch Wladimir kennt den Zugang. Weil er seinem Bruder gefolgt ist. Mitja ahnt nichts davon, er kann sich beim besten Willen nicht vorstellen, dass sein Bruder sich dafür interessieren könnte. Er kennt Wladimirs Abscheu gegen dreckige und stinkende Orte.

Die Stimmen der Jungen entfernen sich, bis sie nicht mehr zu hören sind. Wladimir weiß, dass er unbedingt, dringend, weitergehen muss. Er kann nicht im Dunkeln stehen bleiben und abwarten. In diesem Moment streift etwas Pelziges seinen nackten Knöchel (er darf auf keinen Fall schreien!). Wladimir leuchtet mit der Taschenlampe über den Fußboden. Kleine Tiere huschen vor dem Licht davon und verschwinden in der Schwärze des Raumes.

Wie gesagt, Wladimir hat keinen Spürsinn. Er hat Ahnungen. Das ist ein Unterschied.

Spürsinn bedeutet, man weiß, wie man an Schätze kommt (welche auch immer das sind).

Ahnungen bedeuten, dass man eine Gefahr erkennt. Dass man weiß, wie nah man am Abgrund steht.

Wladimir hat Ahnungen. Und seine Ahnung sagt ihm jetzt, dass dies nicht gut ausgeht.

Und es wird nicht gut ausgehen.

Deshalb erzählt er diese Geschichte.

Der Horizont

Schon bald wurde wieder ein Lagerfeuer angezündet, diesmal wollten wir den Horizont feiern. »Der Horizont«, erklärte Nikolai mit Nachdruck, »schenkt uns unsere Beute. Vom Horizont« – er wischte mit seinen Händen über das Meer – »kommen die Schiffe. Wenn sie kommen.« Ich nickte ernst, denn so war es ja. Von der anderen Seite des Horizonts kam alles, mit dem Wind kamen die Wolken, es kamen die Stürme, die als Brandung an den Strand rollten. Es war unmöglich, den Horizont nicht zu beachten. Er war immer da, wenn man aufs Meer schaute, und wohnte man an der Küste, konnte man gar nicht anders.

Wie wir den Horizont feierten? Solltet ihr euch jetzt vorstellen, dass die Jungen in einer Reihe am Strand strammstanden und zusammen sangen oder eine Piratenflagge hissten, irrt ihr euch gewaltig. Es gab dafür keine offiziellen Regeln und Lieder. Wir standen nicht herum, zumindest die Jüngeren nicht. Um den Horizont zu feiern, tobten wir durch das Wasser, schlichen mit erhobenen Stöcken ins Uferschilf und fingen die Fische in ihren Verstecken. Die Jungen sprangen von den Felsen ins Wasser. Sie tauchten am Grund nach Krebsen und verfolgten sich gegenseitig mit den ausgestreckten Scheren. Die Feier war laut und rabiat und ging nicht ohne Schrammen ab. Geh zum Punkkonzert, und du weißt, wie es läuft. Geh dahin, wo ein Moped führerlos herumfährt, wo das Chaos regiert und Ordnung und Disziplin hinter Schloss und Riegel sind. Und nicht zu vergessen: Hast du nach der Feier keine blauen Flecken, hast du nicht gefeiert.

Auch wir würden voller blauer Flecke sein, bevor der Abend zu Ende wäre, aber jetzt saßen wir noch im Sand und warfen Steine ins Wasser, denn Nikolai wollte mir noch mehr vom Strand erzählen. Wir machten jetzt alles zusammen, ein bisschen wie Sherlock Holmes und Dr. Watson. Wie Kopf und Zahl, wie Noel und ich. Fast.

»Den Strand würde ich für nichts auf der Welt eintauschen«, sagte Nikolai provozierend. Er sprach oft so, als fordere er den zum Duell, der es wagte, anderer Meinung zu sein. Doch ich hielt nicht dagegen, denn für mich galt das Gleiche.

Weit und uferlos breitete sich das Meer vor uns aus. Die einzige Begrenzung war der Horizont, und sogar der bewegte sich ständig, wie man weiß. An diesem feierlichen Abend schmückte die untergehende Sonne beide Seiten der Linie mit besonders vielen leuchtenden Rottönen. Nicht nur der Himmel, auch das Meer schien zu brennen. Das Feuer breitete sich über die Wasseroberfläche aus und ging am Himmel weiter. Und über allem leuchtete ein blasser Mond. Ich bekam ein seltsames Gefühl in der Brust.

BUM BUM BUM, fing es plötzlich an, hinter uns zu trommeln, die Band begann mit dem ersten Set des Abends. BUM BUM BUM, testeten sie den Rhythmus auf umgekippten Blechfässern. BUM BUM BUM BUM, dröhnte der Felsen unter uns und die Luft um uns herum. Wer angelte, blieb stocksteif stehen, wo er war; wer unter Wasser war, tauchte auf. Einen Moment lang hielten alle inne und hörten aufmerksam zu und machten sich dann auf zum Strand. Dort fingen sie an, wild um die Trommler herumzutanzen. Niemand verbot es ihnen oder mahnte sie zur Vorsicht. Es gab niemanden und hatte zu keiner Zeit jemanden gegeben, der das hätte tun können. So frei fühlte man sich am Strand – und so war man auch. Vielleicht spürten an einem anderen Strand Jungen wie wir unser Trommeln unter den Fußsohlen, genauso wie wir spürten, dass sie irgendwo hinter dem Wasser sein mussten.

»Der Horizont«, verkündete Nikolai, »will, dass wir für ihn trommeln. Aber das Trommeln ist auch ein Befehl, sich sofort zu sammeln. Wir trommeln auf die Fässer, wenn wir wollen, dass die Leute zusammenkommen. Wenn du das hörst, musst du sofort losrennen. Guck mal, der Kleine.«

Wir sahen, wie Joshua auf dem rutschigen Felsen hinter den anderen herrannte. Ein falscher Schritt, und das Kind würde ins Wasser stürzen. Ich wollte ihn warnen, aber ich schluckte meine Worte hinunter und ließ ihn alleine klarkommen. Anscheinend konnte er gut klettern.

»Trommelt ihr auch, wenn die Schiffe kommen?«

»Klar.«

»Wann kommen sie denn?«

»Denk nicht drüber nach. Gleich geht's los.«

Als auch die letzten Wracks am Strand zusammengekommen waren, wurde das Trommeln rhythmischer und ging in die Beine. Manche Jungen wippten beim Tanzen lässig, andere tanzten wild und rempelten die anderen an. Ein großer Spaß war es, auf dem Felsen zu stehen und sich von dort einfach auf jemanden fallen zu lassen oder mit ausgebreiteten Armen auf die anderen zuzulaufen. Auch ich fiel einer Felsenattacke zum Opfer und bekam meine ersten Schrammen.

Da rief Nikolai: »Angriff!«, und sprang wendig auf die Füße. Er zeigte eine Show aus verschiedenen Tritten, welche Mark Antonio als sein Gegner kunstvoll abwehrte. Als Nächstes drehten sich die beiden gleichzeitig und wie im Flug zu Globe Star und einigen anderen um. Bald hatte sich die ganze Horde im Kreis versammelt und forderte die anderen heraus, ihre Künste zu zeigen. Unauffällig beobachtete ich, wie sie nacheinander in den Ring kamen. Sie waren ziemlich gut in dem, was sie vorführten. Lusitania wippte entspannt und locker wie ein echter Rastafa. Joshua wirbelte zwischen den Jungen herum wie ein Kreisel und schlug Räder. Medusa tanzte aggressiv inmitten der großen Jungen.

Ich saß immer noch auf dem Stein und hatte das Kinn auf die Knie gelegt, als Nikolai aus dem Kreis auf mich zukam.

»Was machst du denn hier? Warum tanzt du nicht?«, fragte er.

»Kann ich nicht.«

»Ich weiß schon, warum du nicht tanzt. Weil, weil«, Nikolai machte eine kleine Pause, in der er mich forsch von Kopf bis Fuß ansah, »weil du lieber mit diesem Mädchen eng umschlungen tanzen würdest. Du kannst es mir ruhig sagen.«

Statt einer Antwort schubste ich Nikolai vom Felsen. Als er wieder hochkam, mimte er den tödlich verletzten Schiffbrüchigen, der sich mit letzter Kraft vorwärtsschleppt, und zog sich übertrieben stöhnend zwischen den Steinen auf den Sand hoch und weiter auf den Felsen. Ich wiederum tat so, als würde ich ihm gegen den Kopf treten, damit er sich nicht auf den Felsen retten konnte. Wir lachten beide. Bis Nikolai wieder auf das Mädchen zurückkam.

»Du denkst an sie«, behauptete er, als er wieder neben mir war. Er lag entspannt auf dem Bauch, das Kinn auf die Fäuste gestützt, und sah mich prüfend an. »Sag es ruhig. Du kapierst nicht, warum wir nichts mit ihr zu tun haben wollen, oder?«

»Gerade jetzt hab ich nicht an sie gedacht«, antwortete ich, und das stimmte, denn in diesem Moment hatte ich wirklich nicht an das Mädchen gedacht. Andererseits, kurz vorher war sie mir tatsächlich durch den Kopf gespukt und auch während der Feier hatte ich immer wieder die Stellen am Wasser oder am leer stehenden Haus abgesucht, wo sie vielleicht stand und uns zusah. Was Nikolai als Nächstes sagte, war also komplett wahr.

»Du willst wissen, ob sie uns zuguckt.«

»Bestimmt nicht!« Zweifelnd sah ich Nikolai an, den Daumennagel zwischen den Zähnen. Schließlich gab ich auf und seufzte tief. »Okay, du hast gewonnen. Ich will sie kennenlernen. Sie sieht gut aus, und wir mögen dieselben Sachen.«

»Was sind das denn wohl für Sachen? Willst du mit ihr ins Bett?«

Nikolai lächelte spöttisch, und ich wurde rot.

»Red keinen Scheiß«, gab ich zurück. »Das Mädchen hat an der Straße ein echt cooles Piece gesprayt. So was Tolles könntest du gar nicht. Außerdem glaube ich, dass sie über ein paar Sachen Bescheid weiß, die mich interessieren. Ich verstehe nicht, was ihr gegen sie habt. Vertragt euch doch, und allen geht's gut.«

»Du kapierst es nicht. Ich hab den Durchblick, weil ich schon so lange hier bin. Einmal hat sie uns eine Falle gestellt, und ein anderes Mal hat sie Feuer gelegt. Wahrscheinlich weiß sie von unserem Plan. Deswegen müssen wir sie kriegen. Deswegen jagen wir sie …«

»Davon redest du ständig. Aber das ist bestimmt noch nicht alles. Sag es mir ruhig.«

Nikolais Gesichtsausdruck verdüsterte sich, bevor er weitersprach.

»Du bist nicht der Einzige, der so denkt. Viele würden das Mädel gerne aufreißen. Mark Antonio, Romeo, noch ein paar und … Medusa. Vor allem Medusa. Einmal hat er sie zu fassen bekommen, aber sie konnte abhauen. Für Medusa hat sie nichts übrig und auch für keinen anderen. Sie hat es mehr mit den Weicheiern. Die kann sie an der Nase herumführen. Aber wenn man zu Medusa Nein sagt, kriegt er einen Wutanfall. Ich will gar nicht darüber nachdenken, was er mit dem Freund der Tussi machen würde. Solange keiner das Mädchen kriegt, ist alles in Ordnung, aber kommt es anders, dann gibt es Krieg. Sie ist Gift für den Spirit in unserer Gruppe, verstehst du? Du kannst dir vorstellen, was mit dem Typen passiert, der das Mädel bekommt? Ich meine, was die anderen dann denken? Vor allem Medusa.«

Wir sahen zu Medusa hinüber. Wie ein Zirkusartist warf er Messer auf einen verängstigten Assistenten, der mit ausgestreckten Armen vor einer Bretterwand stehen musste. Das Opfer war Joshua. Jetzt, wo ich wusste, dass Medusa das Mädchen für sich beanspruchte, kam er mir gleich noch bedrohlicher vor. Dass das Mädchen nichts von ihm wissen wollte, war mir klar. Medusa hatte ja quasi das Schlägeretikett auf der Stirn. Ein eifersüchtiger Scheißkerl. Ein echter Sheriff von Nottingham oder dessen Bluthund. Ein ekelhafter Typ. Ich hasste ihn.

»Eine Frau an Bord bedeutet Unglück«, seufzte Nikolai. »Das gilt auch hier am Strand.«

»Das mit dem Jagen klang trotzdem ganz schön hart. Sie ist doch kein Tier.«

Ich war durcheinander. Eigentlich hätte ich mich am liebsten auf Nikolai gestürzt und ihn ins Wasser geschubst. *Viele würden sie gerne aufreißen. Vor allem Medusa.* Das hätte ich mir ja denken können.

»Naja, das Mädchen interessiert sich ja für keinen hier.«

»Hmm, verstehe. Höchstens für dich«, spottete Nikolai boshaft. Der verdammte Hurensohn machte schon wieder Andeutungen. Ich sah rot und packte ihn am Hemd.

»Bin ich etwa ein Weichei? Ja?«

Nikolai stieß mich weg. Einen Moment lang starrten wir einander wütend an. Vielleicht brachte das Mädchen wirklich Unglück. Ihretwegen hatten wir uns gestritten, obwohl wir schon richtig gut befreundet waren. Dies war unser erster Streit seit den Kabbeleien am Anfang. Ich zwang mich, tief einzuatmen.

»Wie lange geht das schon so?«, fragte ich.

»Seit sie hier am Strand ist. Und frag mich nicht, wie lange das her ist, das Mädchen ist genauso lange wie ich hier, bestimmt sogar länger. Jedenfalls kann ich mich nicht erinnern, dass sie plötzlich aufgetaucht ist. Sie war einfach schon immer hier. Sie gehört genauso zum Strand wie wir.«

»Hm, das heißt wohl, ihre Eltern sind Dauercamper.«

»Was meinst du?«

»Ach, egal.«

»Da ist noch was anderes.«

»Du hast erzählt, das Mädchen hätte deinen Freund auf dem Gewissen.«

»Keine Ahnung, was mit ihm passiert ist«, flüsterte Nikolai. »Das ist alles so seltsam.«

Ich wollte das Thema wechseln.

»Was ist wohl hinter dem Horizont?«

Nikolai wirbelte herum und hielt mir sein Taschenmesser an die Kehle.

»Stell nicht so dumme Fragen.«

»Hör auf damit! Willst du mich umbringen?«

So schnell, wie er über mich hergefallen war, ließ er mich los. Das Messer schnappte zu und verschwand in seiner Tasche, aber seine Hand blieb am Griff liegen, am Abzug sozusagen. Das machte mich nervös.

»Weißt du was? Du hast nicht alle Tassen im Schrank.«

Nikolai sagte nichts. Nach einer Weile entspannte sich sein Gesicht, und er sah mich mit einem schiefen Lächeln an. Vor allem, wenn du ein Mädchen bist, wunderst du dich wahrscheinlich, wie schnell wir von einer Laune zur anderen wechseln können, und findest das blöd. Aber wir können eigentlich nichts dafür. Diese Wut stelle ich mir vor wie eine schwarze Welle, die einen verschluckt und dazu bringt, bestimmte Sachen zu sagen und zu tun. Genauso schnell ist sie wieder weg. Und deswegen war ich überhaupt nicht mehr sauer auf Nikolai, als er mich im nächsten Moment zu sich heranwinkte.

»Kommst du mit?«

»Okay.«

Das Licht am Himmel wurde weniger und eine ruhige blaue Dunkelheit legte sich über den Strand. Schon zu Anfang hatte es so ausgesehen, als tauchten meine neuen Freunde jedes Mal aus dem Nichts auf, oder eher, als verdichteten sie sich aus einem Dunst in der Luft zu Körpern; ein ungreifbarer weißer Nebel ballte sich gewissermaßen zusammen und nahm die Form und Bewegung eines Menschen an. Die Art, wie sie tanzten, erinnerte an das Flackern von Flammen und Schatten, und so waren das Feuer und die Schatten der Jungen am Ende nicht mehr voneinander zu unterscheiden. Trieb jemand zwischendurch aus dem Feuerkreis ins Dunkle ab, kam er schnell zurück und verschmolz wieder mit dem Spiel der Flammen. Wir tanzten ohne Pause bis zum Morgen und hörten nicht einmal auf, als die Sonne aufging und der neue Tag anbrach. Auch das Dröhnen der Trommeln ging weiter. In die Musik mischte sich immer wieder das Beatboxing von Romeo und einigen anderen Jungen. Ihr kennt das bestimmt, die Band der armen Gangstas, Bassdrum und Snaredrum, die hat man immer dabei. TSCHAKA TSCHAKA TSCHAKA BUM ZACK TSCHAKA TSCHSCH BUMZACK.

In dieser Nacht beschloss ich, Nikolai meine Geschichte zu erzählen. Die Geschichte vom Silo, wie ich sie in Erinnerung habe. Viele Einzelheiten fehlten mir, denn ich hatte eine Menge vergessen, falls ich es überhaupt jemals gewusst hatte.

Aber dieses wenige musste ich erzählen:

Manchmal komme ich im Traum zum Silo zurück, und doch bin ich dabei eher an der Grenze zwischen Traum und Wachsein. Der Zugang zum Silo ist immer derselbe. Vor langer Zeit schon haben wir mit einer Zange ein Loch in den Zaun geschnitten. Ich quetsche mich hindurch und stehe auf dem asphaltierten Gelände, das um das Gebäude herum ist. Es ist nicht schön hier, das wisst ihr ja schon, Ölflecken, kaputte Backöfen und Autowracks, was Menschen halt so im Dunkeln auf verlassene Grundstücke werfen, um Müllgebühren zu sparen. Für mich ist es einer der besten Orte auf der ganzen Welt, und wenn ich mich mit jemandem gestritten habe, zum Beispiel mit meinen Eltern, gehe ich dorthin. Sollen sie doch denken, dass mich ein Schaufelbagger überfahren hat oder irgendwas in der Art.

Genau jetzt, in meinem Traum, kann man auf dem Grundstück ganz schlecht sehen. Während ich auf die Gebäude zugehe, wird der Nebel dichter, um mich herum ist alles dunkel. Als ich schon fast da bin, sehe ich zu meinen Füßen etwas Rotes. Der ganze Boden ist anscheinend damit bedeckt, rot rot rot, es sind … Hunderte von roten Blumen, dazwischen einige weiße, Rosen und Lilien. (Welche Sorte Blumen legt man an einer Stelle ab, wo ein Junge in den Tod gestürzt ist?) Der Nebel ist so dick wie Brei, ich muss ihn richtig beiseiteschieben. Ich suche Noel. Ihn finde ich nicht, stattdessen liegen hier unzählige Kuscheltiere und Teile von Skateboards. (Wir sind tatsächlich noch so jung, dass wir glauben, die Spielsachen und Skateboardteile könnten die Grenze zwischen Leben und Tod überschreiten.) Einige haben etwas an die Wand geschmiert, das ich nicht lesen kann, wahrscheinlich Abschiedsbotschaften für den Toten. Rest in peace. R.I.P. Auch ich habe etwas hingeschrieben, aber daran kann ich mich nicht erinnern, denn rund um das Ereignis ist es insgesamt viel zu dunkel.

Das ist die Geschichte. Diesmal wusste ich mehr Details als beim letzten Erinnerungsversuch. Glaubt es oder nicht, tanzen hilft, wenn man sich etwas ins Gedächtnis rufen will. Ich war fast glücklich, als ich aus dem Kreis der Tänzer ausbrach und mich in den Sand warf wie ein Stern, der vom Himmel gefallen war, mit weit ausgebreiteten Zacken. Aus irgendeinem Grund gab es in dieser Nacht massenweise Sternschnuppen. Dann kann man sich was wünschen. Immer wieder. *Eine Sternschnuppe. Noch eine. Wünsch dir was. Nochmal. Und nochmal.*

Silo 7

Bevor er die Treppe findet, erlebt Wladimir im Dunkeln etwas Grausiges. In seinen Haaren verfängt sich ein fliegendes Wesen. Es ist ledrig, und seinen Schrei kann man nicht mit Worten beschreiben, es ist eher ein Bild als ein Laut, das Aufblitzen von Zähnen und ein kurzes Kreischen. In jedem Fall erschreckt Wladimir sich so sehr, dass er die Taschenlampe fallen lässt. Die Tiere schießen überall durch die Luft, es sind Fledermäuse,

Wesen der Finsternis, die nachts jagen und tagsüber schlafen, die Flügel fest um den Körper geschlungen.

Die Ahnung sagt: Lauf weg. Die Ahnung lässt die Fledermäuse fliegen, die Ratten umherlaufen. Die Ahnung flüstert etwas vom Abgrund. Von der Schlucht, die wartet.

Es waren einmal zwei Jungen. Sie waren Brüder. Beide wurden innerhalb eines Jahres geboren. Der ältere in einem schneearmen Winter im Zeichen der Träumer. Der jüngere im Herbst unter den Sternen des Tatendrangs. Zwei unterschiedliche Söhne in einer Familie. Das, was beim ersten misslang, wurde am jüngeren gutgemacht. Der kleine Bruder war lebendig und beliebt, ein Junge mit Beinen, die zum Laufen gemacht waren. Auch der große Bruder strahlt etwas aus, aber es ist ein dunkles Licht. Fast reiner Schatten. Wie das Negativ eines alten Kinofilms, die Farben sind eine Ahnung, die erst fassbar wird, wenn jemand aus dem Negativ ein Bild entwickelt. Solange das Bild nicht entwickelt wird, ist der darin verborgene Glanz nur eine Möglichkeit.

Während der kleine Bruder Ausflüge in die Welt rund ums Haus unternahm, vergrub der große Bruder sich in Fantasiewelten. Zwei Jungen und ihre Abenteuer. Der jüngere zeigte dem älteren eine dunkle Gasse. Der ältere dem jüngeren den zarten Flügel eines mumifizierten Vogels, der im Garten lag, wo er stundenlang geschrieben und darüber sogar das Mittagessen vergessen hatte. Er offenbarte dem jüngeren das Paradies der guten und schlechten Absichten. Schreibend hatte er eine ganze Welt erschaffen, eine, in der man sich vor seinem eigenen Schatten fürchtet und gleichzeitig das ganze Jahr über wunderbar wohlschmeckende Früchte direkt vom Baum essen kann.

Zwei Jungen schilderten die Welt auf ihre eigene Weise. Der eine laufend. Der andere erzählend. So waren sie.

Es waren einmal zwei Jungen. Spürsinn und Ahnung.

Der Läufer und der Geschichtenerzähler.

Es waren einmal zwei Jungen –

Im Camp

Während meine liebe Familie auf dem Campingplatz in einem tiefen Urlaubsdämmerschlaf lag, schufteten die Wracks weiter, wachsam und ruhelos wie Tiere vor dem nahenden Winter. Die Wellen spülten ständig neue Sachen an den Strand, und wir mussten sie einsammeln und ins Camp bringen. Äste, Spanplatten, ein ganzer Steg und viel schweres Treibholz wurden angeschwemmt. Kleineres Holz banden wir uns quer auf den Rücken, so war die Last gut zu tragen. Manchmal warfen wir leichtere Sachen in eine Plane und schleppten das Bündel zusammen zu unserem Strand.

Obwohl wir arbeiteten, waren unsere Tage unbekümmert und ohne Sorgen. Sie strahlten wie gestohlene Edelsteine. Glitzerten wie das Meer in der Sonne.

Außerdem waren wir als Kinder des Strandes natürlich ständig im Wasser. Dort konnte man alles Mögliche machen, nach Krebsen und Muscheln tauchen, unter Wasser Ball spielen und die Touristen an den Füßen stupsen. Ein paarmal schafften wir es sogar, die Flagge am Strand von Grün auf Gelb umzustellen. Aus den Gesprächen zwischen meiner Mutter und dem Automechaniker hörte ich heraus, dass die Touristen schon von Gespensterterror am Strand redeten. Einige der Wracks kriegten richtig tolle kleine Horrorvorstellungen hin, so wie Globe Star und Romeo: Sie mimten zwei Haie, die Schwimmer belauerten. Aus Treibholz hatten sie Flossen gebastelt, die so echt aussahen, dass sie eine Zeit lang den ganzen Strand in Angst versetzten und ihnen sogar eine aus den mutigsten Touristen bestehende Harpunentruppe hinterherjagte. Natürlich konnten sich die Haie in Sicherheit bringen, und wir lachten uns hinter den Felsen über die Touristen halb tot, und das Wasser, das uns trug, war so klar, dass man auf seinem Grund die Schatten der tief unten liegenden verunglückten Schiffe sehen konnte.

Die hellen Tage sollten sich allerdings bald verdüstern, denn mein Bruder war dabei, nach langem Dämmerzustand wieder in die Geschichte einzutreten. Zuerst möchte ich euch aber erzählen, wie ich das Hotel fand. Oder vielmehr, DAS HOTEL, wie das Mädchen sagte, mit dieser besonderen Betonung, als spräche sie von einem Freund. Zu diesem Zeitpunkt waren wir seit mindestens zwei Wochen auf dem Campingplatz, genau kann ich es allerdings nicht sagen, denn die Wochentage und Daten waren ganz durcheinander und nicht wichtig. Ehrlich gesagt schien sich niemand darum zu scheren.

Am Morgen traf ich bei meiner Ankunft im Dorf auf die Wachen, ansonsten aber auf ein leeres Camp. Die Wracks waren schon unterwegs, und das war ziemlich ungewöhnlich. Nicht einmal Nikolai war dageblieben, um auf mich zu warten. Die Wachtruppe saß vor dem Tor, die urtümlichen Speere aufgerichtet, die Gesichter verdeckt unter gewaltigen Sombreros, die mit Knochen und Muscheln verziert waren. Die Krempen der Hüte verbanden sich zu einem einzigen breiten Dach, unter dem Rauch hervor stieg. Die Jungen hatten bitter riechende Kräuter in ihren Pfeifen, etwas anderes gab es hier nicht. Sie begrüßten mich kameradschaftlich und schlugen ihre Fäuste mit meiner zusammen.

»Hi, Kumpel! Wie sieht's aus?«

»Wo sind denn die anderen hin?«

»Hinter dem Mädel her. Sie hat wieder zugeschlagen.«

»Verdammt.«

»Sie hat Boote kaputtgemacht. Der Captain ist total durchgedreht.«

»Verstehe. Haben die über mich geredet?«

»Haben die über ihn geredet, Leute?«

Die Jungen schüttelten ihre Sombreros im Takt.

»Du kannst hierbleiben und mit uns Pfeife rauchen. Wir lassen sie rumgehen.«

»Diesmal nicht, danke. Wo hat das Mädchen denn zugeschlagen?«

»Geh ruhig gucken. Die findest du schon.«

Der Anblick an der Meerseite des Dorfes war das reinste Chaos. Das Mädchen hatte an einem Leuchtfeuer die Taue gelöst und Bretter und andere Sachen herausgezogen und ins Wasser geworfen, aber die Wellen hatten alles zurück an den Strand geschwemmt. Außerdem hatte sie einen Unterstand aus Plastikplanen zerschnitten und Boote ins Wasser geschoben. Die Jungen hatten die Boote zurück auf den Sand gezerrt, eines allerdings hatten sie nicht retten können; in seiner Seite steckte eine Axt, andere waren weniger beschädigt. Die kaputten Boote regten die Jungs am meisten auf, denn das bedeutete, der Störenfried wollte ihren Plan unterlaufen. Schließlich brauchten die Jungen die Boote für ihren Beutezug, sie brauchten sie für das große Schiffsunglück. Es würde schwierig werden, die zerstörten Boote zu ersetzen.

Ganz in Gedanken hob ich ein Stück Schnur vom Boden auf und wickelte es zu einem Strang. Wer auch immer das getan hatte, musste verfolgt werden und für die Taten geradestehen. Das wurde mir klar, als ich beobachtete, was am Strand vor sich ging. Nachdenklich legte ich mir den Strang über die Schulter und fasste einen Entschluss. Auch ich würde mich dem Mädchen an die Fersen heften. Ich würde sie vor den anderen Jungen schnappen und meine Sache mit ihr klären. Natürlich würde ich ihr auch die Zerstörungsaktion vorhalten, aber vor allem würde ich ihr eine Frage stellen. *Die* Frage. *Wer bin ich? Wer bin ich jetzt?* Ich musste der erste sein, denn war das Mädchen erst gefangen genommen, würde ich nicht mehr allein mit ihr sprechen können.

Und es gab auch noch einen dritten Grund.

Ich wollte sie retten.

Im Nachhinein betrachtet, war ich anscheinend geradezu blind, weil ich nicht sofort gemerkt habe, was an der Sache alles faul war. Hätte ich etwas mehr darüber nachgedacht, wäre mir klar geworden, dass das Mädchen nicht die Schuldige sein konnte. Als Erstes stellte sich doch die Frage, warum sie sich mit den Jungen anlegen sollte; allein gegen eine ganze Gruppe. Das war dumm, und das Mädchen machte keinen dummen Eindruck. Auch die kopflose Zerstörungsaktion im Camp der Jungen passte nicht zu ihr. Das Mädchen trug weiße Kleider und konnte mit Pfeil und Bogen umgehen. Sie hatte Stil. Und es war offensichtlich, dass in den mageren Armen des Mädchens nicht genug Kraft stecken konnte, um damit Boote aufs Wasser hinauszuziehen. Außerdem hätte ich begreifen müssen, dass sie kein Motiv hatte. Man konnte natürlich glauben, dass sie sich für irgendein Missverständnis oder eine Gemeinheit rächen wollte, aber selbst das hätte sie garantiert irgendwie anders gemacht.

Das Mädchen war genauso unschuldig, wie frischer Schnee

weiß ist. Der wahre Schuldige gehörte selbst zu den Strandjungen. Einer von ihnen stachelte die anderen zum Hass auf das Mädchen an. Mehr als einmal hatte er sich deshalb heimlich von den Ausflügen der Wracks abgesetzt und war ins Lager zurückgegangen. Er war einer der Ersten, die das Mädchen verantwortlich machten, als die Zerstörungen entdeckt wurden. *Dafür muss das Mädel bezahlen. Hängt sie auf!* Inzwischen verstehe ich auch den Grund dafür. Der wahre Schuldige wollte nicht, dass das Mädchen ihren Plan in die Tat umsetzte. Denn einen Plan hatte sie, nur hing der nicht mit einem Schiffsunglück zusammen und genauso wenig mit der Zerstörung des Camps. Aber er hatte etwas mit dem Verschwinden von Nikolais Freund Caesar und dem Hotel Horizont zu tun. Das wusste der Schuldige, aber er wollte nicht, dass die anderen es erfuhren. Deshalb wollte er uns von dem Mädchen fernhalten.

Wenn ich jetzt zu den Ereignissen am Strand zurückgehe, zu dem Moment, als ich von all dem noch nichts weiß, bin ich der Meinung, dass das Mädchen schuld an der ganzen Sache ist. Damit ihr versteht, was am Strand geschehen war, halte ich mich an die Reihenfolge der Ereignisse. Ihr müsst mit mir jeden einzelnen Schritt in diesem unsicheren Sumpf machen. Ihr müsst mit mir zusammen stolpern und schwanken. So, als müsste ich jeden Schritt noch einmal gehen, um mich zu erinnern.

Als ich die Zerstörungen am Strand betrachtete, wusste ich, dass ich dem Mädchen helfen musste. Genauso wusste ich, dass ich sie brauchte, wenn ich die Antwort auf meine

Frage bekommen wollte. Zuerst ging ich im Geist die Orte durch, wo ich sie getroffen hatte und wo ich versuchen könnte, sie zu finden. Das waren die Straßenböschung, der Strand, die Felsen und der Wald. Ja, der Wald, dort hatte ich sie zuletzt verloren.

Der Waldboden war tückisch wie beim letzten Mal, wieder stürzte ich fast. Diesmal war mein Fuß aber nicht an einer Wurzel hängen geblieben, sondern aus dem Moos ragte etwas Scharfkantiges hervor. Ich zog den Gegenstand heraus und wischte Dreck und Pflanzenreste ab. Es war ein Metallschild. Und da, ja genau, noch ehe ich überhaupt sämtliche rostzerfressenen Buchstaben entziffert hatte, wusste ich, dass ich das Versteck des Mädchens gefunden hatte. Als ich aufschaute, sah ich zwischen den Baumstämmen das Haus, das ich schon kannte. Es war logisch und gleichzeitig unglaublich, dass es dasselbe Haus war, das ich schon einmal gefunden hatte und das die Jungen mieden wie die Pest.

Das Hotel. Das Hotel Horizont.

Ich war bereit.

Der Fuchs

Einen Moment lang stellte ich mir vor, das Mädchen würde im Garten auftauchen und mich hineinbitten – oder abermals Pfeile auf mich abfeuern. Doch dann fielen mir die Zerstörungen im Camp wieder ein, und mir wurde klar, dass sie nicht kommen würde. Das Haus blieb stumm, keine Pfeile sirrten durch die Luft, um mich herum roch es nach Meer und vermodertem Holz. Durch die überall wuchernden Pflanzen sah der Garten aus wie ein höhlenartiges Mausoleum. Ein Teil der Gartenmöbel war in der Erde versunken und mit Moos überwachsen, und vom früheren Glanz des Hauses war nur ein Schatten geblieben, den man gerade noch erahnen konnte. Das Denkmal einer vergangenen Welt, in dem jetzt Muscheln und Seevögel hausten. Irgendwann vor langer Zeit waren die hohen Fenster in Sommernächten zum Strand hin geöffnet gewesen, und man hatte Musik gehört. Das Orchester hatte die ganze Nacht gespielt, Saxofon, Kontrabass, Geige, Cello und so weiter. Immer wieder kamen Leute durch die Türen des Hotels nach draußen, weil sie die stickige, feuchte Luft nicht aushielten. Was fällt einem zu diesen Bildern ein? Mir in erster Linie, dass sie aus Kostümfilmen stammen, denn unter diesem Einfluss stehe ich als Bruder eines Filmfreaks schon lange. Anna Karenina, Scarlett O'Hara und so weiter, glaubt es oder nicht, ich kenne diese Weiber und würde mir keins von denen aussuchen. Aber mal ehrlich, ich habe keinen Schimmer, wie die Leute in solchen Herrenhäusern wirklich gelebt haben. Das gehört zu einer früheren und eher erwachsenen Welt. Hätte ich zu dieser Zeit gelebt, hätte ich mir diese Feiern wahrscheinlich höchstens im Matrosenanzug von der Treppe aus anschauen dürfen.

Ich stieg auf die Veranda und drückte die Handkanten ans Glas. Hinter der Scheibe war das Reich des Mädchens, gleichzeitig nah und ganz weit weg. Ob sie im Haus war, konnte ich nicht erkennen, drinnen war alles dunkel, und ich sah nur das Spiegelbild des Gartens in meinem Rücken und mich selbst als Schatten zwischen der Landschaft und dem dünnen, staubigen Glas. *Da geht was Böses um. Es ist verflucht,* hatte ich über das Haus gehört. Natürlich war das Quatsch, ich war nicht abergläubisch. Außerdem wusste ich inzwischen, dass das Mädchen dieser Fluch war, und das Mädchen hatte mich ja im Grunde zu sich gerufen.

Neugierig ging ich um das Haus herum, spähte durch die Fenster und suchte einen Eingang, fand aber nur eine Leiter und einige überwachsene Kellerluken. Vielleicht fragt ihr euch, warum ich nicht einfach ein Fenster im Erdgeschoss einschlug und hineinkletterte. Aber ich bin nicht zerstörungswütig. Ich zerschlage keine Fenster, durch die früher einmal Jungen, die lange vor mir gelebt haben, auf den Horizont sahen. Vielleicht stellten sie sich vor, auf einem Schiff anzuheuern, um der Zukunft zu entgehen, die ihre Eltern, die im Ballsaal tanzten, für sie vorbestimmt hatten. (Und den Matrosenanzug wollten sie auch loswerden.) So beschloss ich, durch ein Fenster einzusteigen, das schon eingeschlagen war, ein Fenster im ersten Stock, mit bedrohlichen Zacken aus Glasscherben im Rahmen, wie ein zum Zuschnappen bereites Gebiss. Jede Art des Einsteigens hat eben ihre Herausforderungen.

Plötzlich entdeckte ich etwas zwischen den Ranken, die die Hauswand bedeckten. Eine Tür mit einem Schloss, das offen an seinem Haken hing. Hatte ich tatsächlich das Glück, eine vermoderte Pforte zu finden, durch die ich in den Saal schreiten konnte wie ein König? Mit der Hand auf der Klinke stand ich da; bereit, es mit allem aufzunehmen. Allerdings war ich nicht auf das vorbereitet, was dann wirklich geschah. In dem Moment, in dem ich die Tür aufriss, sprang mir ein Raubtier mit scharfen Zähnen ins Gesicht. Einen Moment lang schrien wir beide, ich wahrscheinlich am lautesten. Gleichzeitig ruderte ich mit den Armen, um das pelzige Ungeheuer abzuwehren, die Augen fest geschlossen, ich wollte ja nicht, dass das Untier sie mir mit seinen Krallen auskratzte. Als ich die Augen wieder öffnete, war es in den Garten geflohen. Es sah aus wie – ja, es war ein Fuchs und hatte sich genauso erschreckt wie ich.

Nur ein Fuchs. Der Arme.

»Hallo? Ist jemand zu Hause?«, rief ich ins Dunkel hinter der Tür, nicht, weil ich eine Antwort erwartete, sondern weil ich meine eigene Stimme hören wollte. Gleichzeitig verschaffte ich mir einen Überblick über die Kammer, die hinter der Tür lag. Wie ich vermutet hatte, war es anscheinend ein einfacher Lagerraum. Der Fuchs hatte dort ein Versteck gefunden und geglaubt, es wäre sicher.

»Ich weiß, dass du da drin bist«, rief ich hinein. Meine Stimme erzeugte in dem kleinen Raum keinen Hall. »Komm her oder ich …«, alberte ich, um die Stimmung ein bisschen aufzulockern. *Komm her oder ich – was?* Ich werde husten und prusten und dir dein Haus zusammenpusten, wie der böse Wolf im Märchen? Genauso wenig, wie die Schweine den Wolf ernst nahmen, hörte das Mädchen auf mich. Aber ich wollte ihr doch helfen, verdammt noch mal. Warum reagierte sie nicht? *Wer bin ich? Wer bin ich?*

Da hatte ich schon einen Stein ans Fenster geworfen. Irgendwie hatte ich ihn aufgehoben und trotzig auf ein Fenster geschleudert, das von einem Fensterladen verdeckt war. Eigentlich wollte ich gar nichts kaputtmachen, aber trotzdem ging es mit mir durch. Nach dem Knall, den der Stein verursacht hatte, wurde es wieder still. Ich lauschte kurz und griff dann nach einem neuen Stein und noch einem und … der dritte Stein durchschlug ein Fenster, dass es nur so splitterte. Ich muss wohl kaum wiederholen, was ich vorhin über Zerstörungswut gesagt habe. Weil mir nichts anderes einfiel, blieb ich bei meiner Linie und rief: »Ich hab dein Fenster eingeworfen. Wie wär's mit einem zweiten? Ich weiß, dass du da drin bist!« Warum drohte ich dem Mädchen? So einer war ich doch gar nicht. Ich wollte meine Angst nicht zeigen, sondern wild und mutig rüberkommen. Als ich hörte, wie meine eigene Stimme Drohungen ausstieß, verwandelte ich mich in einen außenstehenden Beobachter. Das Haus blieb stumm. Der Garten rundherum war verlassen. Auch der Fuchs war verschwunden.

»Was machst du hier?«, fragte Nikolai.

Er stand plötzlich hinter mir, neben sich eine kleine Gruppe Wracks.

»Wir haben was kreischen gehört«, sagte Globe Star. »Hast *du* den Lärm gemacht? Wir dachten, hier wird jemandem der Hals umgedreht.«

»Ach, das bildet ihr euch ein.«

»Nein, ernsthaft: Warum bist du hier?« Es war Nikolai, der fragte.

»Nur so«, wich ich aus. »Und ihr, habt ihr das Mädchen geschnappt?«

»Nein. Scheiße, die Schlampe hat unsere Boote kaputt gemacht. Das wird sie büßen. Ohne Boote sitzen wir in der Tinte.« Nikolai war außer Atem und machte eine Pause. »Aber sag mal, warum hast du geschrien?«

»Da war ein Fuchs ...«

»Ein Fuchs! Was denn für ein Fuchs?«

»Der war in diesem Raum dahinten und hat mich erschreckt. Ich hab das Mädchen gesucht, und dann kam der Fuchs dazwischen.«

Nikolai nickte im Takt meiner Worte. Er blickte in die Richtung, aus der ich gekommen war.

»Du hast das Mädchen hier am Haus gesucht?«

»Ja, aber sie ist nicht da.«

Ich weiß nicht, ob Nikolai mir glaubte, jedenfalls zweifelte er die Sache nicht offen an. Doch ich musste aufpassen, was ich preisgab. Allmählich begriff ich, wie wichtig und mutig es von dem Mädchen gewesen war, mir vom Hotel zu erzählen. Damals war ich noch nicht Teil der Gruppe gewesen, aber sie musste gewusst haben, dass ich es bald werden würde. Ich konnte das Mädchen nicht verraten. Wenn ich das täte, würde etwas Schreckliches passieren. Inzwischen bereute ich schon, was ich eben gesagt hatte. Besser, ich würde nicht mehr vom Hotel reden. Noch besser, ich würde nicht mal erwähnen, dass das Haus *das Hotel* war. Mir war klar, dass ich mich damit aus der Gruppe ausschloss, und das war kein angenehmes Gefühl, aber trotzdem war es die richtige Entscheidung. Ich beschloss, das Geheimnis für mich zu behalten. Ihretwegen.

Wir gingen zum Camp zurück und machten uns daran, die Zerstörungen zu reparieren. Die Stimmung war eisig. Zwischen den zusammengepressten Lippen der Wracks kamen nur Flüche und Verwünschungen hervor. Natürlich wusste ich, wessen Kopf sie forderten.

Das Mädchen

Das Mädchen läuft von einem Fenster zum anderen, je nachdem, von wo aus sie am besten verfolgen kann, was am Strand geschieht. Sollen die Jungen nur auf den Horizont starren, das Mädchen schaut genauer hin. Sie nimmt das wertvolle alte Fernrohr von der Wand und erkennt sofort: Das sind die letzten Tage, die die Jungen am Strand verbringen. Doch das wissen sie noch nicht. (Bis auf den einen.)

Das Mädchen träumt in den Zimmern von einem Leben, das unendlich wäre, so wie nichts es ist. Rücklings auf einem Himmelbett liegend horcht sie, wie es überall im Haus knackt und knistert. Das Meeresrauschen dringt herein und auch die Schreie der Möwen. Sie weiß: Das Hotel hat eine besondere

Beziehung zum Meer. Die beiden sind ineinander verschlungen wie in einem Kuss. Denn das Meer liebt das Haus, genauso wie das Haus das Meer liebt. Sie sind in ein nicht enden wollendes Gespräch vertieft. Das Meer schickt den Wind, der im Haus durch die Schächte und Zimmer weht. Das Meer schickt Legionen von Muscheln, die die Treppen und Geländer des Hauses bedecken, sodass es schließlich aussieht, als sei das Gesicht des Hotels mit einem Schleier verhüllt.

Vom Hotel aus treten die Kinder ihre Reise an.

Das Meer, wie es doch liebt –

und trotzdem bedeutet es nichts. Denn manchmal kommt ein Sturm auf, der dem Haus das Dach nimmt, gnadenlos Geländer und Vordächer mit sich fortreißt wie Leichenteile. Die Liebe, das weiß das Mädchen, ist so. Das Mädchen liebt niemanden. Aber als sie sieht, wie sich der kleine Bruder im Garten vor dem Fuchs erschreckt, möchte sie ihn umarmen und hereinbitten, um ihm etwas über die Tiere zu erzählen. Füchse, Ratten, Mäuse, Eulen und viele andere Tiere fallen Menschen nicht an. Alleine im Garten ist der Junge herausgelöst aus der schützenden Schale des Schauspielens, in der das Mädchen ihn vorher erlebt hat.

Das Herz des Mädchens flattert, als sie wieder zu ihren Hemden zurückkehrt. In jedes will sie ihre ganze Sorgfalt legen und genau darüber nachdenken, wie sie es verziert, mit Muscheln und Korken, mit Vogelfedern als Schutz in den Nähten. Mit zielsicheren Stichen näht sie die Hemden für die Jungen. Ob sie es wollen oder nicht, sie müssen sich auf die Abfahrt vorbereiten. Das Mädchen möchte sie in Seide kleiden, als seien sie auf dem Weg zu einem Fest. Als seien sie eine Gruppe von Königssöhnen, die dem Herrscher des Nachbarreiches eine Botschaft überbringen sollen. Sie hat für die Hemden viele seidene Laken geopfert, Gardinen und was sich sonst noch in den Schränken fand. Es werden schöne Hemden.

Seit einigen Tagen wandert auch der große Bruder am Strand umher. Aus ihm wird kein Strandjunge werden, nein, er ist keiner von denen. Er ist nur ein großer Bruder, der seinem kleinen Bruder hinterhergeht. Die Brüder sehen sich sehr ähnlich, auch wenn der eine von seinen Ausflügen im Wald voller blauer Flecken ist und der andere so blasse Haut hat, dass man denken könnte, die Sonne hätte ihn im Stich gelassen.

Anfangs entfernt sich der große Bruder gar nicht vom Wohnmobil, doch inzwischen geht er lange Strecken zu Fuß. Immerzu späht er auf die Felsen und bewegt sich wie ein Schlafwandler. Seine Augen haben den Blick eines Traumsehers. Er will seinem Bruder auf den Fersen bleiben. Das weiß das Mädchen und versteht es. Der Junge möchte seinen Bruder nicht loslassen. Das Mädchen fühlt die Kraft zwischen ihnen. Den Sog des Sturzes. Der große Bruder will das verhindern, was unweigerlich passieren muss, denn das ist der Lauf der

Welt. Er will das Mädchen hindern, ihre Aufgabe zu erfüllen. Er will seinen kleinen Bruder hierbehalten. Am Strand. Zuhause. Im Leben.

Wladimir

An dem Tag, als ich das Hotel entdeckte, verschwand Wladimir. Ich sage bewusst ›verschwand‹, obwohl es anfangs nur bedeutete, dass er seine Filme links liegen ließ, und das hörte sich doch erst mal ganz gesund an. Seit wir hier waren, hatte er unendlich viele Filme gesehen. *Ein Herz und eine Krone. 2 Tage Paris. Leben und Sterben in L.A.* (Um nur einige zu nennen.) Warum musste er denn nach L.A. oder Paris fliehen, warum konnte er nicht hier bei uns auf dem Campingplatz bleiben? Nach diesem Abend würde er vielleicht sogar bleiben. Jedenfalls tat er etwas total Seltsames, das nicht rückgängig zu machen war.

Eigentlich war Wladimir schon bei unserer Ankunft auf dem Campingplatz verändert. Wäre ich nicht die ganze Zeit mit meinen Gedanken woanders gewesen, hätte ich es gemerkt. Einmal war ich nachts von dem Gefühl aufgewacht, dass jemand mich ansieht, und als ich die Augen öffnete, schwebte Wladimirs Gesicht ganz dicht vor meinem. Er sah anders aus als tagsüber, wo er immer abwesend und verträumt wirkte. Später fiel mir ein, dass er genauso ausgesehen hatte wie auf einem Foto, auf dem ich noch ein Baby war und in der Wiege lag. Auf dem Bild hatte er einen Teddy unter dem Arm und sah mich an. Meine Eltern fanden das Bild süß, aber wenn ich es genau betrachtete, hatte ich immer das Gefühl, Wladimir würde mir gleich den Teddy aufs Gesicht drücken. Denn er war eifersüchtig. »Bring das Baby wieder weg!«, hatte er Mama befohlen, als sie mich aus dem Krankenhaus nach Hause gebracht und zum allgemeinen Bestaunen auf das Elternbett gelegt hatte. Wir hatten andauernd miteinander gekämpft. Und jetzt starrte er mich mit demselben Blick an wie auf dem Foto, sehr intensiv. »Was ist los, Wladi?«, fragte ich, aber er antwortete nicht, sondern drehte sich um und ging zurück ins Bett. Wahrscheinlich war er schlafgewandelt.

Natürlich wisst ihr längst, dass Waldimir schon seit Tagen am Strand und auf den Felsen umhergewandert war. Nur ich hatte es nicht gemerkt. Schon ewig hatte er keinen Film mehr eingelegt oder sich ausgemalt, ein Filmstar zu sein. Hätte ich die Reisenotizen meiner Mutter durchgeblättert, hätte ich erfahren, dass der Strand bei meinem Bruder wahre Wunder bewirkt hatte. *Wladimir ist den ganzen Tag draußen,* schrieb Mama. *Er redet nicht viel, hat aber wenigstens mal Farbe bekommen.* Daneben hatte Mama hoffnungsvoll eine Sonne gemalt (ihre Zeichenkünste sind nicht so besonders). Danach wurden die Einträge düsterer. Mama stand unter Druck, sie schrieb, dass wir immer noch auf die Ersatzteile warteten und deswegen wohl bis zum Winter hierbleiben müssten und dass sie traurig war, obwohl die Sonne schien. Obwohl der Strand so herrlich war, hatte sie immer noch diese Last auf den Schultern, das hatte sie sich bei der Abreise anders vorgestellt. Sie kämpfte mit verschiedenen Wehwehchen und Zipperlein. Zum Beispiel machten ihre Zähne Krawall, und sie konnte nicht einschlafen. Aber Mamas Notizen kannte ich zu diesem Zeitpunkt noch gar nicht. Und außerdem ist das was für Erwachsene, damit kann ich gar nicht so viel anfangen, und wer weiß, ob sie das selbst überhaupt verstehen.

Mein Besuch am Hotel hatte nichts ergeben, und so war meine Stimmung ziemlich gedrückt. Im Wohnmobil fand ich ein Mittagessen von Mama und einen Zettel: *Guten Appetit. Bin in der Tennisstunde.* Es gab immer wieder Tage, an denen Mama von einer Aktivität zur anderen schoss, sodass man praktisch überall auf dem Campingplatz auf sie stoßen konnte. Anscheinend war sie im Laden gewesen, denn auf dem Tisch stand eine Schüssel mit Erdbeeren. Doch als ich die mit Herzchen verzierte Karte las, die danebenlag, wurde mir klar, dass der Automechaniker die Erdbeeren mitgebracht hatte. Ich zerriss die Karte und warf die Fetzen in den Mülleimer.

Dann schaufelte ich etwas von dem kalten Essen auf meinen Teller und türmte es zu Bergen auf. Ich wartete darauf, dass mein Bruder zwischen den Autos auftauchte, die Augen hinter der Sonnenbrille versteckt. Aber es blieb ruhig. Abgesehen vom Lärm der Urlauber, die auf jedem Quadratmeter ihr Ferienleben lebten, und dazu gehörten auch Spiele, die man mit der ganzen Familie spielt, aber das wisst ihr ja schon. Krocket, wo man den Ball durch kleine Tore schlägt, Boule, bei dem man Kugeln werfen muss. Tennis. Federball. Karaoke oder Quiz und gemeinsames Essen mit allen Nachbarn. So viel Lachen hörte man im Winter selten. Später würde ich aus diesem Lachen die Trauer heraushören und lernen, dass Lachen und Trauer miteinander verwandt waren und im Notfall auch rasch wechseln konnten. Dass Trauer sich in Lachen verwandelte und Lachen in Weinen. Was wie Fröhlichkeit aussieht, muss keine Fröhlichkeit sein, sondern ist vielleicht tiefste Trauer. Als ich sah, wie der Vater eines Jungen eine Kugel warf, fiel mir auf, dass ich Papa vermisste. Auch mein Vater spielte gern. Er nahm Spiele stets sehr ernst und wollte jedes Mal eine neue Runde.

Da mein Bruder sich nicht blicken ließ, schob ich die Essenstürme beiseite und stand auf. Soviel ich wusste, war er noch nie so lange vom Wohnmobil weg gewesen. Unter der Dusche konnte er auch nicht mehr sein, und schwimmen hasste er genauso wie die Sonne. Während ich zum Strand schlenderte, wollte ich mir einreden, dass ich nicht nach meinem Bruder suchte. Aber ich tat es.

Mit dunklen Wolken bedeckt sah der Himmel ganz fremd aus. Solche Wolken hatte ich noch nie gesehen, seit wir auf dem Campingplatz waren. Es nieselte schon, bestimmt würde gleich ein Schauer kommen. Hektisch nahmen die Leute ihre Wäsche von der Leine und schoben das Strandspielzeug unter die Wohnwagen und Autos. Ich überlegte, in welche Richtung Wladimir wohl gegangen war. Bisher hatte er sich für nichts auf dem Campingplatz interessiert. Einmal hatte er das Kino erwähnt, natürlich abfällig. Die Plakate an der Wand waren von der Luftfeuchtigkeit gewellt, die Filme waren schlecht und das Gebäude selbst sah aus wie ein Schlachthaus.

Wenn wir sonntags manchmal unseren Familienspaziergang machten, ließ sich Wladimir schon nach einer Viertelstunde unter einen Baum plumpsen, weil er angeblich keine Kraft mehr hatte. Er könnte nicht weitergehen, weil er an den ersten Symptomen von Tuberkulose litt. Und er redete von niedrigen Hämoglobinwerten und behauptete, sein Arzt habe ihn davor gewarnt, seinen Herzmuskel zu stark zu belasten. Zur Betonung hustete er einmal kräftig und fing an, unter dem Baum in irgendeinem düsteren Philosophiebuch zu lesen, das das Leben in den schwärzesten Farben malte. »Ihr könnt mich auf dem Rückweg wieder abholen«, sagte er, ohne den Blick aus dem Buch zu heben.

Diesmal war Wladimir nicht gleich hinter dem Wohnmobil zusammengesunken. Auch am Strand konnte ich kein kraftloses Häufchen Elend entdecken. Der zunehmende Wind rührte das Meer auf und schmückte die Wellen mit weißen Kämmen, die sich an den Uferfelsen brachen und als glitzernder Tropfenregen zerplatzten. Der Himmel war rabenschwarz, nirgends ein Zeichen von Wladimir. Da entdeckte ich auf einer Düne etwas, das mir bekannt vorkam – war das nicht seine weinrote Jacke? So eine Jacke hatte sonst niemand, es war die gleiche, die Johnny Depp in dem Film *Charlie und die Schokoladenfabrik* trug. Ich ging näher heran und stellte fest, dass es wirklich Wladimirs Jacke war. Ohne seine typischen Bewegungen sah sie ein bisschen schlaff aus. Als ich sie von dem Busch losmachte, riss ich ein hässliches Loch hinein. Mir war klar, dass ich dafür später ganz schön was zu hören bekommen würde, selbst wenn ich die Jacke zehnmal vor dem Sturm gerettet hatte.

Unter der Jacke fand ich die Hälfte einer DVD. *Der weiße Hai III*, ein uralter Horrorfilm über einen Riesenraubfisch, der einen ganzen Küstenstreifen terrorisiert. Wladimir war mit seinen Filmen immer übertrieben ordentlich, deswegen wunderte es mich, dass er die DVD zerbrochen haben sollte. Vielleicht war sie aber auch einfach kaputtgegangen, und mein Bruder war auf die Idee gekommen, den Film zu beerdigen. Der Strand war dafür ja der richtige Ort.

Nachdem ich rundherum keine weiteren Spuren von Wladimir entdecken konnte, wandte ich mich instinktiv in Richtung der Felsen. Auf dem Waldboden schlängelten sich knorrige Wurzeln. Es gab umgestürzte Bäume, auf denen man balancieren konnte, und jede Menge verschlungenes, vom Wind zerzaustes Gebüsch. Daher schien es mir unwahrscheinlich, dass Wladimir hergekommen war, um in diesem unwegsamen Gelände herumzustiefeln.

Ich setzte mich auf einen Stein und überlegte, was ich als Nächstes tun sollte. Da blitzte in meinem Augenwinkel etwas Buntes auf, das nicht in den Wald gehörte, und als ich mich umdrehte, sah ich, dass Wladimirs Schuhe mit zusammengebundenen Schnürsenkeln an einem Tannenzweig hingen. Verwundert nahm ich sie ab und untersuchte sie genau, als würde ich so die Lösung eines Rätsels finden. Die Schuhe schaukelten vor mir in der Luft, aber eine Erklärung fiel nicht heraus.

Und da –

erschien wieder Nikolai wie aus dem Nichts und setzte sich neben mich auf den umgestürzten Baumstamm. Er holte sein Taschenmesser heraus, klappte die Klinge aus und kratzte damit an seiner Schuhsohle.

»Spionierst du mir nach?«, fragte ich, ohne mich darüber zu wundern, dass er so plötzlich aufgetaucht war.

»Dein Bruder ist verschwunden?«

»Jep.«

»Er taucht bestimmt wieder auf.«

»Keine Ahnung.«

Die Schuhe baumelten immer noch vor meinem Gesicht, sie schwangen hin und her wie das Pendel eines Hypnotiseurs. Nikolai kratzte weiter konzentriert an seiner Schuhsohle herum. Noch bevor er den Mund aufmachte, wusste ich, dass er mit mir über das Mädchen sprechen wollte, und ich war sofort genervt.

»Dass das Mädchen sich in dem Haus versteckt«, sagte er, »wissen wir schon längst. Das ist kein Geheimnis.«

»Mann! Warum hast du mir nichts davon gesagt?«, fragte ich. »Und warum habt ihr sie nicht da gesucht, wenn ihr doch wusstet, dass sie da wohnt?«

»Naja, wir haben gehofft, dass sie nicht da ist. In dieser Bruchbude ist sie unbesiegbar. Aber manchmal kommt sie raus. Übrigens vermute ich, dass sie Gedanken lesen kann.«

»Du glaubst doch wohl nicht solche Märchen?«

»Reg dich nicht auf, sondern hör dir das an.« Nikolai stellte beide Füße auf die Erde und sah mir fest in die Augen. »Ich habe dir noch nicht alles über meinen Freund Caesar erzählt …«

»Du redest doch von nichts anderem als von ihm und von dem Mädchen«, unterbrach ich ihn von oben herab, denn ich wollte nicht hören, wie er das Mädchen schlechtmachte. »Aber lass gut sein. Erzähl ruhig.«

Nikolai ließ sein Taschenmesser wieder aufschnappen.

»Als Caesar an den Strand kam, fing das Mädchen an, ihm nachzulaufen. Caesar fuhr total auf sie ab, war richtig verknallt. Er war kein beinharter Typ, sondern ein hübscher Junge, so wie du. Auf eine Art, wie Mädels das mögen. Irgendwie sensibel und so.«

»Bist selber ein Sensibelchen mit deinem Augenaufschlag«, rief ich und boxte Nikolai. Wegschubsen konnte ich ihn allerdings nicht, denn er hielt mich am Hemd fest, sodass wir beide auf die Erde knallten.

»Du hast doch Wimpern wie ein Mädchen. Schminkst du dich etwa?«, provozierte ich ihn, obwohl ich wusste, dass ich unterlegen war. Zur Antwort schlug Nikolai mir mit der Faust aufs Auge, und bald lag ich ganz am Boden. Im Vergleich zu mir war er ein richtig routinierter Kämpfer, obwohl ich bestimmt nicht zu den allerschlechtesten gehörte.

»Das ist schon unser zweiter Fight um das Mädel. Ist dir das aufgefallen?«, fragte Nikolai, als wir wieder nebeneinander auf dem Baumstamm saßen.

»Das müsste nicht sein, wenn du die Schnauze hältst und dich um deine eigenen Angelegenheiten kümmerst«, gab ich zurück.

»Wir Wracks haben keine eigenen Angelegenheiten. Aber jetzt hörst du mir zu, dann kann ich nämlich die ganze Geschichte erzählen. Also. Caesar kapierte natürlich schnell, dass das Mädel in dem Haus lebt, und wollte reingehen. Und das tat er schließlich auch. Eines Tages ist er einfach verschwunden. Wie vom Erdboden verschluckt.«

»Vielleicht hat seine Familie ihn mit nach Hause genommen? Hier machen doch alle Ferien.«

»Nein, Mann, er war für immer hier. Genau wie du.«

Obwohl ich große Lust dazu gehabt hätte, ging ich nicht auf dieses Missverständnis ein. Ich konnte tun, was ich wollte.

»Das tut mir wirklich leid«, sagte ich und meinte es auch so. Caesar war bestimmt ein guter Typ. Wäre er nicht verschwunden, wären wir sicher Freunde geworden.

»Ich weiß, dass du das verstehst. Du hast auch einen Freund verloren.«

Wir saßen lange still da. Wie so oft nach einem Streit schien der andere mir plötzlich näher zu sein. Ich wusste, dass wir etwas teilten. Nur wer den Verlust eines Freundes selbst erlebt hat, weiß wirklich, was das bedeutet. Warum wollen die Leute uns immer trösten und beten uns vor, sie wüssten, wie sich das anfühlt? In Wirklichkeit verstehen sie nichts davon, und sie können es auch nicht verstehen. Wenn sie was anderes behaupten, ist das gequirlte Scheiße.

»Und jetzt glaubst du also, dass das Mädchen Caesar gefangen hält?«

»Oder sie hat ihm das Licht ausgeblasen, keine Ahnung – irgendwas geht da vor. Und ich glaube, das Mädchen will dasselbe mit dir machen. Versprich mir, dass du dich von der Bruchbude fernhältst.«

Konnte es wirklich sein, dass das Mädchen im feuchten Keller des Hotels Menschen gefangen hielt? Wo die Armen dann ohne Essen und sauberes Wasser elend verrecken mussten? Warum sollte das Mädchen so etwas tun? Während Nikolais Ansprache war mir etwas eingefallen, was mich mehr anging als das Schicksal von Caesar. Es sah so aus, als wäre Wladimir wegen des Mädchens verschwunden. Um meinen Bruder aus dem Wohnmobil zu kriegen, brauchte es nur einen Lockvogel, der aussah wie ein Filmstar. So wie das Mädchen. Sie sah aus wie Uma Thurman mit fünfzehn. Das Mädchen hatte Wladimir in die Falle gelockt, denn sie war ein Vamp und konnte der Versuchung nicht widerstehen, ihre Wirkung an ihm auszuprobieren.

»Du musst aufpassen, Mann. Das ist das einzige, was ich dir die ganze Zeit sagen will.«

»Tja, das Mädel hat es jetzt anscheinend auf meinen Bruder abgesehen.«

Nikolai zog die Schultern hoch zum Zeichen, dass es ihm auf meinen Bruder nicht so unbedingt ankam. Dass man in das Mädchen verknallt sein konnte, wollte ihm überhaupt nicht in den Kopf. So waren viele Jungs. Manche hatten eine Freundin, hingen aber trotzdem ständig mit ihren Kumpels herum. Und wenn ihre Freundin ihnen in der Pause über den Weg lief, taten sie so, als würden sie sie kaum kennen. Sie schämten sich dafür, ihre Gefühle zu zeigen, denn Gefühle waren unangenehm. Ich kannte solche Jungs – ich war einer von ihnen.

Zum Abschied knuffte Nikolai mich freundschaftlich in die Schulter, das hieß: bis morgen. Und es bedeutete auch, dass ich eines Tages nicht zum Campingplatz zurückkehren würde.

Das Erste, was ich sah, als ich die Tür zum Wohnmobil öffnete, war mein Bruder. Er saß da und schaute sich einen Film an, als wäre er nie weg gewesen. Sehr lange konnte er allerdings noch nicht hier sein, denn der Film hatte eben erst angefangen. Ich warf die Jacke auf den Tisch und die Schuhe auf den Boden.

»Ihre Sachen, der Herr?«

»Ach, danke.« Wladimir nahm die Jacke unter die Lupe und fand sofort das Loch. »Du hast sie kaputt gemacht.«

Missmutig sah ich ihn an und machte mir nicht die Mühe, zu erzählen, wie das Loch in die Jacke gekommen war.

»Nächstes Mal reiß ich die Ärmel ab und verzier das Ding mit Graffiti.«

Ich nahm mir die DVD-Hülle vom Tisch. Den Mann, der da in einer ländlichen Gegend herumstand, kannte ich aus vielen anderen Filmen. »*Gilbert Grape.* Worum geht's da?«

»Ein Junge wohnt mit seiner Familie irgendwo in der

Walachei. Er will wegziehen, aber er muss sich um seinen durchgeknallten kleinen Bruder kümmern, um seine dicke, depressive Mutter und um den Rest der Familie. Der hängt in dem Dorf fest. Aber dann verliebt er sich und so weiter.«

»Also keine Action?«

»Nicht das, was du unter Action verstehst.«

Etwas wie ein Lächeln flackerte meinem Bruder über das Gesicht, und das machte mich so froh, dass ich mich neben ihn setzte und den Film mit anschaute, obwohl es ein Drama war und auf dem Land spielte. Allerdings ging der Film etwas an mir vorbei. Es fiel mir schwer, mich zu konzentrieren, und ich fragte ständig, was da passierte, obwohl ich den Film direkt vor mir hatte. Ich quatschte mein eigenes Zeug und baute dabei Türme aus Münzen, die ich mit einem Höllenlärm umkrachen ließ. Schließlich wollte Waldimir mich aus dem Wohnmobil werfen, aber er schaffte es nicht. So ging der Abend herum, ohne dass ich ihn nach dem Mädchen fragen konnte. Und auch nicht danach, wo er gewesen war.

Silo 8

Die Treppe führt in einer Spirale immer weiter aufwärts. Wladimir wird fast schwindlig in dem engen Raum. Wie auf dem Jahrmarkt in den Fahrgeschäften, die einen so herumwirbeln, dass man nicht anders kann als zu kreischen, entweder vor

Freude (Mitja) oder aus Todesangst (Wladimir). Hier ist jemand auf dem Weg zum Gipfel. Schon bald oben. Nur noch einen Sprung vom Himmel entfernt.

Auf dem Dach des Silos sind Graffiti, die man schon von Weitem erkennt. Bei ihrem Anblick weiß man sofort, dass die Jungen dort gewesen sind. Man kommt überall rein. Das hat Mitja großspurig gesagt. Oder nicht direkt großspurig, sondern eher selbstbewusst. So ist das in Mitjas Welt: Überall kommt man rein. Wenn keine Treppe da ist, findet man etwas anderes, zum Beispiel eine Leiter. Und sollte es keine Leiter geben, ist eben irgendwo ein Loch in der Wand. Mitja ist auf dem Dach, also muss Wladimir ihm dorthin folgen. Er kann jetzt nicht mehr anhalten.

Wladimir hat sich etwas Neues überlegt, wie er seinen Bruder überraschen wird. Er wird sich ihm zeigen. Warum hat er nicht vorher daran gedacht? Wie ein Geist wird er aus dem Dunkel heraustreten, und sein Bruder – nun, er erschreckt sich. Er wird denken, er träumt oder sieht Gespenster. Aber es ist sein Bruder, Wladimir, sein großer Bruder, der sich eigentlich nicht für solche verwahrlosten Orte interessiert, denn: »Da ist garantiert überall Asbest drin, und davon kriegt man Krebs, und, hey, ich will nicht jung sterben, so wie du. Sorry.«

Auch im Treppenhaus sind die Wände voller Graffiti. Sein Bruder nennt sie Pieces. Piece of art. Masterpiece. Meisterwerk. Das sind diese großen, bunten Graffiti, im Unterschied zu Tags oder den Sachen, die man mit Schablonen macht. Wladimirs Wissen ist eher technisch. Er weiß, dass das Wort Graffito vom italienischen Wort *graffiare* (kratzen) abstammt, das wiederum seinen Ursprung in dem griechischen Verb *γραφειν* (graphein, also schreiben) hat. Graffiti gab es schon in der Antike. Sie sind mit der Grafik verwandt, aber mehr ritueller Natur. In diesem Gebäude gibt es Graffiti, weil man damit beweisen kann, dass man den Zugang gefunden hat. Ist das Piece an der Wand, muss jeder akzeptieren, dass man zum Geheimbund gehört. Doch für Wladimir ist diese Zugehörigkeit nichts wert. Er will nicht zu einem Geheimbund von Kriminellen gehören, er will nur zeigen, dass er überall Mitglied werden könnte. Dass er, wenn er denn wollte, zu jeder beliebigen Gemeinschaft gehören könnte.

Die Treppe will einfach nicht aufhören.

Geht sie denn nie zu Ende?

Muss man denn bis zum Himmel steigen, um anzukommen?

Joshua

Am nächsten Morgen tauchten Nikolai und Joshua zusammen an unserem Wohnmobil auf. Nikolai warf sich in einen wackeligen Campingstuhl und fing an zu kippeln. Das

Gleichgewicht hielt er mit einem Stock, den er in den Boden gerammt hatte. Als Joshua versuchte, es ihm nachzumachen, flog er rücklings ins weiche Gras. Begeistert rollte er darauf umher, übte Kopfstand und schlug Purzelbäume. Der samtige Rasen schien für ihn das Allerschönste zu sein. Es kam mir komisch vor, meine neuen, unordentlichen Freunde auf einmal hier, mitten in unserer Ferienidylle, zu sehen. Ich sah besorgt zu Mama hinüber und fragte mich, was sie wohl von ihnen hielt. Gerade hatte sie ihr Telefongespräch mit Papa beendet und hängte mit düsterer Miene die Wäsche auf. An diesem Morgen hatte sie schon viel geschafft. Sie hatte in einer der Campingplatz-Waschmaschinen alle Laken, Bettbezüge, Kissenbezüge, Tischdecken und Vorhänge aus dem Wohnmobil gewaschen. Alles, was nicht niet- und nagelfest war und in die Waschtrommel passte. Sie behauptete, dass es im Wohnmobil komisch roch. Nicht unangenehm, aber eben ungewohnt, wie vermoderte Algen. Da sie nicht herausfinden konnte, woher der Geruch kam, wusch sie einfach alles. Um meine Freunde kümmerte Mama sich gar nicht. Irgendwelche Kinder halt, deren Eltern im Urlaub fünfe gerade sein ließen. Mama würde das nicht passieren. Sie behielt den Alltag fest im Griff.

Wladimir hing auf die Ellbogen gestützt in einem Sonnenstuhl, einen Hut über den Augen, die langen dünnen Beine vor sich ausgestreckt. Mit dem Hut sah er aus wie ein Dandy aus dem neunzehnten Jahrhundert (Lackaffen, wenn ihr mich fragt). Wladimir hatte sich seinen Stil aus Filmen zusammengestellt. Seine relaxte Haltung war nicht einfach irgendeine Art, auf dem Stuhl zu sitzen, sondern Ironie. Die Botschaft lautete ungefähr so: Ich könnte jeden Moment aus allen möglichen Gründen sterben. Kurz: Das Leben ist scheiße.

Bestimmt wäre er auch unseretwegen gestorben, aber in diesem Moment bemerkte er uns nicht mal.

»Wolltet ihr was von mir?«, fragte ich Nikolai.

Nikolai schubste Joshua zu mir.

»Er möchte uns was zeigen.«

»Das kann bestimmt warten. Wie ihr vielleicht seht, esse ich gerade.«

»Wie wir vielleicht sehen, spielst du eher mit deinem Essen.«

Verblüfft stellte ich fest, dass er Recht hatte. Ich hatte mein Frühstück zu einem Haufen aufgetürmt, so wie gestern, und noch keinen Bissen in den Mund gesteckt. Auch aus dem Saftglas hatte ich noch keinen Schluck getrunken.

»Ach so, ja.«

»Los, du stehst jetzt auf, und wir gehen. Essen kannst du, wenn du tot bist.«

»Das geht anders. Es heißt: Schlafen kannst du, wenn du tot bist.«

»Ist doch das Gleiche. Komm schon.«

Joshua hatte sich Nikolais Stock geschnappt und rannte voraus. Ein lebhafter, aufgekratzter Sechsjähriger, vierundzwanzig Stunden am Tag auf den Beinen. Ich warf einen Blick auf meinen Bruder, der sich die ganze Zeit kein einziges Mal bewegt hatte. Ob er munter wurde, wenn ich weg war, und dann losging, um das Mädchen zu suchen? Und wenn das Mädchen hierherkäme, um ihn zu holen? *Sich zu ihm hinunterbeugte und ihm die Unnahbarkeit aus dem Gesicht hauchte?* Dieses Risiko musste ich eingehen. Ich konnte nicht bleiben und ihn bewachen.

Je weiter wir uns vom Zentrum des Campingplatzes entfernten, desto ungepflegter wurde alles. Mehr und mehr Zelte und Wohnwagen schienen schon ewig dazustehen. Die Autos wurden kleiner und hatten mehr Roststellen, das Gras war höher, die Zelte zerschlissener, die Wohnwagen älter und verbeulter. Viele Lagerplätze waren von Zäunen umgeben, vom Regen ausgeblichener Plunder lag herum. In den Blumenbeeten standen Gartenzwerge und betende Engel. Manche Lager waren schon lange aufgegeben, auf den Gartenmöbeln lagen verwelkte Blätter und ein Haufen Kiefernnadeln und Sand. Ansonsten war es schön hier, es gab alte Bäume, und man sah das Meer. Bestimmt war das früher einer der beliebtesten Abschnitte auf dem Campingplatz gewesen. Auf einem verrosteten Schild stand *Sunset Boulevard*, wie die berühmte Straße in Los Angeles.

Joshua blieb immer wieder stehen und sah sich um. Erst, wenn die Luft rein war, winkte er uns weiter. Anscheinend wollte er alles genau im Auge behalten. So wie wir. Was wir sahen, war eher eine Wiese als ein Campingplatz. Früher war das wahrscheinlich ein Rasen gewesen, aber jetzt wucherten hier Wildblumen, Lupinen, lila Disteln, Hahnenfuß und natürlich Schilf und andere Pflanzen, die am Meer wachsen. Zwischen den Blumen standen Zelte oder Wohnwagen, die verlassen wirkten.

Wir drückten uns gebückt am Zaun entlang, um den Bewohnern nicht in die Quere zu kommen. Ich fragte mich, wie sie wohl aussahen, ob sie genauso heruntergekommen waren wie die ausgeblichenen Zelte und die kaputten Gartenzwerge. Schließlich gab Joshua das Signal zum Anhalten. Wir waren da. Nach dem, was ich eben berichtet habe, kannst du dir bestimmt unsere Verwunderung vorstellen, als wir Joshuas Wohnwagen sahen.

»Das ist ja eine Villa auf Rädern!«, rief ich.

»Ein Palast«, staunte Nikolai. »Was macht der hier?«

Ein Palast war es in der Tat und riesig wie ein Wal. Strahlend weiß wie ein Bild aus dem Werbekatalog. Auch der kleine Garten war ordentlich und gepflegt.

Joshua baute sich vor uns auf.

»Das ist unser Wohnwagen. Was sagt ihr nun?«

»Du veräppelst uns doch. Das ist garantiert nicht deiner«, widersprach Nikolai.

Joshua wurde allmählich nervös.

»Doch, der gehört unserer Familie«, versicherte er mit solchem Nachdruck, dass man ihm einfach glauben musste. Warum sollte er auch lügen? Hier wohnten also die Eltern, deren sechsjähriger Sohn frei wie ein Vogel herumflog. Der Betteljunge war in Wirklichkeit ein Prinz.

Sogar Nikolai sah überrascht aus.

»Hierher verschwindest du also immer wieder«, wunderte er sich. Es war schon seltsam, dass ein Strandjunge in solch einem prachtvollen Wohnwagen zu Hause sein sollte. Seit meine Frage nach den Familien der Wracks so nach hinten losgegangen war, hatte ich nicht mehr darüber nachgedacht, wo sie wohnten. Und wenn, hatte ich eher Bilder von Bettlerhütten am Stadtrand vor Augen. Allerdings gehörte ich ja selber zu ihnen (wenn auch auf Probe), und bei mir zu Hause war alles in Ordnung. Wenn das Joshuas Eltern waren, war ihr Sohn ihnen aus anderen Gründen weggelaufen, nicht aus Hunger.

»Niemand weiß davon?«, fragte Nikolai. In seinen Augen blitzte Berechnung auf. Es war klar, dass wir jetzt etwas wussten, was nicht einmal Medusa oder der Captain kannten.

»Keiner weiß es. Keiner von den Wracks.«

»Warum zeigt du es mir erst jetzt? Vertraust du mir nicht, Kleiner?«

»Nein, ich …« Der Junge fing an, Schilfblätter abzuzupfen, »oder, doch, ich vertraue dir. Aber …«

Aber: Jetzt hatte Joshua Angst, dass er Ärger kriegen würde. Wahrscheinlich bereute er schon, dass er uns den Wohnwagen gezeigt hatte. Um ihm Mut zu machen, boxte ich ihn kameradschaftlich in die Schulter. Er sah mich dankbar an.

»Wegen Mitja hab ich beschlossen, dass ich euch das zeigen will. Weil Mitja doch nach den Müttern gefragt hat.«

»Lass hören.«

»Ich hab sie nicht vergessen. Ich erinnere mich an Mama und Papa.«

»Das hättest du mir erzählen müssen«, brummte Nikolai düster.

»Aber sonst hat doch auch keiner was erzählt.«

»Die anderen erinnern sich ja auch nicht, du Schafsnase. Und du dürftest es auch nicht.«

Der Junge ließ die Schultern hängen. Aber ich wollte mehr über den Wohnwagen wissen, immerhin war das wirklich etwas Besonderes.

»Davon gibt es bestimmt nicht viele auf der Straße. Wusstest du, dass die Stars aus dem Zirkus in solchen Wagen wohnen?«, fragte ich. »Zirkusdirektoren, Löwenbändiger und diese ganzen Verrückten, zweiköpfige Männer und die dicksten Frauen der Welt.«

Endlich lächelte der Junge wieder.

»Erzählst du Quatsch?«

»Nein. Ich sage doch immer die Wahrheit.«

Dann fiel mir etwas ein, was ich mich vorher schon kurz gefragt hatte.

»Womit wird der Wagen eigentlich gezogen? Wo ist euer Auto?«

»Es gibt kein Auto.«

»Wie – es gibt kein Auto?«, sagte ich. »Wie seid ihr denn ohne Auto hierhergekommen?«

Auf dem Rasen rund um den Wohnwagen waren keinerlei Reifenspuren. Also musste er schon ziemlich lange da stehen. Joshua sah mich ernst an.

»Mama ist mit unserem Auto weggefahren«, flüsterte er. »Sie hat sich einfach reingesetzt und ist losgefahren.«

»Deine Mutti hat euer Auto geklaut, und ihr sitzt auf dem Campingplatz in der Falle?«, rief Nikolai. »Total heftig.«

»Meine Mama hat das Auto nicht geklaut. Mama ist kein Dieb. Sie konnte eben nicht länger Urlaub machen. Sie musste in die Stadt, zur Arbeit. Aber sie kommt wieder.«

»Aber hey, wenigstens ist dein Vater hier«, setzte ich hinzu und Joshua nickte wichtig.

»Mein Papa liebt mich.«

»Harte Sache für ihn, wo du und deine Mutter doch beide abgehauen seid. Das nimmt er bestimmt persönlich«, stocherte Nikolai weiter. Anscheinend suchte er immer noch Streit.

Aber Joshua kümmerte sich nicht darum, denn in diesem Moment tauchte ein bärtiger Mann an der Tür des Luxuswohnwagens auf. Er sah genauso verwildert aus wie der Campingplatz um ihn herum.

»Wow! Robinson Crusoe!«

»Nein, mein Vater.«

»Will er Weihnachtsmann spielen?«

Nikolai schrie auf, als Joshua die Zähne in seinen Arm schlug. Der Mann sah sich um. Doch der Schrei hatte eher nach einem Seevogel geklungen und nicht nach einem Jungen, der sich im Busch versteckt, also dachte er wohl nicht weiter darüber nach. Stattdessen kam er die Stufen herunter und lief herum. Immer wieder tätschelte er seinen Wohnwagen, so wie ein Reiter sein Pferd. Wahrscheinlich fiel ihm dabei irgendwelcher Schmutz am Wagen auf, denn als Nächstes nahm er einen Eimer und ging davon.

»Wir haben Glück. Papa will den Wagen waschen.«

»Wie meinst du das?«

»Wenn wir uns beeilen, kann ich euch den Wohnwagen zeigen. Papa braucht Wasser, und dazu muss er richtig weit laufen. Der Wasserhahn in diesem Abschnitt ist total eingerostet.«

Palast war nicht übertrieben für diesen Wohnwagen, der so groß war wie – naja, ein Palast eben. Die Sofas waren mit einem rot-weiß gestreiften Stoff bezogen, bei dem ich an Pfefferminzbonbons in diesen spitzen Tüten denken musste. Das Muster hatte einen Namen, sagte Joshua, es hieß Kissenschlacht. Ein seltsamer Name für einen Sofabezug, aber das war nicht das einzig Seltsame im Wagen. An der Wand hingen Lautsprecher. Auf der anderen Seite sah man durch einen Spalt zwischen zwei Türen einen großen LCD-Bildschirm. Man brauchte sich nur auf das Pfefferminzsofa zu setzen und die Fernbedienung in die Hand zu nehmen, und schon konnte man die tollsten Filme gucken. Wladimir würde sich hier pudelwohl fühlen.

»Das ist ein Luxusherd mit Einschaltautomatik und überhaupt haben wir hier jede Menge Elektronik«, erklärte Joshua stolz, als hätte er ganz vergessen, dass er nicht mehr hier wohnte. Er zog an einem Hebel, und auf dem Tisch tauchten eine Espressomaschine und ein Wassersprudler auf. »Tadaa! Möchte jemand Brause?«

Natürlich wollten wir, und sofort machte er sich an dem Sprudler zu schaffen. Währenddessen steckten wir unsere

Nasen überall hinein, öffneten Türen, hinter denen sich Regale, Tische oder Betten versteckten. Aus einem Schrank wehte uns der Duft von Parfum in die Nase. Darin hingen viele lange Kleider auf Bügeln: Seide, Samt, Satin und auf dem Boden lag ein riesiger Haufen Schuhe. Ich nahm mir den obersten, er war schwarz und hatte einen hohen Absatz.

»Der gehört deiner Mutter, oder?«, fragte ich mit dem Schuh in der Hand. »Ist bestimmt ganz schön schwierig, damit rumzulaufen.« Auch alles andere wäre damit schwierig, außer vielleicht, eine Maus zu erschlagen. Ich wirbelte den Schuh in meiner Hand herum, wie ein Messer, mit dem ich Tricks zeigen wollte.

»Tu das weg. Die darfst du nicht haben.« Joshua wurde unruhig und riss mir den Schuh aus der Hand. Er warf ihn zurück auf den Haufen im Schrank. Unterdessen hatte Nikolai ein blaues Kleid vom Bügel genommen, das er sich vor den Körper hielt. Er wiegte sich in den Hüften. »Stell dir mal eine Frau hier drin vor, das wär klasse. Der Ausschnitt geht ja bis sonstwo, da fallen ihr sofort die Möpse raus, wenn sie sich vorbeugt.« Und mit einem listigen und leicht boshaften Gesichtsausdruck fügte er hinzu: »Wir könnten dieses Kleid als Köder an einen Baum hängen. Meinst du, das Mädchen würde sich den Käse schnappen?«

»Die zieht nichts Blaues an«, blaffte ich zurück. Natürlich würde das Mädchen nicht auf so eine billige Masche reinfallen. Sie würde auch nicht in einem blauen Kleid und hochhackigen Schuhen im Wald herumlaufen, denn sie trug weiß, schneeweiß. Wie Gischt auf dem Meer. Joshua unterbrach unsere Kabbelei, bevor sie richtig angefangen hatte, indem er Nikolai das Kleid aus der Hand riss und zurück in den Schrank hängte. Er knallte die Tür zu und stellte sich davor.

»Nikolai, du bist echt scheiße. Ich hasse dich.«

»Reg dich nicht auf, das war nur Spaß. Ich fand das Kleid doch gut.«

»Du wolltest es klauen.«

»Guckt euch das mal an!«, rief ich in diesem Moment.

Ich hatte einen Hebel gedrückt, und aus der Wand kam ein ganzes Zimmer herausgefahren, also eine Zwischenwand und ein Bett, und das alles an einer Stelle, wo vorher gar nichts gewesen war. Brauchte man das Zimmer nicht mehr, schraubte man es einfach zurück in die Wand. So war das wohl in diesen tollen Wohnwagen: Nichts war einfach nur das, wonach es aussah; überall waren Sachen versteckt, die erst auftauchten, wenn man eine Fernbedienung drückte oder an einem Hebel zog. Die Wände waren nicht einfach Wände, und der Fußboden war kein normaler Fußboden. Die Schränke waren mehr als bloß Schränke. Der Wohnwagen von Joshuas Vater war das Nonplusultra des Luxus.

»Bist du das?«, fragte ich und zeigte auf ein Foto im Regal. Auf dem Bild lächelte ein Junge mit einem Stoffleoparden schüchtern in die Kamera, kurze Haare, sauberes Gesicht, buntes Hemd mit weißem Kragen. Joshua griff nach dem Bild. Er lächelte.

»Das war in der Kita, da war ich drei. Papa hat es zur Erinnerung an mich hier stehen.«

»Ganz schön süß.« Ich drehte den Rahmen in den Händen. Er sah so anders aus mit kurzen Haaren. Joshua versuchte herauszufinden, ob meine Bemerkung irgendeine Gemeinheit enthielt, erst dann breitete sich ein Lächeln auf seinem Gesicht aus.

»Das fanden alle«, sagte er mit einem verträumten Gesichtsausdruck und streichelte den Leoparden auf dem Bild mit seinem Finger. Vorsichtig stellte er den Rahmen zurück ins Regal.

»Ist deine Familie schon lange hier auf dem Campingplatz?«

Joshua breitete die Arme aus, um eine lange Zeit anzuzeigen, Wochen, Monate.

»Seid ihr so was wie Dauercamper?«

»Wie man's nimmt. Papa arbeitet jetzt hier. Für die Standgebühr.«

»Wie kann man dafür denn Geld verlangen?«

»Wir hatten zuerst einen besseren Platz, aber irgendwann hatten wir kein Geld mehr. Und als Mama weggefahren ist, konnte Papa nicht mehr weg. Und ich …«

»Na, du bist ein Ausreißer.«

»Ja, das bin ich«, bestätigte Joshua und richtete sich zu seiner vollen Größe auf. Er war stolz darauf, zu den Wracks zu gehören. Zwar war er der Jüngste, aber doch ein vollwertiges, echtes Mitglied. »Ich gehe nie mehr nach Hause zurück«, sagte er nachdrücklich.

»Nicht mal, wenn deine Mama zurückkommt?«

Heftig schüttelte er den Kopf.

»Unsereiner ist Wrack für immer.«

Eigentlich wollte ich noch viele Fragen zum Thema Ausreißen stellen, aber ich ließ es und nahm einfach das Getränk, das Joshua mir hinhielt. Ich würde später nachfragen, wenn es besser passte. Joshua würde offener reden, wenn Nikolai nicht feixend danebenstand. Nun hob ich mein Glas und ließ einen Löffel dagegenklingeln, so wie Erwachsene, die einen Trinkspruch ausbringen wollen.

»Dies soll unser Geheimnis bleiben«, verkündete ich, und wir setzten die Gläser an die Lippen. Doch ich konnte nicht mal einen Schluck nehmen, denn plötzlich packte Nikolai mich am Arm, und die Brause landete auf meinem Hemd.

»Robinson kommt zurück«, keuchte er mit Blick zum Fenster. Auch ich sah, wie Joshuas Vater zwischen den Wohnwagen näher kam. Nicht mehr lange und er wäre an der Tür – und dann wären wir besser längst über alle Berge.

Joshua fing sofort an, die Sachen zusammenzuräumen, aber er gab auf. Es lag einfach zu viel herum für die paar Minuten, die wir Zeit hatten, zu verschwinden. Hintereinander stürzten wir aus der Tür zu einem Gebüsch. Als Joshuas Vater am Wagen ankam, waren wir schon in Sicherheit. Ich fand nicht, dass er gefährlich aussah. Es war komisch, vor ihm wegzulaufen, vor diesem bärtigen Mann mit den traurigen Augen. Er schien zu ahnen, dass wir in der Nähe waren, dass sich etwas verändert hatte, denn er schaute sich um, als würde er sich fragen, warum er so ein seltsames Gefühl hatte. Dann stieg er in den Wohnwagen, und wir hielten den Atem an.

»Er sieht, dass jemand drin gewesen ist.«

»Klar sieht er das. Das Bett haben wir auch nicht wieder eingeklappt.«

»Die Tassen sind durcheinander.«

Doch wir hatten noch etwas anderes im Wagen zurückgelassen. Uns Wracks umgab ein Geruch nach Meer, Miesmuscheln, trockenen Algen und Treibgut, ein Geruch, der sich überall einnistete, der Mama dazu brachte, ständig Wäsche zu waschen, und Wladimir die Nase rümpfen ließ. Wir selbst nahmen ihn gar nicht mehr wahr; er war wie die Löcher in den Hosen, unsichtbar. Wir lebten in diesem Geruch. Joshuas Vater musste ihn bemerkt haben. Den Geruch von Kindern, die am Strand wohnten. Er hing in den Hosen und Hemden, die dreckig waren von den Schätzen, die wir am Strand herumschleppten, von rostigen Gegenständen, öligem Sperrholz und Planken. Freiheit ist ein schönes Wort, ihr Geruch allerdings ist alles andere als süß.

»Joshua?«, rief Robinson Crusoe aus der Tür des Wohnwagens. »Joshua? Bist du das?«

Wir drückten uns mucksmäuschenstill an den Boden.

»Ich weiß, dass du da irgendwo bist. Komm zu Papa. Papa ist hier. Joshua!«

Rückwärts krochen wir aus dem Gebüsch. Joshuas Vater kam mit schnellen Schritten auf uns zu.

»Joshua! Papa ist hier. Du fehlst Papa.«

»Papa vermisst mich«, schluchzte Joshua. Er war hinter den Büschen stehen geblieben; vielleicht überlegte er, ob er zum Wohnwagen zurückgehen sollte. Nikolai fluchte leise und ging zu ihm, schnappte ihn bei der Hand und zog ihn hinter sich her. Joshua sträubte sich und versuchte, ihn zu beißen, aber Nikolais Griff war eisern, und ich half ihm, indem ich Joshuas andere Hand nahm. Ich kam mir vor wie ein Verräter, denn ich weiß genau, wie es sich anfühlt, wenn man seinen Vater vermisst. Und Joshua war erst sechs.

»Papa weint und vermisst mich«, heulte er.

»Wir würden dich auch vermissen«, tröstete ich ihn, als wäre das irgendwie dasselbe.

Als wir weit genug von Joshuas Wohnwagen entfernt waren und die Stimme seines Vaters nicht mehr hörten, ließen wir Joshua los. Er versuchte nicht mehr, zurückzugehen.

»Sehnst du dich jemals nach zu Hause?«, wollte ich von Nikolai wissen.

»Ich finde, wir müssen jetzt über Wichtigeres nachdenken. Wir müssen zum Camp zurück.«

In diesem Moment schlug in den Baumstumpf neben mir ein Messer ein. »Erwischt, ihr Deserteure!«, tönte es von oben.

Weit über uns sahen wir Kap Arkona auf einem Felsblock sitzen. Er hatte uns das Messer vor die Füße geworfen. Oder vielleicht war es auch Medusa gewesen, der neben ihm stand. Nach und nach kamen die anderen Jungen hinter dem Stein hervor.

»Wisst ihr, was man im Krieg mit Fahnenflüchtigen macht? Man stellt sie an die Wand und erschießt sie.«

»Scheiße gelaufen, Leute«, sagte Globe Star und sah nicht so aus, als ob ihm das sonderlich leidtäte.

»Wir sind nicht abgehauen. Wir haben nur einen Ausflug gemacht.«

Die Gruppe lachte hämisch. Joshua versteckte sich hinter mir und Nikolai.

»Die Reparaturtruppe war doch groß genug«, warf Nikolai trotzig ein. Mit einem Blick auf den Captain wollten sich die Jungen absichern, dass sie richtiglagen. Kap Arkona stand da, schwarz wie ein Sturmgott, schweigend und gnadenlos und kurz davor, uns zum Teufel zu schicken.

Und Nikolai war Prometheus. Der Feuerdieb.

»Kommt, Leute«, befahl er uns und drehte dem Felsbrocken den Rücken zu. Wir machten ein paar Schritte in Richtung Strand.

Da ließ sich Medusa vom Stein auf Nikolai fallen.

»Du machst zu viele Alleingänge. Du bist hier nicht der Chef.«

Weil ich nicht tatenlos mitansehen wollte, wie Nikolai von Medusa und seinen Schergen verprügelt wurde, stürzte ich mich dazwischen, um das Schauspiel zu beenden. Allerdings merkte ich schnell, dass ich Nikolai nicht helfen konnte: Wir beide landeten sofort ganz unten im Gewühl. Es hagelte Schläge, und auch wir teilten reichlich aus. Ich bin bestimmt keiner, der Streit sucht, aber zuschlagen kann ich schon, wenn es drauf ankommt. Als die Prügelei vorbei war, lagen alle wie dreckige Bündel auf dem Boden.

»Du brauchst nicht den Helden zu spielen. Wir haben eine Aufgabe. Nur darauf kommt es an.« Der Captain war von seinem Felsblock heruntergesprungen. Er wollte prüfen, ob wir zur Vernunft gekommen waren. »Hier ist keiner Einzelkämpfer. Wir sitzen alle in einem Boot. Ist das klar?«

»Lass schon gut sein«, brummte Nikolai. Er blutete aus der Nase.

»Jeder kriegt die Behandlung, die er verdient hat. Du warst doch meine rechte Hand, Nikolai, oder? Wir sind nicht irgendeine Bande von Wegelagerern. Du kannst nicht ständig dein eigenes Süppchen kochen.«

Nikolai wischte sich mit dem Ärmel die Nase ab.

»Es gibt kein Süppchen.«

Dann sprach der Captain mit mir.

»Du hast es gehört. Keiner von uns darf den Helden spielen. Wir sind Diebe und Räuber. Heldentum ist was für Touristen. Und das gilt auch für dich, Kleiner.«

Joshua stand jetzt neben uns.

»Ich hab nichts Schlimmes gemacht.«

»Du sollst eben was Schlimmes machen. Aber soll ich dir mal was erzählen? Na, ich sag es in jedem Fall. Wir wissen das mit dem Wohnwagen von deinem Vater. Wir wissen auch, dass du immer wieder dahin abhaust. Du bist nämlich beschattet worden.«

Joshua schrie entsetzt auf. »Aber wir rauben doch jetzt nicht Papas Wagen aus?«

»Sei ruhig, du Dummkopf. Wir rauben Schiffe aus und keine Straßenkähne. Oder meinst du etwa, wir haben es nötig, siffige Wohnwagen auseinanderzunehmen? Kannst du dir das wirklich vorstellen? Nimm dir kein Beispiel an den beiden hier, oder es passiert was.« Zuletzt wandte sich der Captain nochmal an Nikolai. »Und du hörst auf, deine eigenen Dinger zu drehen, oder ich binde dir und deinem neuen Freund Steine an die Füße und lass euch ersaufen.«

Nachdem Kap Arkona seine Rede beendet hatte, zerrte er mich am Arm nach oben und schlug mir überraschend kameradschaftlich auf den Rücken. Er zog den Mundwinkel ein bisschen hoch. Darüber hatte er eine Narbe.

»Genug gepredigt, Leute. Zurück an die Arbeit.«

Das Mädchen

Das Mädchen sieht einen Strudel um den kleinen Bruder kreisen. Im Auge dieses Strudels sieht sie die anderen Jungen vom Strand. Und sie sieht noch mehr. Sie sieht, wie der Schatten eines gespenstischen Gebäudes auf das Wohnmobil der Brüder fällt. Als wäre jeder Lagerplatz am Strand verdüstert. Von einem Unglück. Von einem Schemen des Todes.

Mit den Fingern malt das Mädchen Bilder in den Sand und verziert sie mit Muscheln und Steinen. Das Meer wird sie sich holen, das weiß sie. Und sie weiß, dass der kleine Bruder sie genau in diesem Moment beobachtet. Sie fühlt sich von ihm angezogen. Diese Jungen haben etwas an sich, dass man ihnen in die Arme laufen will. Doch darüber muss jeder sich klar sein: Sie sind hungrig, und deshalb jagen sie, das ist wie ein Gesetz. Sie ziehen einen zum Abgrund hin, auch das gehört dazu. Dann kommt man auf die Idee, dass man etwas sehen will, was man nur aus großer Höhe sehen kann, und man will unbedingt zu dieser Kante, diesem Abgrund, und genau das, genau das ist das Problem. Deshalb muss man sich vorsehen, vor allem, wenn der Strudel stärker wird, so wie bei diesem neuen Jungen. Der kleine Bruder zieht einen mit sich fort. Zur Kante. Und noch einen Schritt weiter.

Man möchte nachgeben,

und das ist das Schlimmste daran.

Denn der Junge ruft auch die anderen.

Er ruft seinen Bruder.

Er ruft seine Mutter.

Er ruft seinen Vater. Der Vater spürt es vielleicht und hält sich deswegen fern.

Das Mädchen weiß das alles, sie sieht es in dem Jungen. Sie sieht es in den Schatten über seiner Familie. Sie hat Augen, die sehen, was für andere unsichtbar ist. Das, was für diese Jungen unsichtbar ist. Vielleicht haben Jungen im Allgemeinen andere Augen als Mädchen.

Mit diesem Blick sieht sie die Welt. Sie verdeckt das eine Auge mit der Hand, wie ein Pirat mit Augenklappe. Den Rest der Zeit verbringt sie in den Dünen und wartet, pustet auf dem Wellenbrecher Seifenblasen in die Luft, schaut mit ihrem besonderen Blick und wartet weiter.

Sie hat ihre Aufgabe. Sie hilft diesen Jungen, ihre Reise anzutreten.

Das Heilige Buch

Wenn ich zum Wohnmobil zurückkomme, mache ich mir jedes Mal zuerst ein Bild von der Situation innen. Dazu stelle ich einen Gartenstuhl unter das Fenster und spähe hinein. Diesmal war alles ruhig. Mama machte am Tisch Salat, schnitt Lauch in Scheiben und Tomaten in Viertel. Sie hackte die Zwiebeln so schnell, dass es aussah wie Zauberei. Auf dem Schneidebrett lag schon ein ganzer Haufen. Mamas Hände arbeiteten schnell und sicher. Mich überkam ein Gefühl von Geborgenheit, als ich zusah, wie sie die Tomaten und Gurken auswählte und sie in die Schüssel legte. In dem behaglichen Bild fehlte allerdings etwas Wesentliches. Mein Bruder. Und mit ihm verschwunden war das *Heilige Buch.*

Ich lugte über Mamas Schulter in die Schüssel, griff um das Messer herum, das den Lauch schnippelte, und schnappte mir ein Stück Tomate vom Schneidebrett und eine Handvoll Oliven aus der Schüssel. Damit formte ich auf dem Teller ein Gesicht. Die gehackten Zwiebeln waren die Haare, die Oliven die Augen und die Tomate der Mund. Im Spiegelschrank sah ich Mama überrascht und irgendwie hoffnungsfroh lächeln. Normalerweise war sie genervt, wenn man in ihren Zutaten herumpickte, aber diesmal nicht. Sie wusste, ich wollte ihr eine Freude machen. Auch als ich sie in den Arm nahm und fest drückte, hatte sie noch dieses Lächeln auf den Lippen. Seit sie auf einmal kleiner war als ich, umarmte ich sie auf diese neue, irgendwie männliche Art. Ich weiß noch, wie es uns letzten Herbst aufgefallen war. Mama hatte neben mir gestanden und sich meinen Stundenplan für die neunte Klasse angeschaut, als ich plötzlich einen Schritt zur Seite machte und sagte: »Mama, du bist ja so klein!« Natürlich hatte ich Mama vorher schon umarmt, als ich noch nirgendwo heranreichte und mich dazu auf einen Stuhl stellen musste. Jetzt sah Mama traurig aus. Dafür gab ich Papa die Schuld. Sollte ich das Mädchen bekommen, würde ich sie im Urlaub nicht allein lassen. Ich wäre jetzt schon mit ihr zusammen, wenn sie sich denn mal zeigen würde.

Um uns herum bereitete sich der Campingplatz auf den Abend vor. Familien kochten in den offenen Küchen. Der Geruch von Grillfleisch wehte durch die Luft. Kinder waren gruppenweise mit Fahrrädern unterwegs, an denen Werbeluftballons vom Campingplatz hingen. Sie waren überall befestigt: an Lenkern, Gepäckträgern, Sätteln und Schutzblechen. *Paradiesische Ferien – Goldene Düne*, stand da. Wie viele solche Luftballons brauchte man wohl, damit ein Kind mit dem Fahrrad zum Himmel aufsteigen konnte? Die Erwachsenen räkelten sich in Gartenstühlen. Hin und wieder riefen sie ihren Kindern etwas zu. Pass auf! Elias, schneide deiner Schwester nicht den Weg ab! Langsamer! Halt an! Stopp! Vom Strand kamen Urlauber zurück, die sich in ihre Handtücher gewickelt hatten. Mädchen bürsteten ihre feuchten Haare und warfen sie nach hinten, dass die Tropfen flogen. Frauen hängten Badeanzüge und Handtücher zum Trocknen auf. Dicke Männer saßen auf Klappstühlen und tranken Bier. Neuankömmlinge fuhren langsam mit ihren Autos zwischen Zelten und Wohnwagen hindurch, die Fenster waren geöffnet, sodass man Musik aus dem Auto plätschern hörte. Auf der Rückbank saßen mürrische Teenager, die stumm auf ihre Handys oder Spielkonsolen starrten. In jedem Fall waren sie mit ihrer Aufmerksamkeit ganz woanders als auf dem Campingplatz.

Als ich zum Strand kam, nagte das auflaufende Wasser schon an den Sandburgen, bald würde es die Türme und Wände anknabbern und Stücke von Dämmen und muschelverzierten Dächern abbeißen. Schließlich würde das grüne Maul des Meeres alles verschlingen. Und wenn die Sonne am nächsten Morgen aufging und den neuen Tag einläutete, wäre alles verschwunden, und die Sandstädte müssten wieder ganz von vorn aufgebaut werden. Mir gefiel es abends am Strand, wenn die Urlauber ihre Handtücher einsammelten und zum Campingplatz zurückgingen und nur noch wenige Menschen in der Dämmerung am Wasser entlangspazierten. Die Bäume am Waldrand sahen aus wie Gitterstäbe zwischen dem Strand und den Felsen.

Während ich noch mit zusammengekniffenen Augen über das Meer schaute und überlegte, wohin ich als Nächstes gehen sollte, kam die Antwort vom Waldrand. Jemand schlich zwischen den Bäumen herum, verschwand im Schatten und tauchte wieder auf. Gerade war ich ein paar Schritte in die Richtung gegangen, als es zum ersten Mal knallte. Dieses Geräusch erkannte ich sofort. Ich hatte es bestimmt schon tausendmal in irgendwelchen verlassenen Totenstädten gehört, wo ich Zombies abknallte und dabei Punkte sammelte, ich hatte es im Dschungel gehört, in der Wüste, an Berghängen, auf den Dächern, in den Kellern und auf den Straßen von Städten in allen Erdteilen. Ich hatte es in Dutzenden Filmen gehört, nicht nur in denen, die mein Bruder in seinem *Heiligen Buch* sammelte. Tatsache ist, dass jeder Junge dieses Geräusch kennt – einen Schuss. Jeder hat schon gehört, wie eine Waffe abgefeuert wird. Jedenfalls, wenn man in diesem Jahrtausend lebt und vierzehn Jahre alt ist.

Der Knall ließ mich auf der Stelle erstarren; er verriet mir, dass es sich um ein normales Gewehr handelte. Das ist keine so heftige Waffe wie seine Schwester, die Schrotflinte, aber auch damit kann man locker einen Jungen umlegen, der ohne Verstärkung am Strand herumstreift. Noch war das Spiel nicht verloren, ich hatte nichts abbekommen. Man hatte mich gewarnt, mit Absicht oder aus Versehen, und ich nahm diese Warnung ernst und warf mich sofort flach in die Dünen. Wer auch immer da geschossen hatte, ein zweites Mal würde er mich möglicherweise nicht verfehlen. Falls er überhaupt auf mich gezielt hatte und nicht zum Beispiel auf meinen Bruder.

In meinem Versteck zwischen den Dünen ging ich die Situation durch. Der Schuss konnte nur eins bedeuten. Das Mädchen war von Pfeil und Bogen auf ein Gewehr umgestiegen, das sie auf dem Campingplatz gefunden hatte. Ängstliche Menschen wollten sich damit gegen Straßenräuber verteidigen, die über die Grenze ins Land kamen (aus irgendeinem Grund dachte man immer, Räuber kämen über die Grenze). Allerdings war es wahrscheinlicher, dass sie damit aus Versehen einen Unschuldigen erschossen, zum Beispiel ein Familienmitglied.

In den Dünen war ich vor dem Scharfschützen abgeschirmt. Dornenbüsche bildeten einen Schutzwall zwischen mir und dem Wald. Hakenartige Baumwurzeln, auf denen Legionen von Ameisen hin- und herwanderten, krallten sich in den Sand. Sollte ich diese Tortur überleben, würde ich eine Hymne auf die Dünen schreiben, denn sie hatten mich vor einem frühen Tod bewahrt. Auf den Ellbogen robbte ich vorwärts in eine Senke, rannte von dort gebückt zum nächsten Abhang, immer weiter, von Düne zu Düne, schlug einen Haken nach dem andern. Das hatte ich bei den Airsoftkämpfen gelernt, die ich mit meinen Freunden auf verlassenen Fabrikgrundstücken spielte. Wir nannten es Sturmtaktik.

Als ich oben ankam, blieb mir die Luft weg. Zwischen all den windzerwühlten Bäumen stach einer hervor, der auf den ersten Blick aussah wie ein Weihnachtsbaum – mit Schmuck an den Zweigen. Das war allerdings auch schon alles, was er mit einem Weihnachtsbaum gemeinsam hatte. Der Schmuck bestand nämlich nicht aus Kugeln und Kerzen, sondern aus DVDs. Geduckt schlich ich heran. Den Schuss und auch meine Angst hatte ich fast vergessen. An den Zweigen der Tanne hingen die hundert besten Filme der Welt, ohne die mein Bruder kein Mann werden konnte. Wladimirs *Heiliges Buch* war zum heiligen Baum geworden. Das konnte nur bedeuten, dass meinem Bruder etwas zugestoßen war. Ich hätte Nikolai glauben sollen: Das Mädchen war gefährlich.

Ein erneuter Knall riss mir buchstäblich die Beine weg. Der Schuss musste ganz in der Nähe abgefeuert worden sein, denn mir klingelten die Ohren. Als ich mich vom schlimmsten Schreck erholt hatte, fand ich mich mit den Händen über den Ohren auf der Erde wieder. Vorsichtig stützte ich mich auf die Ellbogen. Rund um den Baum lagen dutzende zersprungene DVDs und Scherben im Moos. Und als ich das Gesicht weiter hob, sah ich an der Tanne ganze und halbe DVDs hängen, freigegeben zum Abschuss. An den herumbaumelnden Fäden konnte man sehen, wo die Schüsse ins Schwarze getroffen hatten. Das *Heilige Buch* lag leer im Moos.

Endlich traute ich mich, den Kopf in die Richtung zu drehen, aus der der Schuss gekommen war, und sah zwischen den Büschen einen Gewehrlauf hervorragen. Zum Zeichen, dass ich mich ergab, hob ich beide Hände in die Luft. In diesem Busch hockte das Mädchen, und sie wusste, dass ich hier war. Vor meinem inneren Auge sah ich schon, was als Nächstes passieren würde: Das Mädchen in Weiß tritt aus dem Gebüsch auf die Bühne, genau wie Uma Thurman in dem jetzt zerschossenen Lieblingsfilm meines Bruders, *Kill Bill I und II.*

Aber –

es war Wladimir.

Was zum Henk-?

Wladimir blies in die Gewehrmündung und ging auf den Baum zu. Noch hatte er mich nicht bemerkt; erst als ich aufstand, zuckte er zusammen wie bei einem kalten Windstoß, sah allerdings nicht sonderlich überrascht aus. Anscheinend hatte er sich damit abgefunden, dass sein kleiner Bruder gelegentlich aus dem Nichts auftauchte. In seinen Augen lag diese schlafwandlerische Abwesenheit.

»Lass mich durch«, forderte er kalt und trat mit dem Fuß nach mir. »Ich muss die Treffer überprüfen.« Folgsam machte ich Platz, und er ging zum Baum, wo er die halben DVDs und die leer herumhängenden Fäden unter die Lupe nahm.

»Bist du verrückt? Was ist das bitte für eine Knarre? Du zielst damit doch nicht auf Menschen, oder?«

Er lachte bitter.

»Dich wird sie wohl kaum umbringen.«

»Ach, wieso? Die kann doch jeden töten, egal, wen. Außer vielleicht einen Polizisten mit Schutzweste.«

Ich konnte aus Wladimirs Gesicht nichts herauslesen.

Kein Schuldgefühl, keine Rechtfertigung. Keine Sorge darüber, ob ich Mama davon erzählen würde. Überhaupt keine Erklärung für diese idiotische Schießerei. Er war in die Untersuchung der DVDs vertieft.

»Ich hab auf *Clockwork Orange* gezielt, aber ich hab *Matrix* getroffen. Nicht schlecht.«

»Ich begreif das nicht.«

Eine DVD-Scherbe sah Wladimir sich genauer an. Dann hielt er mir die runde Seite wie eine Klinge an die Kehle. Wie Nikolai, dachte ich verdrossen. Anscheinend wollten alle mir die Kehle aufschlitzen.

»Du bist wie ein Schatten in der Sonne«, bemerkte Wladimir.

»Du meinst, ich beschatte dich?«

Keine Antwort.

»Wo hast du das Gewehr her?«

Wladimir drehte sich um und sah mich verwundert an.

»Das hab ich von dem Typen.«

»Welchem Typen?«

»Von dem Automacker. Dem Reparaturfuzzi.«

»Er hat dir die Knarre gegeben? Wenn Mama das mitkriegt, kann er aber einpacken.«

»Naja, er hat sie mir nicht direkt gegeben. Ich hab sie aus seinem Wohnwagen.«

»Ach, du Scheiße, der sucht das Ding doch jetzt. Du musst sie zurückbringen.«

»Was soll das denn?« Wladimir sah mich lange an. »Du hast dich so verändert.«

Er schüttelte den Kopf, drückte den Gewehrkolben an seine Schulter und zielte auf die Baumkronen. Der Lauf zeichnete von Wipfel zu Wipfel eine unsichtbare Spur in den Himmel. Wladimir richtete das Gewehr auf Möwen und Wolken. Und zum ersten Mal erzählte er mir, was er an Filmen so gut fand. Zwar hörte ich einigermaßen interessiert zu, wünschte mir aber dabei, dass er mehr auf das Gewehr achtete. Er ging ziemlich leichtfertig damit um, eher so wie Cheerleader mit ihren Pompons.

»In Filmen passiert nichts zufällig«, erklärte er und sah mich an, um sicherzustellen, dass ich zuhörte. »Schon wegen der Hintergrundmusik weißt du, dass in der Filmwelt alles seine Bedeutung hat. Jede Kleinigkeit. Du guckst aus dem Fenster und siehst, wie dein Nachbar den Mülleimer ausleert, und du weißt, dass alles, was danach kommt, von dieser Einzelheit beeinflusst wird. Das gefällt mir. Alles hat seinen Sinn und seine Ordnung. In Wirklichkeit ist das nicht so. Die Wirklichkeit ist …«, er wedelte mit der Hand durch die Luft, »bedeutungslos.«

»Aber wenn du Filme magst – wieso schießt du dann auf sie?«

»Lügen, Lügen und noch mal Lügen. Alles Lügen.«

Wladimir drehte eine Pirouette und schoss aus der Bewegung heraus auf einen Baum. Ich kam nicht einmal dazu, mich richtig zu erschrecken. Er war erstaunlich gut. Erstaunlich präzise. Nachdem er ein paarmal nachgeladen und geschossen hatte, drehte er sich zu mir um.

»Ich hab hier am Strand so merkwürdige Jungs gesehen.

Du bist mit denen rumgelaufen, und da ist mir ein Gedanke gekommen.«

Die Wracks, begriff ich, und horchte auf. Er hatte die Wracks gesehen. Die Welt am Strand war mein eigenes Ding, das wollte ich mit Wladimir nicht teilen. Ich warf ihm einen Blick zu. Wollte er vielleicht auch dabei sein?

»Was denn für ein Gedanke?«, fragte ich.

»Ich denke, die …«, er wandte sich zu mir, »die suchen hier was. Die wollen unsere Familie kaputt machen. Also hab ich beschlossen, was zu unternehmen, und hab mir das Gewehr geholt. Der Typ hat bei Mama damit angegeben, darum wusste ich von der Knarre.«

Einen Moment standen wir einfach da und hörten, wie die Dünung gegen die Felsen rollte.

»Und was hast du jetzt vor?«

»Ich will, dass alles wieder so wird wie vorher.«

»Wie – wie vorher?«

»Wie vor dieser Nacht.«

Wladimir feuerte eine neue Salve auf die Filme ab und ging wieder zum Baum, um die Treffer zu untersuchen.

»In *Requiem for a Dream*«, begann er, »geht es um Abhängigkeit. Die Leute da sind in einer Traumwelt gefangen. Am Schluss werden die Träume von der Realität plattgewalzt. Der Vorhang auf der Bühne des Bewusstseins fährt runter und dann – Ende.«

»Was bist du denn für ein Schwarzmaler? Du bist doch erst fünfzehn!«

»Ja, ich bin fünfzehn. Und das soll mich jetzt retten?«

»Langsam mache ich mir Sorgen, Wladi. Du redest echt komisches Zeug. Willst du mir sagen, ich müsste vor Kummer sterben, weil mein Freund tot ist? So läuft das aber nicht.«

»Ich hab darüber nachgedacht, über dieses Sterben vor Kummer. Alte Leute, denen der Ehepartner gestorben ist, welken einfach so dahin. Aber ich glaube, bei Fünfzehnjährigen ist das was anderes – was Schlimmeres. Alles ist schlimmer, solange man jung ist. Auch der Tod.«

Wladimir legte sich das Gewehr über die Schulter und ging zum Pfad, der auf die Felskuppe führte. Ich konnte nicht anders, ich musste ihm folgen. Irgendwas ging hier vor sich, ich wusste nur nicht, was. Aber ich fühlte es, ein Dröhnen in den Schläfen wie vom Wind.

Auf der anderen Seite der Felskuppe stand ich vor der Wand, die ich schon kannte. Das Hotel Horizont. Diesmal hatte mich Wladimir hierher geführt. Wo war seine Entkräftung geblieben? Die Tuberkulose? Was war mit seiner Schwäche und den niedrigen Blutwerten? Mit festen Schritten ging mein Bruder vor mir her und wusste anscheinend genau, wo er hinwollte. Ich hatte gedacht, er würde den Wald und alle Strapazen hassen. Trotzdem führte er uns sicher zum Hotel. Dem Hotel Horizont.

»Bloß eine alte Bruchbude am Strand«, versuchte ich zu flunkern. Es klang wohl nicht glaubhaft, denn mein Bruder warf mir einen amüsierten Blick zu. Da kam mir ein schrecklicher Gedanke. Wenn ich Wladimir nicht dazu bringen konnte, umzukehren und zurück zum Campingplatz zu gehen, würde er die Wracks finden. Wie würden sie wohl auf einen Jungen reagieren, der mit einem Gewehr über der Schulter bei ihnen auftauchte?

»Ich glaube, du kennst das hier. Du bist hier schon mal gewesen, oder?«

»Ja, schon. Das war mal ein Hotel. Jetzt ist alles nur noch nass und dreckig. Genau das, was du nicht magst. Alles voll mit Asbest. Du weißt schon, krebserregend.«

»Genau, ich hab bestimmt Angst, dass ich Krebs kriege. Irgendeine Krankheit, die in zehn Jahren bei mir ausbricht und mich unter die Erde bringt, bevor ich dreißig bin.« Wladimir sah mich mit einem seltsamen Blick an, einerseits war er abwesend und andererseits wie der eines Sehers. »Ich bin dir schon früher nachgegangen. Da hast du mir auch schon Unsinn erzählt, wo du hingehst. Du hast gedacht, ich finde es nicht raus.«

Dem konnte ich nichts hinzufügen.

»Das hättest du nicht tun sollen.«

»Das weiß ich doch, du Dummkopf«, seufzte er. Plötzlich löste sich sein trotziger Gesichtsausdruck auf, und er wirkte völlig hoffnungslos. Als wäre jemand in einen Brunnen gefallen und man hätte nichts zur Hand, um ihn heraufzuziehen. So, als würdest du ihm ins Gesicht sehen und ihr beide wüsstet, dass er sich eine Zeit lang an der Oberfläche halten kann, bis – naja, bis er es eben nicht mehr kann, sondern absinkt und unter der Oberfläche verschwindet, im schwarzen Wasser.

»War ich schuld?«, fragte Wladimir.

Ich konnte diesen Brunnenblick nicht mehr ertragen. »Was ist das denn für eine Frage?«, wand ich mich. Eine Antwort hatte ich nicht, weil ich mich nicht erinnerte. Alles war so … undeutlich. »Ich weiß es nicht mehr. Ich weiß es einfach nicht mehr.«

»Ja, klar. Natürlich nicht.«

Für einen Moment stützte er sich mit der Hand an die Mauer, und sein Gesichtsausdruck wurde klarer.

»Hier vermieten sie Zimmer.«

Wie konnte er das wissen?

»Irgendwann mal, früher, das ist lange her. Du siehst doch selber, dass hier nichts mehr ist. Alles zu.«

»Gerade deshalb müsste es doch freie Zimmer geben.«

»Das ist nicht gesagt. An solchen Orten übernachten doch normalerweise nur Fixer und Penner. Außerdem gibt es keinen Strom.«

»Das macht nichts. Ich mag die Dunkelheit.«

»Blödsinn. Du hast Angst im Dunkeln.«

»Das ist doch Jahre her.«

Verwundert sah ich ihn an. Mein Bruder hatte sich so verändert. Damit meine ich nicht, dass er als Fünfzehnjähriger im Dunkeln Angst haben müsste. Sondern er hatte sich komplett verändert. Wer war das, dieser Pionier, der im Wald herumstapfte? In früheren Urlauben hatte ich oft versucht, ihn mit auf Erkundungstouren zu schleppen, aber er wollte lieber im Sonnenstuhl auf der Hotelterrasse ein Buch lesen oder irgendwas in der Art. Als Papa uns einmal ein Drachenset kaufte, baute Wladimir seinen Drachen präzise wie ein Mechaniker zusammen, doch als es darum ging, ihn steigen zu lassen, legte er sich ins Gras und schaute nur zu, wie sich meiner in die Luft hob. Ein Problem der Einstellung, hätte die Psychologin gesagt, die so gerne von Minderleistern sprach.

Jetzt hatte sich mein Bruder total verändert.

»Ich sag dir was«, sagte er, ohne mich anzuschauen. »Das Hotel ist nichts Neues für mich. Ich hab davon gewusst.«

Es dauerte einen Moment, bis ich mich an den Gedanken gewöhnt hatte. Wladimir reichte mir ein Papierknäuel, das ich auf meinem Knie glattstrich. Ein Werbezettel. Druckfrisch und definitiv nicht aus einer vergangenen Zeit.

Dort stand:

HOTEL HORIZONT
Zimmer frei
Zimmer mit Vollpension direkt am Meer

Als ich aufsah, war Wladimir verschwunden. Eins-zwei-drei-vier. Die Situation schien außer Kontrolle zu geraten. Und wenn Wladimir das Mädchen und das Dorf der Strandjungen aufspürte? Auf keinen Fall durfte er sie finden. Schnell rannte ich ihm hinterher und fand ihn am Haupteingang des Hotels, wo er gegen die Tür hämmerte und daran rüttelte.

»Hallo! Hier ist ein Gast! Machen Sie auf! Ein Gast!«

Die Tür blieb geschlossen. Ich atmete auf. Gleichzeitig horchte ich aufmerksam in die Stille zwischen Wladimirs

Hämmern. Waren hinter der Wand Geräusche? Schlug vielleicht gerade einer Klaviertasten an? Ich hatte das Gefühl, dass wirklich jemand hinter der Tür in dem leeren Vorraum stand und Wladimirs Schlägen gegen die Tür lauschte.

Silo 9

Wladimir lehnt sich im Treppenhaus mit beiden Händen an die feuchte Mauer, deren Farbe sich in Streifen ablöst. Farbflocken sind auf die Stufen gerieselt, zwischen die Pflanzen, die dort wachsen. Es ist unbegreiflich, wie an einem solch öden Ort überhaupt etwas überleben kann. Woher beziehen diese unbekannten Lebensformen ihre Lebenskraft? Werden sie aus dem leblosen Beton ausgedünstet? Wladimirs Kräfte schwinden langsam. Je mehr sein Körper beim Klettern ermüdet, desto stärker wird die Vorahnung des Sturzes, des Abgrunds. Andererseits ist das kein Wunder in dieser Weltuntergangslandschaft. Ein Wort, das diesen Ort und auch Wladimir verdammt gut beschreibt. Denn er erwartet von der Welt nur das Schlimmste.

Die Stimmen der anderen Jungen ertönen irgendwo über ihm. Vom Treppenhaus öffnen sich Türen in halbdunkle Räume; da die Fenster nicht vernagelt sind, lassen sie etwas Licht herein. Die Decke der Halle ruht auf fünfzehn Betonpfeilern. Wladimir zählt sie, so wie er oft Dinge zählt, die ihm begegnen. Er zieht sich ins Dunkel zurück und blickt über die Landschaft. Das ist verboten, denkt er. Muss man für diese Aussicht bezahlen? Und wer bezahlt?

Später wird Wladimir an diesen Moment im Dunkeln zurückdenken, sich noch einmal über die verbotene Landschaft Gedanken machen. Wie er es vorausgesehen hat, wird sie zur ›Landschaft des Todes‹. Wenn er den Tod beschreiben sollte, würde er aufzählen, was er in diesem Moment aus dem Fenster gesehen hat: die Stadt, die Kirchen, den Fluss, die Hausdächer, die leeren Hallen am Stadtrand, die Landschaft aus Gelb- und Grüntönen. Den Hafen, das Meer. Die Kräne, die Schiffe. Den Meeresstrand, der ruhiger ist als der am Campingplatz. In diesem Moment begreift Wladimir, was unumkehrbar bedeutet. Irreparabel.

Ist irgendjemand jemals von den Toten zurückgekehrt? Das fragt sich Wladimir später, als er in Gedanken wieder und wieder zu diesem Ausblick zurückkommt. Auf diese Frage gibt es keine befriedigende Antwort. Seit Tausenden von Jahren suchen die Menschen schon danach. Gäbe es irgendein Tor zwischen den Welten, hätte man es schon entdeckt. Denk nicht drüber nach. Sagt Mama. Sie steht mit beiden Beinen fest auf der Erde, sie glaubt nicht an die Rückkehr. Für jeden gibt es eine Zeit. Für jeden. Jeder hat seine eigene. Alles Materielle nutzt sich ab und verschwindet irgendwann. Stirbt. So muss es sein.

Der Tod ist keine geheimnisvolle Krankheit, sondern eher eine Art Trostpreis – er trifft jeden. Trotzdem und genau deshalb hat Wladimir Angst, Angst vor dem Gedanken, dass es irgendwo eine Wand gibt, die die Davongegangenen von denen trennt, die geblieben sind. Und er hofft, dass es in dieser Wand ein Tor gibt. Wie er glauben viele an das Tor. Manche erzählen sich Geschichten von Torwächtern. Grenzwächtern des Todes. Menschen, die auf der Grenze zwischen beiden Reichen wohnen und einen Schlüssel um den Hals tragen. Wladimir unterscheidet sich nicht von anderen Menschen. Er fürchtet den Tod, und der Tod ist genau das, was alle Menschen fürchten. Wenn sie in der Zeitung von Unglücksfällen lesen, die fremden Familien zugestoßen sind, fühlen sie eine große Erleichterung. Diesmal sind sie verschont geblieben. Diesmal hat es nicht sie getroffen, und die Unfälle aus der Zeitung sind nicht ihre Unfälle.

Was passiert also mit den Toten? Wo sind sie? Stehen sie zwischen den Lebenden in der Schlange am Imbiss, ohne ihren Tod zu begreifen? So jedenfalls hat es ein Schriftsteller in einem Roman erzählt, den Wladimir gelesen hat. Der Mensch fürchtet und hofft gleichzeitig. Dass der Verstorbene zurückkommt. Dass er auftaucht, an den Orten, an denen er sich wohlgefühlt hat. Dass er Kontakt zu seinen Lieben aufnimmt. Einerseits wünscht man sich, dass die Toten zurückkehren, anderseits nicht. Auch hierzulande hat man ihnen früher Äxte und Steine ins Grab geworfen, um sie an der Rückkehr zu hindern. Oder sie zu einer Insel gerudert, weil man glaubte, dass Verstorbene das Wasser nicht überqueren können. Wasser nicht, jedoch die durchlässige Grenze zwischen den Welten der Lebenden und der Toten. Denn tatsächlich gab es immer Verstorbene, die zurückgekommen sind. Um Schätze zu suchen, die sie versteckt hatten. Um sich für böse Taten zu entschuldigen. Um ihre Geliebten zu suchen. Sich um ihre Kinder zu kümmern. Um ihr Haus zu bewachen. Um sich an denen zu rächen, die dem Verstorbenen im Leben etwas angetan haben. Sie kommen zurück, um ihren Mörder zu enthüllen. Um das geheime Rezept für den Schokoladenkuchen zu verraten, das sie mit ins Grab genommen haben. Um ihr Baby zu stillen. Um zu putzen und abzuwaschen oder einfach nur, um traurig und verlassen vor sich hin zu jammern.

Und so fürchtet und hofft jeder, dass der, den er liebt, wirklich zurückkommt.

Wladimir verschwindet

Der Nebel kam in der Nacht vom Meer herüber und legte sich über den Strand, waberte durch die Dünen und verschluckte sie. Wie ein Geist zog er umher, schlüpfte durch Zäune, wanderte über die Wege und hinterließ überall nasse Spuren, legte sich um die Wohnmobile und Wohnwagen, und auch die Menschen versanken in seinen Schwaden. Aus den Campingplatz-Gebäuden wurden Inseln in einem dickflüssigen weißen Meer. Er machte die Wäsche auf den Leinen wieder nass und verdichtete sich auf den Blättern zu Tropfen.

Noch bevor der Nebel herabfiel, kam ich mit meinem Bruder zum Campingplatz zurück. Während wir nebeneinander herliefen, sah ich ständig verstohlen zu Wladimir hinüber und fragte mich, was er wohl vorhatte. Am Wohnmobil brachte ich das Gewehr zur Sprache und beharrte darauf, dass Wladimir es zurückgab. Nach einigem Hin und Her war er schließlich einverstanden. Als wir die Waffe zum Wagen unseres speziellen Freundes bringen wollten, stellte sich heraus, dass er nicht allein war. Neben ihm am Gartentisch saß Mama, sie trank Tee und zeigte ihm Fotos. Fotos von unserer Familie! Scheinbar interessiert blätterte der Mann darin, einen mitfühlenden Ausdruck im Gesicht. Das war doch total verlogen! Mister Einfühlsam wollte zeigen, dass er nicht nur Autos instand setzen, sondern auch trauernden Menschen helfen konnte. Dazu brauchte man keine Ersatzteile aus Holland, es reichte, Tee zu kochen und so etwas wie Mitgefühl zu zeigen (oder was auch immer hier genau vorging). Wir schlüpften in den Wohnwagen und legten das Gewehr zurück an seinen Platz, während die beiden weiterquatschten. »Du bist bestimmt eine gute Mutter«, hörte ich den Typen sagen. Schmeichelei kommt bei Frauen gut an. Na, immerhin hatte es den Mann von seinem Wohnwagen abgelenkt, und es war ihm nicht aufgefallen, dass sein Gewehr zwischendurch einen Ausflug gemacht hatte.

Wladimir stocherte stumm in seinem Salat. Er gab Mama keine Antwort, als sie bald nach uns zum Wohnmobil zurückkam und fragte, wie es so ginge. Auch ich sagte nichts. Wir schmollten beide wegen des Autofritzen, und Mama ahnte das wahrscheinlich, denn sie gab sich keine Mühe, die Gründe aus uns herauszukitzeln. Sie sah nur aus dem Fenster, die Hand an der Wange, und beschwerte sich über den Seegeruch im Wagen. Obwohl sie die gesamte Bettwäsche gewaschen und im Trockner getrocknet hatte, hatte sie den Geruch nicht loswerden können. Hinter Mamas Rücken zeigte Wladimir mit dem Finger auf mich und hielt sich die Nase zu. Später ging er ins Bett, ohne Gute Nacht zu sagen und sogar, ohne sich umzuziehen. Am nächsten Morgen waren seine Sachen verschwunden und er mit ihnen.

Mama war erstaunt, aber nicht besorgt. Im Gegensatz zu mir wusste sie, dass Wladimir neuerdings gern am Strand war. Mein Bruder hatte ihr eine Nachricht hinterlassen: *Mach dir keine Sorgen, Mama. Alles ist gut. Du brauchst mich nicht zu suchen.* Mehr stand nicht auf dem Zettel. Weder versprach er, dass er bald zurückkäme, noch erklärte er, warum er fortgegangen war. Wir konnten die Gründe nur vermuten. Die Nachricht passte gut zu Wladimir, sie enthielt eine gewisse Dramatik. Nachdem Mama sie gelesen hatte, malte sie in eine Ecke des Zettels ein Herzchen. Was Grenzen betraf, war sie noch nie streng gewesen. Sie spionierte uns nicht nach und hielt uns nicht davon ab, spannende Orte zu erkunden. Nur eins war verboten: zu sterben. Leichtsinnig sein durften wir nicht. Nicht vor ein Auto laufen und nicht auf einen Zug klettern. Mama hätte uns vielleicht sogar erlaubt, zum Silo zu gehen, wenn wir am Boden geblieben wären oder wenigstens bei den Fußböden in den oberen Stockwerken aufgepasst hätten. Klettert, Jungs, klettert. Aber seht zu, dass ihr am Leben bleibt. Abstürzen ist verboten. *Und was ist, wenn einer trotzdem fällt?*

Mir war klar, wo mein Bruder hingegangen war. Er hatte sich ein Zimmer im Hotel Horizont gemietet. Die ganze Nacht hatte er darüber nachgedacht und dabei kein Auge zugetan. Am frühen Morgen hatte seine Entscheidung festgestanden.

Ich beschloss, ihm zu folgen, und kurz darauf stand ich schon vor dem Hotel und spähte in die Fenster im oberen Stockwerk. Der Nebel rundherum war immer noch dicht, sodass ich meine Hand kaum erkennen konnte, als ich sie anhob und am eisernen Türknauf rüttelte. Weil ich durch den verschleierten Wald mit seiner merkwürdigen Stille gelaufen war, war ich völlig durchnässt. Der Himmel war unsichtbar, und man hörte nicht einmal Möwenschreie. Auf dem Meer gab es keine Trawler, kein Tuten, kein Tuckern von Motorbooten. Der Nebel war reine Stille.

Neben mir tauchte Nikolai auf. Irgendwie hatte ich ihn schon erwartet, er konnte mich nicht mehr überraschen.

»Mein Bruder hat hier ein Zimmer gemietet.«

»Was? Hier kann man keine Zimmer mieten. Das weißt du doch.«

»Aber mein Bruder weiß das nicht.«

»Hast du ihm von dem Haus hier erzählt?«

»Er hat einen Flyer gefunden. Anscheinend kann man tatsächlich Zimmer mieten.«

Ich kümmerte mich nicht weiter um Nikolai, sondern linste an ihm vorbei in die Fenster des Hotels. Im Kopf machte ich mir einen Plan vom Gebäude und den Stellen, die gefährlich sein konnten. Das ist nützlich, wenn man in ein baufälliges Haus einsteigen will, diese Erfahrung hatte ich bei meinen früheren Besuchen in leer stehenden Gebäuden gemacht.

An den Fenstern konnte man sehen, dass die Zimmerdecken im Erdgeschoss hoch waren. Dort waren die öffentlichen Räume, die Rezeption und das Restaurant. Im größten Raum war eine Tanzfläche und es hingen Kronleuchter an der Decke. Schon durch die kleinste Erschütterung könnten sie abstürzen, das musste ich im Auge behalten. Die Treppen in solchen Häusern waren meistens aus Holz und konnten morsch sein. Ansonsten sah das Haus solide aus. Im oberen Stockwerk lagen die Gästezimmer, die von langen Fluren abgingen, hinter jedem der kleinen Fenster eines. Man musste auch bedenken, dass an der Küste alles schneller verrottete, wegen der Feuchtigkeit und der Stürme. In den Bäumen rundherum hingen vom Wind zerfetzte Plastiktüten; eine seltsame Dekoration, die mir auch am Strand schon aufgefallen war. Außerdem waren die Bäume in schlechtem Zustand, vermodert, von Pilzen und Feuchtigkeit zerfressen, und deshalb machte ich mir ernsthaft Gedanken darüber, ob die Äste beim Hochklettern nicht brechen würden.

»Solche verlassenen Häuser sehen aus wie Geisterschlösser. Was glaubst du – wie ist es wohl drinnen?«

Nikolai lehnte mit den Händen in den Taschen an einem Baumstamm. Er wirkte angespannt.

»Ich muss da rein«, sagte ich.

»Du bist total verrückt.«

»Egal. Ich mach es trotzdem.«

Nikolai schwieg einen Moment. Sein Blick war hart. Als er sprach, war seine Stimme sehr leise und eindringlich. »Wir dürfen es den anderen nicht sagen«, flüsterte er und überraschte mich damit vollkommen.

»Du kommst mit?«

»Das ist 'ne echte Scheißidee.«

»Ja, schon, aber kommst du nun mit?«

»Ja, mach ich.«

»Du kommst mit! Cool!«

Nikolai zog die Augenbraue hoch.

Einen flüchtigen Moment lang dachte ich an das Mädchen. Nikolai wusste natürlich, dass ich das Haus zum Teil ihretwegen entern wollte. Auch er hatte seine ganz persönlichen Gründe, mitzukommen. Deshalb konnte er mich nicht allein ins Hotel gehen lassen. Das glaube ich zumindest. Er wollte mitkommen, weil – er sicherstellen wollte, dass ich zurückkam und nicht einfach verschwand wie Caesar.

Das Fenster

Wir spähten in den Wald, um herauszufinden, ob Wracks in der Nähe waren. Während ich aufmerksam in die Morgenstille lauschte, sah ich am Rand des Nebels, wie einige von ihnen beinahe auftauchten. Doch sie zeigten sich nicht. Vom Meer her kam der fremdartige Klageruf eines Vogels. Alles konzentrierte sich nun auf das Hotel, das wie in ein Netz aus Zwielicht gehüllt dastand. Diesmal würde ich hineingehen, selbst wenn ich dafür eine Wand einreißen müsste. Endlich würde ich dem Mädchen direkt gegenübertreten und Wladimir retten. (Außerdem würde ich ihn davon abhalten, sich in das Mädchen zu verlieben, und das Mädchen, sich in meinen Bruder zu verlieben. Das würde ja sowieso nichts werden mit den beiden.)

Wir standen unter dem Fenster, das uns zum Einsteigen am günstigsten erschien. Um zu testen, ob der Baum mich aushielt, hängte ich mich an den untersten Ast und schaukelte daran. Da er standhielt, kletterte ich ein Stückchen hoch und ließ mich anschließend neben Nikolai auf den Boden fallen. Ich lächelte ihm zu.

»Ziemlich heftige Scherben da im Fensterrahmen. Aber das macht nichts, die kann ich raustreten. Und du kommst nach, sobald ich drin bin.«

Nikolais Augen waren schwarz und verschlossen (voller Grauen?). Einen Moment lang wirkte seine Haut besonders bleich, so bleich wie ein Mond am Nachthimmel, und hatte er eigentlich die ganze Zeit schon so dunkle Ringe unter den Augen gehabt? Schnell schob ich den Gedanken weg und drehte mich wieder zum Haus um. In meiner Vorstellung blitzte kurz das Bild des Hotels an seinem letzten Abend auf, ehe sich seine Türen zum allerletzten Mal schlossen. An der Rezeption saß eine große, schmale Gestalt, die Hände im Schoß. Gerade war der letzte Gast gegangen, sein Schlüssel hing am Schlüsselbrett. Ein letztes Mal ging die blasse Gestalt durch die Zimmer, zog die Gardinen zu und breitete Laken über die Möbel. Sie nahm das Geld aus der Kasse, zog mit dem Fuß den abgenutzten Teppich im Foyer gerade und griff nach ihren Koffern, die am Ausgang bereitstanden. Dann trat sie auf die Veranda und schloss die Tür hinter sich ab. Sie verschwand im Garten und wurde nie wieder gesehen.

»Wie findest du das hier?«, fragte ich aufgeregt.

»Willst du's wirklich wissen?«

»Ja.«

»Ich hab Angst.«

»Du? Das glaub ich nicht.«

»Aber so ist es. Mir geht's gar nicht gut.«

»Bist du krank oder was? Vorhin war doch alles okay.«

»Es fühlt sich an, als würde ich schmelzen oder so was. Lass uns abhauen. Wir sollten nicht hier sein.«

»Ich gehe trotzdem rein«, entgegnete ich gereizt. Von Mitgefühl keine Spur. Jungen wie Nikolai geben nicht oft zu, dass sie Angst haben. Trotzdem hatte er es mir einfach gesagt. Ohne sich dafür zu rechtfertigen. Er spielte mir nichts vor, er hatte Todesangst. Ich versuchte, es zu verdrängen, denn ich musste hinein, und nichts würde mich davon abhalten.

»Warum wurde das Hotel eigentlich aufgegeben?«, wollte ich wissen.

»Das Wasser stieg an«, wisperte Nikolai. »Das Meer hat den ganzen Strand überflutet, und das Hotel war von allem abgeschnitten. Mit der Zeit wurde das Wasser immer schmutziger. Dadurch entstanden Krankheiten. Schließlich brach die Cholera aus, und daran sind sogar Menschen gestorben. Der Durchfall war lebensgefährlich.«

»Heftig. Ob diese Cholerabakterien wohl lange überleben?«

»An Möbeln jahrzehntelang.«

»Starb denn auch der Hotelbesitzer an Cholera?«

»Damals war ich nicht hier.«

Natürlich, das war ja klar. Das Hotel stand seit Jahrzehnten leer, oder wie lange dauert es, bis Bäume in die Fenster wachsen, Pflanzen die Bretter der Veranda aufbrechen und Moos und Muscheln die Geländer überwuchern? Die Cholera jagte die Menschen aus dem Garten nach drinnen, wo die Kranken in ihren feuchten Betten jammerten und aus den Fenstern und von den Balkonen kotzten. Kaum waren die Laken gewaschen, wurden sie schon wieder schmutzig. Manche Patienten mussten in einer Wanne sitzen, denn sie kotzten und hatten gleichzeitig Durchfall, oben und unten schoss es nur so heraus. Diesen Gestank und diesen Lärm muss man sich mal vorstellen! In all dem Chaos liefen die

Hotelangestellten über die Gänge und versprühten Lufterfrischer, falls es so etwas damals schon gab.

Wir standen vor dem Gebäude und Angst kroch durch meine Gliedmaßen. Nun konnte ich mir vorstellen, wie sich das Schmelzen anfühlte, von dem Nikolai gesprochen hatte. Vielleicht nicht so stark wie bei ihm, es war eher wie leichte Kopfschmerzen oder ansteigendes Fieber. Ich musste hinein, solange ich es noch konnte. Sonst wäre es aus mit meinem Mut.

Als ich Nikolai das letzte Mal sah, lehnte er an einem Baum und sah aus, als würde er sich gleich übergeben. Hatte er sich mit der Cholera aus der Geschichte angesteckt? Wohl kaum. Ich hätte mich um ihn kümmern müssen, aber ich tat es nicht. Stattdessen zog ich genervt die Schultern hoch und blickte mich einfach nicht mehr zu ihm um. Er hatte mich verraten. In diesem Moment hätte ich ihn und sein Selbstvertrauen wirklich gut gebrauchen können, aber er hatte sich ja in den Kopf gesetzt, zu kneifen. Ich gab mir einen Ruck und kletterte wie ein Affe am Baumstamm hoch. *Wer Angst hat, fällt.*

»Es sieht gut aus«, rief ich Nikolai zu, ohne ihn anzusehen. »Komm nach, sobald ich drin bin. Die Äste sind nicht stark genug für uns beide.«

Und da war es direkt vor mir, das Fenster. Innen war reine Dunkelheit. Ich streckte das Bein aus, um die Scherben am Fensterrahmen herauszutreten. Jetzt würde ich springen müssen. Es brachte nichts, länger zu warten, einen günstigeren Moment würde es nicht geben.

Mit einem Aufschrei stieß ich mich ab. Stieß mich ab und schrie,

und flog,

flog durch die Dämmerung ins Innere der Finsternis.

Das Mädchen

Das Mädchen hat eine Lieblingsgeschichte. Sie handelt von einem Fährmann.

Der Fährmann ist der Grenzwächter und seine Aufgabe ist es, die Toten über das letzte Wasser zu rudern. Dieses lichtlose Wasser, das die Lebenden von den Toten trennt, kennt man in vielen Ländern, und es hat ebenso viele Namen. Manche stellen sich vor, dass es ruhig dahinfließt, andere sagen, dass es reißende Stromschnellen sind oder ein gewaltiger Strudel.

Der Fährmann ist nicht nur ein rudernder Grenzwächter, sondern auch der Lotse, der den Reisenden den richtigen Weg zeigt. Wer auf der Fähre mitfahren will, muss zwei Bedingungen erfüllen: Erstens muss er tot sein. Zweitens verlangt der Fährmann für die Überfahrt eine Münze. Hat der Verstorbene keine Münze bei sich, muss er am Strand bleiben und einen Schatz suchen, mit dem er seine letzte Überfahrt bezahlen kann. Deshalb legt man Verstorbenen vor der Beerdigung oft Münzen unter die Zunge oder auf die Augenlider. Manchmal wird die Münze in die Kleidung des Toten eingenäht. Es gibt viele Möglichkeiten, sicherzustellen, dass der Verstorbene seine letzte Reise antreten kann und nicht ruhelos umherwandern muss.

Trotz aller Vorsicht kann es sein, dass einem Toten – aus Dummheit oder Sorglosigkeit – diese Münze, dieser wichtige Fahrschein abhandenkommt. Vielleicht tauscht er ihn gegen etwas ein oder er kauft etwas dafür oder versteckt ihn in der Erde und vergisst das Versteck. Manche Tote werden auch bestohlen.

Obwohl die Fähre für die Toten ist und nur für sie, erzählt man sich Geschichten von Lebenden, die dort an Bord gegangen sind. Dazu gehört auch das Mädchen. Das Jenseitsmädchen.

Allein

Im Hotel lief alles von Anfang an total falsch. Zwar kam mir der Geruch dort bekannt vor, aber es war noch etwas anderes dabei, und damit meine ich nicht diesen Geruch nach Meer, der überall war und den ich kaum noch wahrnahm, sondern etwas völlig anderes. In den verbotenen Gebäuden in der Stadt sprühte ich geradezu vor Neugier und Begeisterung, aber hier kam es mir vor, als würde meine ganze Kraft aus mir heraussickern. Meine Arme und Beine fühlten sich so schwer an, als wäre ich in einen Brunnen gefallen und meine Kleider hätten sich mit Wasser vollgesogen, und dieses Gewicht zog mich jetzt unnachgiebig in die Tiefe. Trotzdem schaffte ich es, aufzustehen und mich zum Fenster zu schleppen. Durch den Nebel suchte ich unter dem Baum nach Nikolai, wo ich ihn zuletzt gesehen hatte. Aber er war nicht da. Ich versuchte es mit dem besonderen Pfiff, den die Wracks benutzten, aber auch darauf kam keine Antwort.

»Nikolai«, flüsterte ich, und dann rief ich: »Nikolai! Bist du da?«

Was war passiert? Neben der Angst verspürte ich eine bleierne Müdigkeit. Was auch immer Nikolai passiert war, ich war zu schwach, um mir darüber Gedanken zu machen. Stattdessen schlurfte ich mit schweren Schritten zu dem großen Himmelbett, das in der Mitte des Zimmers stand. Ich würde einen Moment schlafen. Danach würde ich weiter darüber nachdenken, wo Nikolai geblieben war, und auch über alles andere. Erschöpft ließ ich mich auf das Bett fallen, und eine Wolke von Staub, der sich über die Jahre dort gesammelt hatte, stieg auf. Aber das ging mich nichts an, ich wollte nur die Augen zumachen. Noch bevor ich meinen Kopf aufs Kissen gelegt hatte, war ich schon eingeschlafen. Ich tauchte in einen Schlaf voller Traumbilder, der sich anfühlte wie ein stetes Sinken in Richtung Meeresgrund. Trotzdem spürte ich bis in meine Traumwelt hinein die Gerüche des Hauses und die Feuchtigkeit in den Wänden. Langsam trieb ich durch eine Welt aus dumpfen Geräuschen, untermalt vom Summen der Einsamkeit, es gab keine Wellen, keine Zikaden oder Möwen, keine Nebelhörner, kein Tuckern von Bootsmotoren.

Im Traum sah ich, wie das Wasser in den Garten stieg, wie die Bootshäuser abtrieben und die Stege sich losmachten und davonsegelten und das Hotel später ganz vom Meer eingeschlossen wurde. Bis zu den Knien im Wasser watete ich durch den Garten, da zog sich das Wasser plötzlich zurück, und ich sah den Asphalt. Der weiche Untergrund hatte sich in harten Boden verwandelt, auf den der Schatten eines großen Gebäudes fiel. Wieder sah ich den Silo. Er stand wie das letzte Mal im Nebel, der aber diesmal nicht so dicht war; vorher hatte ich ja zwischen den Gebäuden nicht einmal die Hand vor Augen sehen können. Ich bückte mich, um die Sachen zu untersuchen, die auf dem Boden lagen. Zuerst fand ich ein Skateboard. Es war mein eigenes, und ich zuckte zusammen, als mir klar wurde, wo es geblieben war. Hatte Wladimir es hier hingelegt oder ich selber? Ich konnte mich nicht erinnern, immer noch nicht. Da waren auch Boards von meinen Freunden, ich erkannte viele von ihnen. So wie ich meine Exfreundin an einem Samthasen erkannte, ihrem Kuscheltier, das sie immer noch hatte, obwohl das kleine Mädchen in ihr inzwischen komplett mit Make-up zugekleistert war. Wir hatten uns mit dem Hasen und anderen Spielsachen beworfen und gelacht. Auch viele andere Menschen hatten zur Erinnerung Dinge abgelegt. Zwischen den Rosen standen Dutzende Kerzen, Karten und Briefumschläge.

Ich nahm einen Briefumschlag in die Hand. Die Buchstaben waren vom Regen verwischt, aber die Schrift konnte man noch lesen. Allerdings füllten sich meine Augen mit Regen oder Nebel, und ich konnte nichts mehr sehen. Egal wie viel ich rieb, der Nebel wollte einfach nicht weggehen.

Beim Aufwachen schwebte ich nicht mehr leicht wie im Wasser. Meine Gliedmaßen fühlten sich so schwer an, als würden sie von Kontinentalplatten zusammengedrückt. Ich war wieder im Hotel, ich hatte hier etwas zu erledigen. Das war kein Spiel, und leicht war es auch nicht. Ein Blick zum Fenster offenbarte, dass es plötzlich zugenagelt war. Bretter versperrten die Aussicht. Mein Schlaf war sehr tief gewesen, und in dieser Zeit hatte das Mädchen, oder wer auch immer, mich beobachtet, mit dem Hammer in der Hand, ohne dass ich auch nur das Geringste davon ahnte.

Das Mädchen

Genau jetzt steht das Mädchen in einem Schlafzimmer im oberen Stockwerk, wo der Staub umherwirbelt wie Schnee. Auf dem Bett schläft der Junge. Wie jung er aussieht, wenn er schläft, so ganz ohne Trotz. Aber das ist nicht wichtig. Wichtig ist, dass das Mädchen in die Träume des Jungen schauen kann. Dass sie eine Traumseherin ist.

Sie folgt dem Jungen auf dem Asphalt zu einem schwarzen Gebäude im Nebel, der sich nicht lichtet, nicht genug, damit der Junge erkennen und verstehen kann. Dem Jungen dicht auf den Fersen betritt das Mädchen seinen Traum.

Und es gibt noch mehr Träume, denn noch ein anderer Junge ist ins Hotel gekommen, der große Bruder, der am Flügel im Erdgeschoss sitzt. Unermüdlich spielt er und spielt, eingeschlossen in einen so großen Schmerz, dass niemand ihn auf der Treppe einholen kann, auf der er Tag für Tag nach oben steigt.

Im Traum des großen Bruders sieht das Mädchen die Treppe. Sie kann nicht an seiner Stelle emporsteigen, sie kann ihm nur folgen und sicherstellen, dass die Karaffe auf dem Flügel mit Wasser gefüllt ist, damit der Junge etwas zu trinken hat, falls er müde wird.

Der kleine ruft seinen großen Bruder, denn er möchte, dass er mit auf die Reise kommt. Und warum auch nicht, die Tür ist angelehnt, und die Brüder könnten über die Schwelle zueinander gehen. Aber so soll es nicht sein.

Die Kinder kommen und holen ihre Liebsten.

Ja, sie kommen.

Sie wollen sie mitnehmen.

… dass man dies überhaupt erleben durfte

Wie peinlich, ich hatte im Schlaf geweint. Das war mir noch nie passiert. *Wie bitte: Im Schlaf weinen? Wer weint denn im Schlaf?* Aber was ich um mich herum sah, ließ mich die

Sache schnell vergessen. Wer auch immer das Fenster zugenagelt hatte, hatte eine Laterne ins Zimmer gestellt. Verwirrt starrte ich in die Flamme; ich konnte immer noch nicht klar denken.

Vielleicht war ich dabei, mich langsam an das Haus zu gewöhnen, immerhin schaffte ich es, mich im Bett aufzurichten. Ich kam mir vor wie ein Patient, der wochenlang im Bett gelegen hat und jetzt das erste Mal überlegt, ob er aufstehen soll. Ganz offensichtlich war ich in einem Hotelzimmer. An einer Wand stand ein Schrank aus dunklem Holz, an einer anderen ein Sessel und ein Schreibtisch. Den meisten Platz nahm das Himmelbett ein. Auf der Tapete waren Schlingpflanzen mit großen Blättern, außerdem Vögel und Vogelnester und Affen. Ein Spiegel hing an der Wand, aber er war zerschlagen, so wie das Fenster. Früher war das ein luxuriöses Zimmer gewesen, aber jetzt würde hier (außer mir) niemand mehr gerne übernachten, nicht mal gegen Geld.

Als ich vom Bett aufstand, wirbelte wieder Staub auf. Mit der Laterne in der Hand ging ich aus dem Zimmer. In ihrem Licht konnte ich sehen, dass der Flur in beide Richtungen weiterführte. Auf beiden Seiten waren überall die gleichen dunklen Holztüren mit Nummern aus Metall. Auf dem Fußboden lag ein Teppich, der fast wie ein Moosbett aussah. Durch die Feuchtigkeit und das Dämmerlicht machte der Flur einen höhlenartigen Eindruck. Von draußen wuchsen Pflanzen herein, etwa der dürre Ast eines Baumes durch ein kaputtes Fenster.

Bei jedem Schritt hatte ich das Gefühl, ich müsste ihn besonders sorgfältig ausbalancieren. Mein Mund war trocken, die Zunge klebte am Gaumen. Ich hätte eine Wasserflasche mitnehmen sollen, wie dumm, dass ich nicht daran gedacht hatte. Sollte es hier Flüssigkeit geben, wäre sie giftig. Wenn ich nichts zu trinken bekomme, sterbe ich an Austrocknung, dachte ich, wie die Lebewesen auf dem Boden, denen es genauso ergangen war. Drei tote Vögel lagen auf dem Gang, daneben ein frischerer Kadaver, der mit den Flügeln in einer dicken, öligen Flüssigkeit kleben geblieben war. Ich sah Schmetterlingsflügel und alle möglichen anderen Teile von Vögeln, Vogelfedern, Vogelkot und Vogelknochen. Der unerwartete Anblick eines lebenden Vogels ließ mich vor Schreck in die Luft springen. Auf dem Treppengeländer saß eine Eule. In Ermangelung eines besseren Plans würde ich mich als Nächstes an diese Treppe wagen müssen.

Plötzlich sah ich eine große Ratte zwischen meinen Beinen hindurch in ein Zimmer flitzen. Die Tür war angelehnt. Es war die einzige angelehnte Tür auf dem ganzen Flur. Was war dort drinnen? Weil die Tür nur einen Spaltbreit offen stand, durch den höchstens eine Ratte hindurchpasste, stupste ich sie etwas weiter auf und lugte hinein. Das Zimmer sah aus wie das, in dem ich geschlafen hatte, ein Bett, ein Schrank und ein Tisch, merkwürdige Tapeten und ein kaputter Spiegel. Der einzige Unterschied war, dass man von hier aus auf den verzierten Balkon über dem Haupteingang gehen konnte, was mir auffiel, als ich die staubigen Samtvorhänge zur Seite zog. Sofort floss Licht ins Zimmer, das von den Fenstern bunt gefärbt wurde. Im Wald rundherum war es noch neblig, das Meer durch den Dunst nicht zu sehen.

Sonderlich neugierig war ich nicht, im Gegenteil, ich wurde allmählich wieder müde und hätte mich am liebsten sofort zurück in das Bett gelegt. Meine Beine wurden schwer und meine Stimmung sank. Trotzdem wurde ich magisch von dem Schreibtisch angezogen, auf dem alle möglichen Papiere durcheinanderlagen. Es sah aus, als wäre der Tisch gerade noch von jemandem benutzt worden. Dieser Jemand hatte etwas aus Zeitungen ausgeschnitten und die Ausschnitte auf einen Haufen gelegt, um sie später in den Ordner zu kleben, der neben dem Tisch auf dem Boden lag. Da meine Beine mich kaum noch tragen konnten, hockte ich mich hin. Mein Blick fiel auf den Ordner und ich sah sofort, dass darin Todesanzeigen gesammelt waren. Todesanzeigen? Auch wenn ihr euch zu den Glücklichen zählen könnt, die sich mit so etwas noch nie beschäftigen mussten, wisst ihr natürlich, wovon ich rede. *Ein junges Herz hat aufgehört zu schlagen. Dein Weg ist zu Ende. Gute Reise ins Paradies.* Und so weiter. So etwas liest man in Traueranzeigen.

Ich nahm eine von ihnen zur Hand:

VIKTOR SUISTO
(1993 – 2008)

Denke nicht, das Leben ist kurz.
Denke nur:
was für eine bemerkenswerte Erfahrung,

denn es ist nicht die Spanne,
die zählt,
sondern, dass man dies überhaupt erleben durfte.
(Eeva Kilpi)

Wir vermissen dich:
Papa und Mama
Oma und Opa
Alle Freunde
Dein Trainer und deine Mannschaftskameraden

Meine Stirn zog sich zusammen und ich fühlte, wie mir die Luft aus der Lunge gedrückt wurde. Wieder hatte ich das beklemmende Gefühl, unter Wasser zu sein. Keuchend zerrte ich an meinem Hemdkragen.

LUIS LAURENT MARTIN
(geb. 1994, gest. 2009)

Krieger ist dein Name,
doch nun ist der Kampf vorbei.

Herr und Frau Laurent geben in tiefer Trauer den viel zu frühen Tod ihres Sohnes Luis bekannt. Seit sich deine Augen zum letzten Mal schlossen, haben unsere Augen nicht aufgehört zu weinen.

Den viel zu frühen Tod ihres Sohnes? Ich schluckte. Das alles waren Todesanzeigen von Jungen. Mir wurde schwindlig und ich musste mich auf den Fußboden stützen. Zum Glück war er nicht weit weg. Zögernd blätterte ich weiter und stellte dabei fest, dass ich eine ganz bestimmte Anzeige suchte. Bestimmt war ich kurz davor, Noel zwischen diesen Jungen zu finden. Mir wurde klar, dass ich seine Todesanzeige nie gesehen hatte. Eigentlich verheimlichte man mir alles, was mit seinem Tod zusammenhing, wahrscheinlich, damit ich nicht noch mehr trauerte. Es wurde überhaupt nicht darüber gesprochen. Nichts als Schweigen. *Durch einen schrecklichen Unglücksfall. Viel zu früh.* Natürlich hatten die Traueranzeigen auch etwas Tröstliches, indem sie vorgaben, der Verstorbene würde nun ins Paradies kommen. Trotzdem waren sie verlogen, denn es ist absolut nichts Gutes daran, wenn ein Freund stirbt.

JESSE (JOSH) JOHANNES KYTÖLÄ
Geb. 2005, gest. 2011

Todes Hain, du schattiger Hain,
Steht im Sande ein Wiegelein,
dorthin bring ich mein Kindchen.
(Aleksis Kivi)

In Dankbarkeit
Papa und Mama
Omi und Opa

In einer anderen Anzeige ging es um einen Jungen in meinem Alter, der bei einem Unfall ums Leben gekommen war.

NIKO KASPER VAARA
Geb. 1997, gest. 2011

Wie können die Züge weiterrollen
Wie kann das Volk der Bäume singen
Wie kann die Welt sich weiter drehen
In blindem Wirbel

Du bist fort

Gebt mir einen Baum ohne Blüten
Gebt mir einen vertrockneten See
Gebt mir eine zerbrochene Vase
Gebt mir eine verschwundene Stadt

Du bist fort

(A.W. Yrjänä)

In tiefer Trauer
Mama und Papa, die Geschwister, Großmutter, Opi, die Freunde und Lehrer, der Trainer und deine Mannschaftskameraden
Wir werden dich nie vergessen.

Hatte ich mich vorher schon müde gefühlt, so konnte ich mich plötzlich überhaupt nicht mehr bewegen. Darum beschloss ich, einen winzigen Augenblick lang zu schlafen, legte mich mit der Wange auf den Ordner und schloss die Augen. Ich hatte genug von allem hier. Wieder überkam mich der Schlaf wie tiefes Wasser.

Hätte ich mitbekommen, was um mich herum geschah, hätte ich gesehen, wie das Mädchen ins Zimmer kam. Wie sah sie wohl in diesem Moment aus? Triumphierend, überrascht oder vielleicht traurig? Auf jeden Fall bückte sie sich zu mir herunter, sammelte die Zeitungsausschnitte ein und legte sie in den Ordner. Dann schloss sie den Deckel. Vorher hatte sie ihn mir noch unter der Wange weggezogen, sodass mein Kopf böse auf den Boden knallte. (Nein, falsch. Später erfahre ich, dass mein Kopf in ihrem Schoß lag und sie meine Haare streichelte, und dass Tränen auf ihre Wangen und später auf meine Haare tropften. Ich spürte sie nach dem Aufwachen an der Stirn und dachte, ich hätte geschwitzt. Du kannst dir aussuchen, was du glauben willst, das hier sind die beiden Möglichkeiten.)

Dann stand das Mädchen auf, räumte die Sachen zusammen, die auf dem Tisch durcheinanderlagen, und ging aus dem Zimmer. Den Ordner nahm sie mit; jedenfalls war er bei meinem Aufwachen kurze Zeit später nicht mehr da. Inzwischen wurde mein Durst zur Qual. Als ich den Ordner suchte, fiel mir auf, dass dort, wo er gelegen hatte, eine Botschaft war. Jemand hatte mit dem Finger etwas in den Sand geschrieben: EINLADUNG ZUM FEST IM SPEISESAAL

Das war sicher im Erdgeschoss, Speisesäle sind immer im Erdgeschoss. Bevor ich mich dorthin aufmachte, sah ich mir noch einmal den Tisch an, aber dort lag nichts Interessantes mehr. Nur ein Stapel Bücher. *Sticken – die 100 besten Anleitungen. Das Lied des Fährmanns. Klassische Totenhemden.* Ich seufzte. Todesanzeigen und Totenhemden. Düster, düster. Dieses Mädchen war wirklich deprimierend. Solche gab es auch an unserer Schule, Mädchen, die sich für den Tod oder für Friedhöfe interessierten; sie ritzten sich in die Arme und hörten schwermütige Musik.

Benommen wie ich war, vergaß ich die Laterne im Zimmer, und als ich sie holen ging, stolperte ich über die Schwelle, die Laterne flog auf den Boden und die Flamme erstickte im Öl. Erneut verschluckte mich die Dunkelheit. Bemerkte ich da zum ersten Mal, dass ich im Dämmerlicht ziemlich gut sehen konnte? Von unten erklang Musik, anscheinend aus dem Speisesaal. Wahrscheinlich hatte das Fest schon angefangen. Ich wollte mich beeilen, doch meine Füße waren noch immer so schwer. Endlich war ich an der Treppe und zwang mich, hinunterzugehen. Ob man meine Schritte wohl bis zum Speisesaal hören konnte? Jedenfalls brach die Musik plötzlich ab. Im Erdgeschoss schimmerte Licht. Dorthin schleppte ich mich.

Silo 10

Später geht Wladimir zum Silo zurück. In einem wiederkehrenden Traum oder in einem zwanghaften Gedanken, wie auch immer. Jedes Mal findet er sich auf der Treppe wieder. Jedes Mal steigt er weiter nach oben. Er steigt, Stufe für Stufe, wie beim Schäfchenzählen. Aber diese Stufen sind schreckliche Schafe, sie sind sogar eher Wölfe. Sie führen ihn zu einem Ort, an dem er nicht ankommen will. Zwischendrin hält er an, er will sich ausruhen, zu Atem kommen, immer wieder an denselben Fenstern. Vor seinen Augen öffnet sich die verbotene Landschaft, weit unter ihm, Häuser und Straßen, saubere Parks und weit entfernte Wälder. Von keinem anderen Ort hat man eine bessere Aussicht über die ganze Stadt. Trotzdem ist das Treppensteigen anstrengend, und Wladimir schnappt nach Luft. Er ist nicht besonders gut in Form. Das muss sich ändern. Er steigt, steigt und keucht,
steigt
und steigt weiter.

In seiner Vorstellung hat die Treppe kein Ende, es kostet Kraft, Tag um Tag stets dieselbe Betontreppe mit ihrem seltsamen Bewuchs zu erklimmen. Sogar am helllichten Tag sieht er die Treppe vor sich, während er einfach über den Rasen oder an den Strand geht. Schon die Reise zum Campingplatz ist ein einziges Treppaufgehen gewesen.

Vor einigen Jahren hatte Wladimir ein ähnliches Erlebnis mit Erdbeeren. Bei einem Ferienjob auf einem Erdbeerhof in der Nähe seiner Großmutter. Jedes Mal, wenn er die Augen schloss, sah er Erdbeeren vor sich. Massen von roten Beeren zwischen grünen Blättern. Um die Treppe zu sehen, braucht Wladimir nicht einmal die Augen zu schließen. Irgendwie ist sie immer da. Als würde er mit offenen Augen träumen. Selbst einfaches Gehen strengt ihn an wie der steilste Aufstieg. Sogar das Atmen ist aufreibend wie eine sportliche Leistung,

die Treppe vor ihm, die nach oben führt.

Deshalb ist er müde, deshalb schläft er viel, und die Mutter lässt ihn schlafen. Jedes Kind gesundet auf seine Weise. Außerdem war es Wladimir, der dabei war, der an der Absturzstelle gewartet, den Krankenwagen und den Hubschrauber in Empfang genommen hat. Jetzt braucht er Zeit, denkt die Mutter. Das sagt sie auch am Telefon zum Vater. Sie hat das in der Kinder-Trauer-Gruppe gelernt, die sie nach dem Unfall besucht hat. Mama würde gerne helfen, das weiß Wladimir, aber sie weiß nicht, wie. Mama kann die Treppe nicht zum Verschwinden bringen, sie sieht sie ja nicht einmal. So wie sie auch alles andere nicht sieht. Alles das, was Wladimir umgibt.

Und genau jetzt, in diesem Moment, ist Wladimir auf der Treppe und steigt Richtung Gipfel. Horcht auf die Stimmen. Sein Bruder und dessen Freund. Statt Schäfchen hat er angefangen, die Stufen zu zählen.

34-35-36-37-38-39-40-41-42-43 …
… 74-75-76-77-78-79-80-81-82-83-84-85-86-87-88-89 …
… 101-102-103-104-105-106-107-108-109-110 …

Ein Fest im Dämmerlicht

An einem langen Tisch saßen die Gäste und warteten darauf, dass die Feier anfing. Es waren nur zwei, Wladimir und das Mädchen. Wladimir war in Weiß gekleidet wie ein Prinz. Er sah unversehrt aus. Um genau zu sein, leuchtete er sogar von innen heraus, seine Haare, seine Kleider und seine Haut schimmerten wie frischer Schnee. Am anderen Ende des Tisches saß die Gastgeberin, ebenfalls ganz in Weiß. Das Zimmer war dunkel wie eine Höhle und nur von Kerzen erleuchtet. Um den Tisch herum standen weiß verhängte Möbel. Bei Tageslicht wäre mir aufgefallen, dass Wladimir und das Mädchen gar nicht so sauber waren, wie es schien. Doch so fühlte ich mich ziemlich schäbig und nicht passend für eine Feier angezogen.

Davon abgesehen, war mir miserabel zumute. Während ich vor Sorge um meinen Bruder fast umkam, hatte er mit dem Mädchen eine schöne Zeit verbracht. Eifersucht nagte an mir wie die Krätze, als mir klar wurde, dass sie möglicherweise auf die eine oder andere Art zusammen waren. Aus dem Nichts spukten mir Bilder durch den Kopf, wie sie sich umarmten, und hätte ich diese Fantasie weitergesponnen, wäre ich explodiert wie eine Granate, aus der man den Sicherungsstift herauszieht.

Wütend und stumm starrte ich auf die (natürlich) weiße Tischdecke und wartete darauf, dass sie sich zu mir umdrehten. Zwischen den tropfenden Kerzen waren die merkwürdigsten Dinge verteilt: Gestecke aus bunten Wiesenblumen, die mit Muscheln, Glasscherben und Kronkorken dekoriert waren, Kränze aus Blumen und Vogelfedern, ausgestopfte Vögel und Vogelnester, hochhackige Schuhe und sogar ein Pfau. Die Teller und Gläser hätten sicherlich für zwanzig Personen gereicht.

Aber was interessierte mich das, ich war vollauf damit beschäftigt, neidisch zu sein, dass die beiden sich ineinander verguckt hatten. Sie passten ja auch so gut zusammen in ihren weißen Kleidern! Ich dagegen in meinen Holzfällerklamotten war absolut fehl am Platz. Noch nie hatte ich mich so ausgeschlossen gefühlt. Gerade wollte ich zurück nach oben schleichen, als das Mädchen sich zu mir umdrehte.

»Endlich bist du wach«, begrüßte sie mich, und das war das erste, was sie überhaupt zu mir sagte. Feierlich nickte sie mir zu, wobei ihre Hochsteckfrisur zitterte wie ein Wackelpudding. Ihre Haare waren zu einem Gebilde aufgetürmt, das aussah wie eine Krone und mit Vogelfedern und Muscheln geschmückt war. Sie trug das Hochzeitskleid.

Wladimir grüßte mich nicht, sondern starrte ins Leere. Er wirkte verzaubert. Eben hatte ich noch gedacht, dies wäre das Festmahl von zwei Verliebten, aber ich hatte mich geirrt. Wladimir war nicht mit dem Mädchen zusammen; er nahm sie nicht einmal wahr, und falls er es doch tat, reagierte er nicht auf sie. Ich stellte mich vor ihn und versuchte, ihm in die Augen zu sehen. Doch er starrte an mir vorbei auf den Tisch, sodass ich aufgeben musste.

»Was hast du mit meinem Bruder gemacht? Der ist ja hirntot.«

»Sprichst du von meinem Gast?«

»Ich spreche von meinem Bruder. Hast du ihm irgendwas gegeben?«

Misstrauisch suchte ich auf Wladimirs Teller und Glas nach Spuren von Giftpilzen oder irgendwelchen Pülverchen, nach arsengefärbtem Gemüse oder Salat. Dabei betrachtete ich heimlich das Mädchen. Sie rückte sich gerade die Frisur zurecht (das musste eine Perücke sein), streckte ihren Rücken durch, zog ihre Handschuhe glatt und sah sich mit eisblauen Augen zu mir um.

»Dein Bruder wollte ein Zimmer haben, und ich hab es ihm gegeben. Wladimir ist mein Gast und basta. Hast du dazu noch was zu sagen?«

»Ist ja nicht sehr beliebt, dein Gästehaus«, gab ich boshaft zurück. Eigentlich hätte ich mich freuen müssen: Ich hatte meinen Bruder gefunden und es ging ihm gut, er schmachtete nicht als Gefangener in einem Kellerloch, sondern sah erstaunlich frisch aus, wenn man beiseiteließ, dass er sich wie ein Autist aufführte.

»Dein Bruder ist hier, um sich auszuruhen.«

»Also hast du beschlossen, ihn zu hypnotisieren.«

»Oh, das könnte man tatsächlich so sehen«, antwortete

das Mädchen überrascht. Als wäre sie nicht darauf gekommen, dass ich sie für eine Hexe halten könnte, die Leute hypnotisiert.

»Was hat er denn?«

»Dass du das überhaupt fragen musst. Er trauert. Dein Bruder stirbt fast vor Schmerz.«

Andere trauern, aber meine Dramaqueen von Bruder muss natürlich vor Schmerz sterben. Aus irgendeinem Grund erstaunte mich das nicht. Bei Mädchen kommt er damit durch. Die nutzen ja jede Gelegenheit, einen sterbenden Trauernden zu trösten.

»Was hat er schon zu betrauern? Ich habe doch am meisten verloren. Er war bloß am Silo, weil er den Helden spielen wollte. Genau genommen ist er sogar an allem schuld.«

Aus den Augenwinkeln sah ich, wie mein Bruder zusammenzuckte, und bereute meine Worte sofort. Wenn ich ehrlich war, wusste ich nicht mal genau, was passiert war. Und es spielte auch keine Rolle mehr. Was geschehen war, war geschehen. Das Mädchen drehte ein langstieliges Glas zwischen den Händen. »Und du bestimmst, wer hier wie zu trauern hat?«, fragte sie.

Ich merkte, wie ich abermals müde wurde, und meine Kehle fühlte sich so ausgedörrt an, als säße ein vertrockneter Vogel drin. Vielleicht einer aus dem Flur oben.

»Könnte ich Wasser haben?«

»Natürlich. Setz dich, mein Freund.«

Zu müde, um sie anzufauchen, dass ich nicht ihr Freund war, zog ich mir mühsam einen Stuhl heran und ließ mich darauffallen. Anders, als ihr bestimmt denkt, kann ich mich bei Tisch durchaus benehmen. Zuerst deckt man die Serviette auf den Schoß und wartet, bis alle ihr Essen haben und die Gastgeberin guten Appetit wünscht. Vorher jedoch legte ich einfach meine Wange auf den Teller und schlief wieder ein.

Wie lange ich so dasaß, weiß ich nicht, nur, dass mein Rücken völlig verspannt war, als ich zu mir kam.

»Schön, dich wiederzusehen«, lächelte das Mädchen.

Ich starrte sie über den langen Tisch hinweg an und wusste einen Moment lang nicht, wo ich war. Mein Bruder saß am Flügel und spielte. Von seiner Musik war ich letztlich wach geworden. Eine traurige Melodie (ich wusste gar nicht, dass er so etwas spielen konnte) trieb zusammen mit dem Staub durch das Zimmer. Als das Mädchen ihm ein Zeichen gab, kam er zu mir und schenkte mir etwas zu trinken ein. In diesem Moment riss ich meinen Kopf von dem Teller, den ich als Kissen benutzt hatte, und packte Wladimir am Ärmel. Ich wollte ihn dazu bringen, mir in die Augen zu sehen.

»Wladimir, ich bin es, Mitja. Ich hab dich gesucht.«

Wladimir löste meine Finger behutsam von seinem Ärmel und drehte sich um. Ich sah, dass er dem Mädchen einen Blick zuwarf, bevor er sich wieder an seinen Flügel setzte und weiterspielte. Es herrschte eine Stimmung wie auf einer Beerdigung.

»Wladimir meint es nicht böse«, sagte das Mädchen. »Er muss sich nur lösen.«

»Was ist hier drin?«, fragte ich und schaute misstrauisch in das Glas. »Was hat er mir eingegossen?«

»Was denn wohl? Wein natürlich.«

Früher kontrollierten Vorkoster, ob jemand vergiftet werden sollte. Irgendein Kriegsgefangener aß und trank als Erster von der Portion des Königs, und blieb der Kerl am Leben, durfte der König etwas essen. Den Wein in meinem Glas musste ich vertrauensvoll ohne Hilfe trinken. Dass mein Bruder mich nicht vergiften würde, war mir klar, aber bei dem Mädchen war ich nicht so sicher. Sie lachte über mein Misstrauen.

»Der Wein ist völlig in Ordnung. Mein Hauswein. Und das Beste ist, hier kannst du ihn auch trinken.«

»Gelten hier denn andere Altersgrenzen für Alkohol?«

Statt einer Antwort runzelte das Mädchen nur die Stirn. Ich kam wieder zur Sache.

»Was willst du von meinem Bruder?«

»Nichts. Das heißt ...«, das Mädchen sah mich mit schief gelegtem Kopf an, eine Haarlocke zwischen den Fingern. »Ich will ihn beschützen. Genau. Ich beschütze deinen Bruder.«

Ich wurde still.

»Wovor beschützt du ihn? Vor mir?«

»Wladimir ist hergekommen, weil er in einer Sackgasse steckt. Ich vermiete Zimmer an Leute, die ihren Horizont verloren haben, die ... sich selber verloren haben.«

Inzwischen war ich etwas wacher und betrachtete den Tisch mit neuen Augen. Leere Teller und Gläser, leere Stühle.

»Vielen ist der Horizont ja anscheinend nicht abhanden gekommen.«

»Möchtest du dein Steak medium oder durch?«

»Ich hab eigentlich keinen Hunger.«

»Nimm ruhig. Du kannst etwas essen.«

»Dann gib mir eben ein Steak, egal, wie.«

Wieder gab das Mädchen meinem Bruder ein Zeichen, und er kam zu mir. Aus einem Topf löffelte er eine Wurzel auf meinen Teller, eine ekelhafte grüne Wurzel, die mich eher daran erinnerte, wie Mädchen Kochen spielten, als an eine richtige Mahlzeit. Diese altklugen kleinen Mädchen gaben vor, sie wären erwachsen, rührten im Matsch und bettelten, dass ihre Eltern und die Jungen aus dem Hof etwas bei ihnen kauften. Manchmal machten die Jungen sogar mit, weil sie wollten, dass die Mädchen anschließend Fußball, Verstecken oder etwas anderes mitspielten. Vor allem im Sommer war es manchmal schwierig, eine richtige Mannschaft zusammenzukriegen, weil viele Kinder im Urlaub waren. Das Mädchen klirrte auffordernd mit der Gabel, doch ich rührte mein Essen nicht an. Schade, dass hier kein Hund herumlief. Dem hätte ich die Portion heimlich geben können. Andererseits hätte nicht mal ein Hund das fressen wollen. Eine Zeit lang sagte niemand etwas, nur Wladimir spielte weiter seine Melodie. Dann begann das Mädchen zu sprechen.

»Du bist hier, weil ich es so wollte. Anders gesagt, ich wusste, dass du kommst.«

Für mich stand fest, dass das außer mir niemand wissen

konnte. Ich war ja derjenige, der beschlossen hatte, hierherzukommen. Und wie ihr wisst, erzählte Wladimir nie, wo er hinging.

»Naja, ich bin nicht deinetwegen hier, sondern um Wladimir zu holen.«

»Wie auch immer.«

Anscheinend merkte sie, dass ich log. Mir fielen Nikolais Worte ein. *Ich glaub, die kann Gedanken lesen,* und: *Im Hotel ist sie unbesiegbar.* Wladimirs Musik wurde noch schmerzvoller. Wäre ein Verstorbener bei der Beerdigung nicht schon tot, würde er spätestens bei den Trauerchorälen von Bach den Löffel abgeben. Wer spielt denn freiwillig etwas so Deprimierendes? Okay, ich weiß die Antwort. Mein Bruder. Alles an ihm war Trauer; wie er spielte, wie er mit seinen Fingern auf die Tasten einhämmerte, als wollte er jemanden umbringen. Sein Körper war fast zur Hälfte gefaltet. Er trauerte. Das konnte niemand leugnen. Wladimir weinte nicht. Das Klavierspiel war sein Weinen. Zu gern hätte ich ihn getröstet, aber ich konnte nicht aufstehen. Hierher hatte diese eine Nacht also geführt. Unentschlossen schubste ich das komische Ding auf meinem Teller hin und her. Es glitschte immer wieder vor der Gabel davon.

»Warum tut er so, als würde er mich nicht wahrnehmen?«

»Er nimmt dich schon wahr.«

»Woher weißt du das? Du kennst uns doch gar nicht.«

»In diesem Haus weiß ich alles, glaub mir. Hier kann keiner seine Gedanken vor mir verstecken.«

Bei diesen Worten fiel mir das Thema Gedankenlesen

wieder ein und ich versuchte, meinen Kopf ganz leer zu machen. Die Feier im Hotel wurde allmählich anstrengend. In solchen Situationen überspült mich manchmal eine schwarze Welle und bringt mich dazu, zum Beispiel die Fenster von leer stehenden Häusern einzuwerfen. Wegen dieser Welle mache ich alle möglichen Sachen, die mir später leidtun. Ich bin traurig, und daraus wird blinde Wut. Genau das passierte jetzt, und diesmal war es noch schlimmer als vorher im Garten, so schlimm wie schon ewig nicht mehr. Zornig riss ich ein Glas vom Tisch und schleuderte es auf den Boden, dass der Wein und die Scherben nur so über den Steinfußboden spritzten. Schon langte ich nach einem anderen, aber das Mädchen schnappte es sich und brachte es in Sicherheit. Wie im Rausch starrte ich auf den Tisch, sprang auf, packte die Tischdecke und zog sie mit allen Sachen herunter. Die komplette Dekoration war ruiniert. Die Pfauen, die Nester, die Teller, die Karaffen, alle Blumen und Stöckelschuhe, die echten und die künstlichen Früchte, alles ging kaputt oder flog durcheinander.

»Du machst mich ganz fertig!«, schrie ich, und Tränen stiegen in mir auf. »Hätte ich bloß auf Nikolai gehört! Er hatte Recht: Du bist ein Vamp und eine Sirene! Und du hast was Schlimmes mit seinem Freund Caesar und mit Wladimir gemacht, und jetzt machst du dasselbe mit mir!«

Ich musste sofort weg von diesem Ort. Aber wie? Zur Außentür musste ich um den Tisch herum zur anderen Seite des Saals laufen, die Treppe war direkt hinter mir. Bevor ich mich entscheiden konnte, stand das Mädchen auf, und erst da fiel mir auf, dass auch Wladimir sich bewegt hatte. Er war schon fast neben mir.

»Komm mit, weg von hier«, bat ich ihn. Ich setzte ganz auf den Zusammenhalt zwischen Brüdern: »Du musst mir helfen, mich zu erinnern.«

Doch Wladimir wollte mir nicht helfen. Zusammen mit dem Mädchen warf er mich auf den Boden, was nicht schwer war, denn das Gebäude hatte mich ausgelaugt, und ich fühlte mich gerädert und schwerfällig wie ein Greis. Durch die Wut, die ich am Tisch ausgelassen hatte, war mein letztes bisschen Energie verbraucht.

»Was randalierst du hier? Du machst alles kaputt«, rief das Mädchen. »Ich wollte dir was erzählen, aber das kann ich nicht, wenn du so durchdrehst.«

Die beiden schleppten mich nach oben in ein Zimmer. Dort lag eine Eisenkugel, die sie an meinem Bein befestigten. Die Kugel war schwer wie sonst was, ich würde mich damit kaum bewegen können. Geschweige denn abhauen. Den Schlüssel hatte das Mädchen um den Hals, zusammen mit einigen anderen.

»Du kannst dir das vielleicht nicht vorstellen, aber ich mache das alles deinetwegen. Wir müssen reden, ich hab dir was zu sagen. Du bist nicht umsonst in diesem Hotel. Aber wir können erst reden, nachdem du dich beruhigt hast.«

Mit wehendem Kleid rauschte sie davon und knallte die Tür hinter sich zu. Wie ich so allein im Dunkeln saß, fiel mir meine Frage wieder ein. Die, die ich stellen wollte. Wollte ich sie überhaupt noch stellen?

»Und wenn ich mich nicht beruhige?«, brüllte ich.

»Dann bleibst du gefesselt«, antwortete sie von draußen, und der Schlüssel knirschte im Schloss.

Das Mädchen

Wer ist der Gesell der Gesellen, der überm Sunde steht?

Der Fährmann sprach:
Wer ist der Kerl der Kerle, der da ruft übers Wasser?

Thôr sprach:
Über den Sund fahr mich …

Edda: Götterlieder

Das Mädchen

Das Mädchen näht Hemden für die Jungen, fast so wie die Königstochter im Märchen, deren Brüder von der bösen Königin in Schwäne verwandelt wurden. Im Märchen wird das Garn für die Hemden aus Brennnesseln gesponnen, die auf dem Friedhof wachsen. An der Schwelle zwischen Leben und Tod, so dachte man. Es gibt eine Bedingung: Nur, wenn sie in der ganzen Zeit, in der sie die Hemden näht, kein Wort spricht, erhalten die Brüder ihre Menschengestalt zurück. Märchen enthalten mehr Wahrheit als die Wirklichkeit, denn sie beste-

hen über alle Zeiten hinweg. In vielen Märchen werden Jungen von Mädchen gerettet, so auch in diesem. Die Hemden, die das Mädchen gemacht hat, hängen auf Bügeln in den Zimmern im oberen Stockwerk. In jedes Hemd muss sie noch eine Münze einnähen. Doch diese Münzen hat sie nicht.

Das Mädchen denkt: Ich habe mir diese Aufgabe nicht ausgesucht. Die Aufgabe hat mich ausgesucht. Sie hatte diese besondere Gabe schon als Kind, die Gabe der Traumseherin, das Gedankenlesen. Und sie sieht Tote. Das liegt in ihrer Familie. Schon die Großmutter des Mädchens hatte diese Gabe, und nun das Mädchen, sogar noch stärker.

Jemand muss diese Arbeit machen, ihnen entgegengehen und sie ein Stück begleiten. Jemand wie dieses Mädchen, das Klagemädchen. Doch hier ist keine Heulsuse gefragt, sondern eine starke Persönlichkeit, die mit den Verstorbenen an der Grenze harte Arbeit leistet. Wenn die Zeit gekommen ist, steht sie am Anleger und verabschiedet die Reisenden. Man nennt sie große Schwester, man nennt sie kleine Schwester, Freundin, Geliebte, Stiefschwester oder Braut. Alles davon kann sie sein – und nichts. Namen sind nur Spiegelungen. So wie die Namen der Jungen Spiegelungen von Namen sind, die ihnen früher einmal gegeben wurden. Diese Namen lassen sie am Ufer zurück, wenn sie ihre Reise fortsetzen. Damit kann man sie später rufen, wenn sie, wie man glaubt, in der Gestalt eines Vogels wiederkehren.

Der Gefangene

Das Mädchen kommt immer wieder zu dem kleinen Bruder ins Zimmer, in dieses Zimmer im oberen Stockwerk, das jetzt zu seinem Zimmer geworden ist. Dort sitzt er in der Ecke, schmollt und starrt mit vorgeschobener Unterlippe an dem Mädchen vorbei, wie es wütende Kinder eben tun. Der Junge reagiert auf die Besuche des Mädchens wie ein politischer Gefangener auf seinen Vernehmungsbeamten. Sobald das Mädchen etwas sagen will, presst er sich die Hände auf die Ohren *lalalala ich hör nicht zu.* Damit will er demonstrieren, dass das Mädchen ein Versprechen nicht gehalten hat. Zuerst versteht das Mädchen nicht, es dauert ein bisschen, bis sie begreift. Der Junge ist zum Hotel gekommen, um die Antwort zu hören. *Ich weiß, wer du bist.* Und es stimmt, das Mädchen weiß, wer der Junge ist. Aber sie kann ihm die Antwort nicht einfach geben. Er muss sie verstehen. Sie ist etwas Besonderes.

Es geht dem Mädchen nicht darum, den Jungen gefangen zu halten. Sie will, dass er zuhört. Es geht um Geld, keine große Summe, nur ein paar Münzen. Doch die sind umso wichtiger. Sie sind die Fahrscheine für die Fähre, die jederzeit am Strand anlegen kann. Und das Mädchen braucht sie.

Jeder Strandjunge hat bei seiner Ankunft am Strand eine Münze bei sich gehabt, die er unter ein bestimmtes Brett auf der Veranda legen sollte. So ist es auch geschehen, aber einer der Jungen hat das Geld dort weggenommen. Der kleine Bruder kann sich das nicht vorstellen, er findet es sogar lächerlich. Wen interessieren schon ein paar schimmlige Münzen, wenn demnächst ein Schiff strandet, mit einem viel größeren, wundersameren Schatz? Das Mädchen sitzt neben dem Jungen auf dem Boden, das Kleid um sich ausgebreitet wie eine riesige Blume. Warum versteht er sie nicht? Sie will ihn nur um einen kleinen Gefallen bitten. Sie möchte, dass die Jungen sich im Hotel versammeln. Der Junge kann ihr dabei helfen, aber es kommt ihm wie Verrat vor, wenn er mitmacht, obwohl sie ihm versichert, es ihm ins Gesicht schreit, dass sie seine Freunde retten kann. Dass sie die Strandjungen vor dem Fluch bewahren kann, ewig umherzuwandern, denn dieses Umherwandern gibt ihnen den Rest, es macht sie zu Schatten, und schließlich ist alles, was von ihnen bleibt, ein ruheloser, kalter Wind, den man bei einem Strandspaziergang spürt.

Aber der kleine Bruder hört nicht zu. Stattdessen summt er trotzig irgendeinen Song. Jungen scheinen keine Melodie zu brauchen, bei ihrer Schlagzeug-Gitarre-Schrammelei kann man nur die Augen verdrehen.

Für das Mädchen jedoch ist Melodie alles. Nichts ist schöner, als in diesen Zimmern an der Grenze zwischen Zeit und

Ewigkeit die Musik zu hören, die aus dem Erdgeschoss heraufto̅nt. Seit seiner Ankunft spielt der große Bruder auf dem Flügel. Schubert. Schumann. Er ließ sein kleines Bündel an der Tür liegen und ging direkt zum Flügel. Überall sind Melodien, denkt das Mädchen, alles hat seine Melodie, das Meer, das Hotel, die Zimmer, die ganze Landschaft, die sich vor den Fenstern öffnet. Auch jeder Junge hat seine eigene Melodie. Manchmal vermischt sie sich mit den Stimmen der Vögel. Die Menschen am Strand haben Angst vor diesen schaurigen Rufen, die aus den Mooren in der Wildnis heraufdringen. Sie erinnern sie an etwas, das ihr Vorstellungsvermögen übersteigt.

Der Junge *lalalala* tut so, als bekäme er nichts von diesen Ammenmärchen mit, die das Mädchen ihm erzählt, aber in Wirklichkeit hört er zu. Zumindest nimmt er irgendwann die Hände von den Ohren und sieht sie trotzig an. »Die haben Angst vor dem Hotel. Die kommen nicht hierher.« Weil das Mädchen nicht reagiert, fährt er fort: »Außerdem wissen wir, dass du unserem Kumpel was angetan hast. Caesar. Der ist hierhergekommen und verschwunden. Ich wette, er liegt hier irgendwo als Skelett rum.« Schließlich hebt der Junge den Kopf und streicht sich die Haare aus dem Gesicht. »Jetzt geht es mir wahrscheinlich genauso. Ich hab dir vertraut. Ich …«

Er spricht seinen Satz nicht zu Ende und gibt nicht preis, was das Mädchen schon länger vermutet. Sie will, dass der Junge es ausspricht. Er soll zugeben, dass er in sie verliebt ist. Obwohl das natürlich nicht sein darf. Genauso, wie das Mädchen sich nicht in diesen Jungen verlieben darf.

»Wer bin ich? Als wir uns das erste Mal getroffen haben, hast du gesagt, du weißt es.«

Darauf kann das Mädchen nicht antworten. Wie gesagt, auf einige Dinge, auf die wichtigsten, muss man selber kommen. Mit einem Mal hebt sie die Hand und streichelt die Wange des Jungen, sie möchte spüren, wie sich seine Haut anfühlt. Erstaunt sieht der Junge sie an, aber er schiebt die Hand des Mädchens nicht weg. Er sieht ihr in die Augen, und sie versteht. Sie beugt sich vor und küsst ihn mit geschlossenen Augen und dann mit offenen Augen, damit sie mehr sehen kann. Einen Moment lang ist es still, ganz still, wenn auch das Meer als fernes Rauschen zu hören ist und die Vögel schreien und kein Haus jemals wirklich still ist. Das dürfte nicht passieren. Das dürfte es zwischen ihnen nicht geben.

»Ich hab eurem Kumpel nichts Schlimmes angetan«, erklärt das Mädchen schnell, »also, Nikolais Kumpel, meine ich. Caesar ist schon aufgebrochen. Ich habe ihn nur zur Fähre gebracht. Dem Jungen ging es gut, als er abfuhr, und er ist jetzt da, wo man eben hingeht.«

»Du hast ihn also nicht zur Hölle geschickt?«

»Da schicke ich niemanden hin. Ich glaube sowieso nicht, dass es so etwas wie die Hölle gibt.«

Der Junge sagt nichts.

»Wieso ärgerst du mich, wenn du mich doch magst?«, fragt er nach einer Weile.

»Ich ärgere dich nicht, ich brauche deine Hilfe, und wir haben nicht ewig Zeit.«

»Aber ich erinnere mich an so wenig. An fast gar nichts. Vergessen ist, als würde man in einem Zimmer das Licht ausmachen und alles würde schwarz-weiß werden. In meinen Erinnerungen ist kein Licht.«

Das Mädchen bringt noch einmal die Münzen zur Sprache.
Die Münzen –
sind Teil eines Märchens, und wie gesagt, Märchen sind wahrhaftiger als die Wirklichkeit, denn in ihnen liegt die Essenz dessen, was sich zu allen Zeiten zwischen Menschen zuträgt.

Das Mädchen legt die Arme um den Jungen. Sie nimmt seine Hand, öffnet die Finger und legt einen Brief hinein. Er ist versiegelt.

»Nimm das mit«, bittet sie ihn. »Du musst nichts weiter tun, als diese Botschaft deinen Freunden vorzulesen. Allen zusammen.«

»Wieso?«

»Einer von euch will nicht gehen, und er will verhindern, dass ihr geht. Er ist schon sehr lange hier und wird alles verderben. Deswegen ist es sehr wichtig, dass er nicht im Voraus davon erfährt. Denn er hat vor, mich zum Sündenbock zu machen.«

»Du meinst, für die kaputten Leuchtfeuer und das Chaos im Camp?«

»Das war ich nicht. Das kann ich beschwören.«

»Also gut, ich nehme die Nachricht mit. Aber ich kann nichts versprechen.«

Gedankenverloren sieht der Junge das Mädchen an, als hätte er etwas vor, und das hat er auch. Das Mädchen kann nicht ahnen, was der Junge plant, manche Dinge bleiben ihr verborgen; Gefühlen kann sie nicht folgen. Der Junge beugt sich vor und küsst das Mädchen, er ist jetzt dran. Sie schlingt schnell die Arme um ihn, und für einen sehr langen Moment umarmen sie sich. Sie erwidert seinen Kuss und kann sich kaum von ihm losreißen. Sie sind die zwei Pole eines Magneten, zwei Kräfte, die einander anziehen. Aber das darf nicht sein. Zwei solche Kinder dürfen sich nicht lieben.

Obwohl der Junge nicht versprochen hat, die Aufgabe zu erfüllen, befreit das Mädchen ihn von der Kugel. Und er nutzt seine Freiheit: Er öffnet ein Fenster im Erdgeschoss, indem er die Sperrholzplatten heraustritt, und springt nach draußen. Ohne sich einmal umzuschauen, geht er davon.

Die Münzen

Vielleicht ist es nicht wahr,
dass ein Mythos den anderen aufhebt.
Und doch mache ich in einer Ecke
des Saumes, wo es unsichtbar ist,
wo du es erben
wirst, diesen winzigen
Stich, meinen ganz persönlichen Zauber.

Margaret Atwood

Der Brief

Durch das Fenster im Erdgeschoss machte ich mich davon. Ich war ziemlich durcheinander von allem, was da vorgefallen war. Die Liebe, die ich gefunden hatte, war davon nicht das Geringste. Liebe: Schon beim Gedanken an das Wort wurde ich rot, es klang dermaßen nach Memme und Weichei. Aber jetzt war ich ja weg. Ich wusste nicht, wie lange ich im Hotel gewesen war. In einem Zimmer mit schweren Vorhängen am Fenster kam man mit den Tageszeiten leicht durcheinander. Vielleicht hatten sich die Minuten nur wie

Stunden angefühlt und die Stunden wie Tage. Ständig hatte das Mädchen mir den Brief hingehalten, den sie in ihrer Mädchenschrift geschrieben hatte, und fast, tatsächlich hatte ich ihr fast versprochen, ihn den anderen vorzulesen. So überzeugend war das Mädchen. »Tu es für mich«, hatte sie gesagt, »obwohl du es vor allem für dich tun solltest.«

Den Inhalt der Botschaft kennt ihr ja. Das Mädchen wollte die Münzen zurück. Sie verdächtigte niemanden konkret, sie gestohlen zu haben, sie bat einfach darum, dass der, der davon wusste, sich bei ihr meldete oder das Geld einfach auf die Veranda legte. Das Wichtigste war, dass sie das Geld zurückbekam. Das wiederholte sie andauernd. Und sie sagte, das Schiffsunglück, auf das die Jungen so dringend warteten, wäre nur Einbildung und Täuschung. Das Einzige, was wirklich kommen würde, war die Fähre. Aber weil die Jungen sich nicht an die Münzen erinnerten, die sie verloren hatten (ich übrigens auch nicht), konnten sie sich nicht vorstellen, wofür sie bestimmt waren. Sie hatten keine Ahnung von der Fähre, die bald kommen würde.

Auf eine gewisse Art und Weise glaubte ich dem Mädchen, denn vieles, was sie sagte, schien plausibel zu sein. Zum Beispiel über die Erinnerung, die immer mehr verblasste. Genau das hatte ich auch erlebt. Die Wochen, bevor ich an den Strand gekommen war, die letzten Jahre, die Zeit ganz allgemein blich aus, bekam Risse, zerfiel und verschwand.

An diesem Strand verblassten die Erinnerungen wie ein T-Shirt nach Dutzenden von Wäschen. Wie ein Graffito im

Regen. Wie die Farben auf einem alten Foto. Plötzlich konnte man sich kaum noch an die ursprünglichen Farben erinnern, an die Einzelheiten. Und was man verloren hatte, vermisste man in der Regel nicht lange. Aus den Augen, aus dem Sinn.

Das Mädchen wünschte, dass ich die Jungen zu einer Besprechung zu ihr brachte. Sie hatte den Tisch gedeckt und würde uns erwarten (dafür waren also all die leeren Teller). Die Jungen könnten in aller Ruhe zu ihr kommen, man könnte die Streitigkeiten begraben, genauso wie das Gerede von der Sirene. Ohnehin war der ganze Kriegszustand nur ein Bluff, den der Verräter in die Welt gesetzt hatte.

Mich beschäftigte allerdings die Frage, woher das Mädchen meine Freunde überhaupt kannte. Was konnte sie von diesen Jungen wissen? Hatte sie etwa mit ihnen zusammen den Strand unsicher gemacht, Feuer angezündet und den Horizont gefeiert? Ich dagegen kannte die Wracks in- und auswendig. Wir waren in diesen Tagen zusammengewachsen, ich konnte mich kaum daran erinnern, dass ich je woanders gewesen war. Ich wusste, wem man vertrauen konnte und wer vielleicht als Münzendieb infrage kam. Das Mädchen verdächtigte übrigens alle. Auch mich. Sie hatte gesagt, dass sie Wladimir vor mir beschützen würde. Warum sollte ich meinem Bruder denn etwas Schlimmes antun? Ich passte doch eher auf, dass ihm nichts passierte. Wenn das Mädchen wirklich Gedanken lesen konnte, wie konnte ihr das entgangen sein?

Das Seltsamste war allerdings die Liebe. Ich liebte das

Mädchen. Und das Mädchen liebte mich. Meine Eifersucht war absolut grundlos gewesen; Wladimir hatte nie zwischen uns gestanden. Die Verbindung, die ich von Anfang an zwischen uns beiden gefühlt hatte, war keine Einbildung. Wir hatten uns gern, und nichts würde uns daran hindern, außer vielleicht ihre unerklärliche Befürchtung, die Liebe zwischen uns sei falsch. (Wie sollte das möglich sein?) In jedem Fall hatte ich die ersten echten Küsse meines Lebens bekommen. Das machte mich so glücklich, dass ich die Unklarheit der ganzen Situation fast vergaß.

Doch nun war ich auf dem Weg zu meinen Leuten. Wie würden sie mich wohl aufnehmen? Als ich draußen stand, fiel mir auch Nikolai wieder ein. Durch die Erlebnisse im Hotel hatte ich ihn völlig vergessen. Fest presste ich die Nachricht in meiner Hand zusammen. Wie würde sich alles entwickeln? Was würde bis zum Ende noch passieren? Zu diesem Zeitpunkt konnte ich mir längst noch nicht vorstellen, wo und in welcher Form mich das Ende erwartete.

Silo 11

34-35-36-37-38-39-40-41-42-43 …

… 74-75-76-77-78-79-80-81-82-83-84-85-86-87-88-89 …

… 101-102-103-104-105-106-107-108-109-110 …

Auf den Felsen

Vor dem glitzernden Meer hob sich eine kleine, dunkle Gestalt ab, und im Rauschen der Wellen erklang Joshuas Stimme. Er baute etwas aus Sand und plapperte dabei vor sich hin. Da er allein war, übernahm er in seinem Spiel alle Rollen, er war der fiese Wolf mit der kratzigen Stimme, er trippelte als Eichhörnchen herum, das vom Wolf verfolgt wurde, er war der schlaue Hase, und als Jäger kam er den anderen zur Hilfe. Am Strand krakeelten also eine ganze Handvoll verschiedener Figuren und gleichzeitig nur ein einziger Junge. »Und dann kommt die Schlange, die Königsschlange«, hörte ich ihn sagen.

In dem Moment, in dem Joshua mich bemerkte, hörte er auf zu spielen. Ich sah, dass er sich freute und gleichzeitig nervös wurde. Mit dramatisch aufeinandergepressten Lippen starrte er mich an; vermutlich hatten die Wracks ihm bei Strafe verboten, auch nur ein Wort mit mir zu sprechen.

»Bist du es?«, brachte er angestrengt zwischen seinen zusammengepressten Zähnen hervor. »Hundertprozentig. Tausendprozentig. Millionen- …«

»Wer denn sonst, du Dummerjan?«, unterbrach ich ihn und piekste ihn freundschaftlich in den Bauch. »Ich bin zurück.«

Der Junge nickte ernst, blieb aber auf Abstand.

»Willst du mich denn nicht begrüßen? Sind wir keine Kumpels mehr?«

Er dachte kurz nach. Dann sah er sich nach allen Seiten um und sprang in meine Arme.

»Ich hab dich vermisst«, murmelte er, »ich hatte Angst, dass du ertrunken bist. Ich hab geweint und geweint und geweint und konnte nicht schlafen. Die haben mich in den Arrest gesteckt, weil die andern auch nicht schlafen konnten. Dann bin ich auf den Wellenbrecher gegangen und hab da geweint.«

»Ich bin doch nicht ertrunken. Guck mal. Mir geht's gut.«

Er ging ein paar Schritte zurück und sah mich skeptisch an.

»Bist du gefährlich?«

»Wer sagt denn so was? Sehe ich etwa gefährlich aus?«

»Du redest vielleicht nett mit mir, aber das kann eine Falle sein. Nimmst du mich auf die Schippe?«

»Natürlich!«, brummte ich und setzte ein übertriebenes Grinsen auf. »Ich lock dich in die Falle und fress dich auf. Vorher zerreiße ich dich noch mit den riesigen Zähnen, die mir inzwischen gewachsen sind, und dann …« Ich brach ab, weil ich zu sehr über sein misstrauisches Gesicht lachen musste. »Natürlich veralbere ich dich nicht, du Dummerjan.«

Tatsächlich machte ich mir trotzdem Sorgen. Was würden die anderen denken, wenn ich vor ihnen auftauchte, ohne den kleinsten Kratzer? Wenn ich ihnen berichtete, dass das Mädchen die Münzen von ihnen haben wollte und gesagt hatte, einer von uns sei ein Verräter? Von irgendwelchen Münzen hatten die Jungen noch nie gesprochen. Es war immer nur um das Schiff gegangen, das kommen sollte und das wir ausrauben würden, und um die unglaubliche Beute, die uns da erwartete. Wenn ich versuchte, sie zum Hotel zu bringen, hielten sie mich dann nicht für den Komplizen des Mädchens? In jedem Fall würden sie vermuten, dass ich der Köder in ihrer Falle war. Meine Stimmung ging in den Keller, als mir klar wurde, wie viele Fallstricke da lauerten.

»Hör mal, Joshua. Hast du schon mal was von Münzen mitbekommen?«

Sein Blick wurde aufmerksam und klar.

»Was für Münzen denn?«

»Na, Münzen halt. Du bist doch länger hier als ich und könntest das wissen.«

»Nein, ich weiß nix von Münzen. Bist du jetzt sauer auf mich?«

»Warum das denn?«

»Also nicht?«

Lächelnd schüttelte ich den Kopf.

»Wie wäre es, wenn wir die anderen suchen gehen. Weißt du, wo sie sind?«

Erst nickte der Junge, schüttelte dann den Kopf und starrte auf den Boden. Noch immer kämpfte er an zwei Fronten. Einerseits wollte er mir glauben, gleichzeitig dachte er an die Warnungen. Vielleicht fiel ihm auch das Märchen von dem Wolf ein, der den Geißlein seine bemehlte Tatze zeigt, um ihnen vorzugaukeln, dass ihre Mutter gekommen ist. Doch eine weiße Tatze macht aus dem Wolf nicht die Mutter. Joshua hob seinen Stock vom Boden auf und ging ernst und wachsam hinter mir her.

Am Camp war niemand von den Wracks zu sehen, und es waren auch keine Stimmen zu hören. Niemand reagierte auf meinen Erkennungspfiff. Joshua drosch mit seinem Stock auf alles ein, was uns entgegenkam, auf Pflanzen und Sachen, die am Strand vor sich hin rosteten. Wir gingen auf dem Pfad in Richtung Wald. Plötzlich rührte sich etwas in meinem Augenwinkel. Als wäre jemand direkt vor uns in den Wald entwischt. Als hätte sich jemand vom Baum fallen lassen und wäre im Gebüsch verschwunden. Zwischen den Bäumen und Sträuchern hörte man es krabbeln, knacken und rascheln.

Joshuas schmale Schultern waren vor Sorge zusammengesunken. »Im Wald ist es nicht gefährlich. Nichts kann uns hier gefährlich werden«, murmelte er vor sich hin, und es klang wie auswendig gelernt. Ich legte den Arm um seine Schultern, damit er sich sicher fühlte. So wäre das also, wenn man einen kleinen Bruder hätte, dachte ich. Andererseits wusste ich, was für ein großer Bruder Wladimir war und dass er mich lieber zu Tode erschreckt hatte, als mich zu beschützen. Aber ich wollte, dass Joshua sich geborgen fühlte.

»Hier ist es nicht gefährlich. Du weißt, der Strand gehört den Wracks.«

Hoffnungsvoll sah der Kleine mich an.

»Und du gehörst auch dazu, genau wie ich, Nikolai und Kap Arkona?«

»Genau wie ihr alle. Wracks bis zum letzten Atemzug«, bestätigte ich und hob die Hand zum Soldatengruß. Darunter allerdings runzelte ich die Stirn. Natürlich war ich auf der Seite der Wracks und mir war das auch klar, aber glaubten die anderen mir noch? Was, wenn sie mich nach den Tagen im Hotel nicht mehr als Mitglied akzeptieren würden?

Je mehr es um uns herum wimmelte, desto unsicherer fühlte ich mich. Als könnte ich meinen Augen nicht trauen. Der Wald war unberechenbar geworden.

»Die wollen sich wohl nicht zeigen«, sagte ich leichthin zu Joshua oder eher zu mir selbst.

Joshua nahm mich an der Hand.

»Das müssten sie aber, denn du gehörst doch zu uns.«

Was sollte man darauf schon erwidern. Ich nickte und schwieg. Joshua umklammerte den Stock, den er auf seiner Schulter trug wie ein Jäger die Schrotflinte. »Ich red mal mit denen und sag ihnen, sie sollen dir glauben.«

»Du bist echt super, Joshua. Weißt du das?«

Der Junge nickte ernsthaft, aber ich war mir nicht sicher, ob er mich verstanden hatte.

»Ein guter Soldat ist ein guter Kamerad«, fuhr ich fort, »und ein guter Kamerad lässt dich nicht im Stich.«

»Genauso einer bin ich. Ich werde der beste Soldat aller Zeiten.«

Das klang stolz, und seine Haltung war aufrecht. Da fiel ihm etwas ein, was seine Miene verdüsterte.

»Medusa ist am meisten gegen dich. Er behauptet, du bist ein Verräter.«

Natürlich. Bestimmt war es Medusa.

»Was sagt Medusa denn noch über mich?«

»Er meint, das Gesetz des Strandes wäre verletzt worden und so was alles. Wenn er redet, hab ich richtig Angst zu atmen, und manche Leute geben ihm Recht. Der Captain ist auch total sauer.«

Ich sah in die Wipfel der Bäume, die hoch oben an den Klippen wuchsen, und dachte über Joshuas Worte nach. Dass Medusa und der Captain sauer waren, klang nicht gut. Doch zwischen den beiden gab es einen großen Unterschied. Mochte der Captain noch so sauer sein, er war dabei trotzdem immer fair. Medusa allerdings konnte einem das Leben zur Hölle machen und noch vieles mehr. Das war mir schon klar geworden, als ich ihn das erste Mal gesehen hatte. Ich kannte ihn von irgendwoher. Mir fiel zwar nicht ein, woher, aber es war garantiert nichts Gutes.

»Medusa sagt, wir müssen das Hotel in Brand stecken.«

»Nanu? Wieso das denn?«

»Eine Hexe kann man nur mit Feuer erledigen. Man kann sie nicht erschießen oder ertränken.«

»Hör mal, Medusa hat Unrecht. Ich kenne dieses Mädchen, und sie ist keine Hexe. Du würdest sie mögen.«

»Bist du etwa auf ihrer Seite? Die Jungs glauben nämlich …«

»Nein, bin ich nicht«, unterbrach ich ihn schnell, »Ich glaub nur nicht, dass das Mädchen eine Hexe ist. Und selbst wenn sie eine wäre, ist es trotzdem schrecklich, Feuer zu legen. Das verstehst du doch, wie furchtbar das ist?«

Joshua nickte ernst vor sich hin. Bestimmt war er leicht zu überreden, auf der einen oder anderen Seite dabei zu sein. Ein bisschen Angst machen mit einer Hexe und schon würde er sich bereit erklären, ihr höchstpersönlich einen Holzpflock ins Herz zu schlagen, so wie man es früher bei Vampiren gemacht hat. Natürlich sah ich beim Gedanken an das Mädchen keine Hexe vor mir. Ich dachte an unseren Moment in dem Zimmer. Durch den Kuss war er besonders kostbar. Aber auch das würden die Jungen für einen Teil ihres Plans halten.

»Hat Nikolai von mir gesprochen?«

»Nikolai sagt gar nichts.«

»Gar nichts?«

»Fast nichts.«

Also hatte Nikolai nichts davon erzählt, was wir zusammen vorgehabt hatten. Andererseits hatte er mich aber auch nicht gegen Medusa und seine Schergen verteidigt. Ich fummelte die Botschaft des Mädchens aus meiner Hosentasche, faltete sie auseinander und las sie zum x-ten Mal. Wenn ich doch nur mit meinem Freund darüber reden könnte. Joshua schaute den Zettel neugierig an, aber er konnte nicht lesen.

Kaum hatte ich an Nikolai gedacht, stand er vor mir auf dem Weg.

Ein Lächeln breitete sich auf meinem Gesicht aus.

»Ich muss mit dir reden«, sagte ich.
»Ich weiß.«
Jetzt würde alles in Ordnung kommen.

Das Mädchen

Das Mädchen sitzt auf der Balkonbrüstung und schaut auf den einsamen Strand hinunter. Die Landschaft ist in Bewegung, das bedeutet, dass hier und da die Jungen unterwegs sind. Sie können nicht einfach nur warten, deshalb erfinden sie eine Beschäftigung, wie dieses Schiffsunglück. Endlose Tage der Leichtigkeit, Fantasieschiffe im Meeresblau, Seitenwege, seltsame Abkürzungen, mit Schätzen beladene Schiffe und Schlachten, die man gewinnen muss. Das Mädchen muss ihnen von der Fähre erzählen. Wenn sie sich nur endlich bereit erklärten, zu ihr zu kommen, könnte sie es tun.

Sie hat ein Hemd auf dem Schoß und bestickt sorgsam den Saum. Warten ist ernsthafte Arbeit. Die Stunden vergehen langsam. Man wird es hören, wenn der Fährmann kommt, man hört es an den Wellen, an den regelmäßigen Ruderschlägen und am Schweigen oder an der Unruhe der Vögel. Die Aufgabe des Mädchens ist es, den Jungen etwas auf die Reise mitzugeben. Deshalb verziert sie die Hemden mit Stickereien vom Leben und vom Tod. Erinnerungen und Erwartungen finden dort ihren Platz. Wieder denkt sie an die Geschichte von den wilden Schwänen, die sich bei Sonnenuntergang am Strand in Jungen verwandeln. Wilde Schwäne im Unterschied zu den Schwänen in den trüben Teichen der Städte. Wilde Vögel im Unterschied zu denen, die trockenes Brot fressen.

Unten sitzt der große Bruder und spielt und spielt. Er verharrt in einem Traum, in den das Mädchen hineinsehen kann. Darin steigt der Junge empor, zum Dach, zum Dach, auf dem ihn die Antwort erwartet. Das Mädchen muss den Jungen vor seinem kleinen Bruder schützen, denn er will seinen Bruder wirklich und wahrhaftig mit in den Strudel reißen, in dessen Auge er selbst steht.

Das Mädchen bestickt die Hemden gleichermaßen mit dem Leben wie dem Tod und dem Leben nach dem Tod. So, wie es auf ägyptischen Grabplatten, auf alten Vasen und an den Wänden in antiken Mausoleen zu sehen ist. Die Motive stammen aus den Träumen der Jungen. Das Hemd, das das Mädchen gerade bearbeitet, verziert sie mit Laufschritten im Wald und auf der Straße, mit Szenen zu Hause und in der Schule, mit den Drachen und Seifenblasen der Kindheit, mit dem Muster feuchter Fahrradreifen auf trockenem Asphalt, mit bespitzelten Nachbarn, mit Missetaten, von denen Eltern und Lehrer nichts wissen, mit Scherben von Tellern, die in der Erde vergraben wurden. Auch der Asphalt mit dem Schatten eines leer stehenden Gebäudes findet seinen Platz.

Und diese Szene stickt sie noch hinein: Wie ein Junge aus reiner Lebensfreude eine Treppe hochrennt und sich nicht darum kümmert, ob es rundherum hässlich, dreckig oder muffig ist. Und den letzten Tanz auf dem Dach, meterhoch über dem Erdboden, die Freude, die schwarzen Vögel und den Asphalt, der unten wartet, die Plötzlichkeit von Ereignissen, die nicht ungeschehen gemacht werden können. Zuerst ist man da und dann – nicht mehr.

Nikolais Vorschlag

Wir rannten hintereinander durch den Wald, schlugen Haken und Kurven, drückten uns auf den Boden und robbten unter pilzbewachsenen Baumstämmen hindurch. Nikolai kannte die besten Wege, um zu verschwinden, und schon bald waren um uns herum keine Bewegungen mehr zu sehen, und der Wald auf den Felsen wurde heller und freundlicher. Lichtflecken entstanden, richtige kleine Lichtungen aus Sonnenstrahlen mit blühenden Pflanzen. Eidechsen sonnten sich auf den warmen Steinen. Insekten brummten. Schmetterlinge flogen uns ins Gesicht. An einem großen, eckigen Felsen kamen wir zum Stehen. Dahinter fiel die Felswand senkrecht ins Meer.

Außer Atem setzte ich mich auf einen Baumstamm. Nikolai kickte Steine den Abhang hinunter.

»Ich bin doch nicht mit dir da reingekommen.«

»Hab ich gemerkt.«

»Was ist da drin passiert? Hast du deinen Bruder gefunden?«

Ich erzählte ihm, was ich erlebt hatte, naja, nicht so ganz alles. Nicht das vom Küssen. Aber das war ja auch meine ganz persönliche Sache. Mein eigenes Ding.

»Das Mädchen hat von Münzen geredet. Weiß du was über irgendwelche Münzen?«

Nikolai schleuderte einen Stein von der Klippe nach unten.

»Glaubst du alles, was das Mädel so von sich gibt? Ich weiß nichts von Münzen.«

»Mitja ist einer von uns. Der glaubt nicht einfach alles, was Weiber erzählen«, sagte Joshua. Bäuchlings lag er im Gras und studierte einen Ameisenpfad, legte Hindernisse darauf und beobachtete, wie schnell die Ameisen drüberkletterten. Aus Stöckchen baute er ihnen eine Brücke, über die sie massenweise marschierten.

»Das Mädchen möchte, dass ich allen einen Brief vorlese. Darüber wollte ich mit dir reden.«

Ich holte die Nachricht heraus. Als Nikolai sie entgegennahm, zog er die Augenbrauen zusammen. Er faltete das Blatt auf seinem Knie auseinander und las zuerst stumm, und als Joshua lange genug gequengelt hatte, noch einmal laut. Nachdem er den Brief ein drittes Mal gelesen hatte, faltete er ihn wieder zusammen und schob ihn zurück in den Umschlag.

»Da geht es um einen Verräter. Was meinst du dazu?«

»Eine ganz schön mutige Behauptung.«

»Aber sie ist überzeugt davon.«

»Und du glaubst ihr das? Gibt es irgendwas, womit sie bei

dir nicht durchkommt? Naja, wir müssen uns das gut überlegen. Du kannst unseren Leuten so was im Moment nicht zeigen, die vertrauen dir nicht. Dass du zurückgekommen bist, gibt ihnen schon genug zu kauen. Ich schlage vor, wir vergraben den Brief und holen ihn raus, wenn es besser passt.«

Der Gedanke schien mir ganz vernünftig. Es stimmte: Meine Rückkehr und der Brief waren wahrscheinlich mehr, als die Jungen auf einmal verkraften konnten. Ich hatte selber schon darüber nachgedacht und war einverstanden.

»Und kein Wort zu niemandem. Nichts von dem Fährmann.«

»Aber …«

»Du kannst ihnen jetzt nicht sagen, dass es kein Schiffsunglück geben wird.«

»Wird es denn eins geben?«

Nikolais Antwort kam nicht sofort, aber sie kam.

»Natürlich.«

Einen Moment lang hockten wir in Gedanken da. Joshua spielte mit den Ameisen. Nikolai schnappte sich eine Libelle aus der Luft und zerdrückte sie in der Faust. Ich sah aufs Meer. Und fragte mich, was Nikolai wohl über das Thema Verrat dachte. Die Diebstähle am Strand waren nichts Besonderes, sondern ganz normal, schließlich waren wir Diebe. Aber das hier war etwas anderes, es richtete sich gegen die eigenen Leute. Es ging um die Fahrscheine meiner Freunde. Wenn man überhaupt daran glaubte, dass es eine Abfahrt geben würde.

»Meinst du, wir machen diese Reise wirklich, von der sie gesprochen hat?«, fragte ich schließlich.

»Klingt das für dich denn realistisch?«

Statt einer Antwort hob ich nur die Schultern. Nikolai wollte, dass ich so dachte wie er: dass das Mädchen es darauf abgesehen hatte, unsere Pläne durcheinanderzubringen. Sie hatte ein Versteck, in dem ein bisschen Geld lag, das war ihr unglaublich wichtig, und dann war es eben abhandengekommen. Die Wracks hatten es auf einen größeren Fang abgesehen, aber das Mädchen glaubte, sie wären an ihrem lächerlichen Geldversteck interessiert.

»Wahrscheinlich wollte sich jemand an ihr rächen. Medusa ist doch schon ewig hinter ihr her. Und nicht nur er. Kann sein, dass einer von den Jungs sauer auf sie geworden ist und sich rächen wollte, darum hat er die Münzen geklaut. Mehr fällt mir dazu nicht ein.«

»Und du?«

»Was – und ich?«

»Bist du auch hinter ihr her?«

»Bestimmt nicht.«

»Ich auch nicht«, verkündete Joshua. Anscheinend hatte er die ganze Zeit zugehört.

Wir vergruben den Brief in der Erde und legten als Zeichen drei Steine darauf. Als wir zurückgingen, fühlte ich mich leichter. Im Wald war jetzt mehr Licht, helle Flecken wechselten sich mit Winkeln ab, die sich vor dem Licht versteckten. Ich fing an zu pfeifen, zuerst wie ein Vogel, dann wurde daraus eine Melodie. Die beiden anderen stimmten ein.

Als wir an den Strand kamen, rief Nikolai den Wracks zu: »Mitja ist zurück!«

Im selben Moment sah ich aus den Augenwinkeln, wie sich plötzlich etwas bewegte, und einer nach dem anderen fielen uns aus den Bäumen die Jungen vor die Füße. Sie sahen mich misstrauisch an, anders als vorher, aber trotzdem neugierig. Ganz offensichtlich waren sie bereit, sich anzuhören, was ich zu erzählen hatte.

Die Lüge

Im Camp erzählte ich noch einmal, was ich im Hotel erlebt hatte. Sobald ich versuchte, Dinge abzukürzen oder zu überspringen, bombardierten mich die anderen mit skeptischen Fragen. Dutzende Augenpaare folgten aufmerksam meinen Bewegungen. Obwohl ich die Wahrheit sagte, kam ich mir wie ein Schwindler vor. *Du weißt nicht, wer sie sind. Du weißt selbst nicht, wer du bist. Weißt du, wer du bist?* Manches ließ ich aus (Knutschen mit Mädchen ist nichts, womit man angibt.) und erzählte stattdessen von dem langen Tisch, der sich vor lauter Essen bog (und unterschlug, dass das Essen nur aus glitschigen Wurzeln bestand). Ich erzählte von meinem Bruder, der in einem Dämmerzustand auf dem Hotelflügel Klavier spielte, beschrieb die Zimmer, das Mädchen (wie schön sie war, betonte ich nicht extra), die tropfenden Kerzen, die langstieligen Gläser und die ausgestopften Vögel. Von einem Diebstahl, Fährmann und einer Einladung ins Hotel erwähnte ich kein Wort. Als ich von den Zimmern im Obergeschoss erzählte, ließ ich auch den Ordner mit den Todesanzeigen aus.

Nikolai stand neben mir und nickte zustimmend. Durch ihn fühlte ich mich mutiger. Wurde jemand gehässig, befahl Nikolai ihm, den Mund zu halten.

»Hört euch an, was er zu berichten hat. Hört ihm zu, Leute.«

Und ich redete, redete, was ich konnte, und sie hörten zu. Kap Arkona war sehr aufmerksam. Ob er wohl merkte, dass ich manches ausgelassen hatte? Nichts deutete darauf hin.

»Warum hast du uns nicht gesagt, was du vorhast?«, wollte er wissen.

Auch Medusa sah mich an, mit einem Gesichtsausdruck, der viel zu verbergen hatte.

»Ich hab vermutet, dass mein Bruder da drin ist, und das stimmte ja auch.«

»Wieso läufst du hinter ihm her? Lass ihn doch gehen.«

»So einfach ist das nicht. Mein Bruder ist …«

»Ach, ist er vielleicht irgendwie beschränkt?«

Ich schüttelte den Kopf, dass die Tannenadeln nur so aus meinen Haaren flogen.

»Nein, er ist sogar eher etwas zu clever für einen Fünfzehnjährigen. Deswegen ist er ein bisschen seltsam drauf. Und er lebt für Filme, oder wenigstens dachte ich das.«

›Seltsam drauf‹ war eine merkwürdige Wortwahl in diesem Zusammenhang. Auch meine Freunde waren nicht wie alle anderen. Jeder von ihnen verlor allmählich seine Erinnerungen, und sie hatten die Verbindung zu ihren Familien abgeschnitten. Nein, ich hatte sie nicht verraten, auch wenn dieser Vorwurf ganz klar im Raum stand.

Die Tatsache, dass ich einiges ausließ und die Münzen und die Verabredung am Hotel erst einmal im Dunklen blieben, machte mich zum Außenseiter. Weiß man mehr als seine Freunde und teilt die Geheimnisse nicht mit ihnen, steht man auf der anderen Seite der Linie. Das, was ich als Einziger wusste, bildete eine Mauer zwischen uns. Ich war nicht mehr derselbe Junge, den die Wracks kennengelernt hatten. Und erst recht war ich nicht mehr der Junge, der am Campingplatz angekommen war. *Und am allerwenigsten war ich der Junge, der in dieser einen Nacht im Mai auf den Silo gestiegen war.*

Widerspruch regte sich, es wurde unruhig. Steine flogen und andere Gegenstände, zum Beispiel ein Schuh. Den nahm ich in die Hand und betrachtete ihn von allen Seiten. »Danke schön. Ich sammle Schuhe.« Als Antwort darauf wurde ich mit einem Regenschirmgerippe beworfen, das aussah wie eine dürre Spinne.

In diesem Moment schaltete sich Nikolai ein.

»Ruhe!«, rief er streng, schon seine Haltung zeigte, dass er vorhatte, den Dingen eine bestimmte Richtung zu geben. Dankbar sah ich ihn an. Er hatte diese Situation vorausgesehen, dafür gab es Extrapunkte. Schon von dem Gedanken, dieser wütenden und misstrauischen Menge den Brief des Mädchens vorzulesen, wurde mir ganz schwindelig.

»Ich erklär euch jetzt mal was. Ich wusste, dass Mitja ins Hotel geht. Ja, es war ein Alleingang, aber hört mal zu, bevor ihr euch aufregt. Zuerst wollte ich selber da reingehen, aber ich bin draußen geblieben, um die Sache im Auge zu behalten. Das hab ich euch nicht erzählt, Leute, weil ich dachte, es würde die Sache gefährden. Das betrifft auch dich, Captain. Dafür kann uns Mitja nun wichtige Informationen darüber liefern, was das Mädel vorhat.«

Auf diese Ansprache folgte allgemeines Murmeln, das Nikolai mit erhobener Hand wieder beendete. Er hatte immer noch genug Autorität, um die Jungen zum Schweigen zu bringen, obwohl der Captain ihn vom zweiten Oberhäuptling zum einfachen Soldaten degradiert hatte. Auch jetzt ließ der Captain ihn reden.

»Wir vermuten doch schon länger, dass das Mädchen sich im Hotel versteckt hält. Und wir wissen, dass sie sich einiges hat einfallen lassen, um uns von unseren Plänen abzuhalten. Der Angriff auf die Boote ist das Schlimmste, was sie bisher gemacht hat. Wir sind immer noch nicht fertig damit, die Schäden zu flicken. Hallo, wer von uns käme auf die Idee, Boote kaputtzumachen? Das ist hundertprozentig gegen das Gesetz des Strandes. Ihr wisst, was das heißt. Das Zerstören eines Bootes ist, wie sich mit einer Flagge den Hintern abzuwischen.«

Mehr als zuvor hing die Menge nun an Nikolais Lippen. Medusa lächelte auf eine besondere Art. Als wäre er uns gefolgt (vielleicht hatte er das ja sogar getan) und würde eine Geschichte kennen, die irgendwie wahrer war als die, die Nikolai da erzählte.

»Aber was machen wir jetzt? Wie können wir das Mädel aus dem Hotel locken und zur Verantwortung ziehen?«, schien sich Nikolai selbst zu fragen, obwohl seine Worte an die aufmerksam lauschende Truppe gerichtet waren.

Irgendwas lief hier falsch, stellte ich fest. Je länger Nikolai redete, desto mehr hatte ich den Eindruck, dass die Dinge eine üble Richtung nahmen. Trotzdem presste ich die Lippen aufeinander und schwieg. Nikolai hatte einen Plan, darauf musste ich mich verlassen. Er lächelte mich an, zum Zeichen, dass wir uns einig waren.

»Also, was war los im Hotel? Zunächst einmal hat sich das Mädel als Hexe herausgestellt, wie wir schon vermutet haben. Diese Hexe hält Mitjas Bruder gefangen und hat ihm sogar irgendwelche Drogen gegeben. Was würdet ihr in so einer Situation machen? Würdet ihr eurem Bruder helfen oder ihn alleine der Hexe überlassen? Hm? Glücklicherweise konnte Mitja aus dem Hotel entkommen. Auch er saß da in der Falle, denn das Mädel hat ihn überrascht und zusammen mit seinem Bruder gefesselt. Heftig, oder? Er hatte eine Eisenkugel ums Fußgelenk, das sieht man immer noch.« Nikolai klopfte mit seinem Stock gegen mein Bein.

»Total mies!« rief das Publikum, verzückt und empört zugleich. Jeder versuchte, einen Blick auf meinen Knöchel zu erhaschen, der tatsächlich an einer Stelle etwas wund gerieben war.

»Genau, total mies«, sagte Nikolai. »Das Mädel hält Mitjas Bruder als Geisel. Er ist ein leichtfertiger Tourist und ihr deswegen leicht in die Falle gegangen. Leichter geht es gar nicht. Die Schnepfe hat ihn mit einer falschen Info in ihre Bruchbude gelockt, und der Rest ist Geschichte.«

»Was denn für eine falsche Info?«

»Irgend so ein Werbeflyer. Da stand, dass man da Zimmer mieten kann. Die Tussi ist echt schlau. Sie hat diese Flyer überall auf dem Campingplatz verteilt. Wahrscheinlich will sie die Leute, die ihr auf den Leim gehen, ausrauben und fertigmachen.«

»Verdammt. Warum sind wir nicht auf so was gekommen?«, dachte einer laut.

»Weil wir mit dem Haus nichts zu tun haben wollen«, sagte der Captain düster.

»Bescheuert.«

»Hammermäßig.«

»Die Frau macht uns Konkurrenz.«

»Ja, schon, aber hört mal weiter zu. Guckt euch diesen Typen hier an. Er ist nicht euer Feind. Mitja gehört zu uns, er hat uns verraten, was das Mädel vorhat. Der wahre Feind sitzt dahinten …«, Nikolai gestikulierte in Richtung des Hotels. »In diesem Schlangennest!«

Schon nach der Hälfte seiner Rede hatte ich versucht, Nikolai zu unterbrechen. »Hör auf. Das ist doch alles Schwachsinn, und das weißt du«, rief ich scharf. »Du quatschst nur dein eigenes Zeug.« Ich versuchte, noch lauter zu sprechen, ich wollte Nikolai übertönen und die wahre Geschichte erzählen, nämlich, dass mein Bruder krank war und alles vergessen hatte, sogar mich. Dass er nicht sprechen konnte. Nikolai ließ es nicht zu. Schließlich meinte er zu wissen, warum mein Bruder freiwillig ins Hotel gegangen war. Genauso, wie er zu wissen glaubte, warum ich mich ihm widersetzte. Er war überzeugt, wir beide wären von dem Mädchen verzaubert worden und könnten nur gerettet werden, indem das Mädchen hinter Schloss und Riegel käme.

»Mann, ich versuch, dich und deinen Bruder zu retten, und du machst alles kaputt«, zischte Nikolai mir zu. »Sei nicht so verdammt undankbar.«

»Aber echt, ich glaub nicht, dass das Mädchen …«

»Halt die Schnauze«, unterbrach mich Nikolai, »wenn du anfängst, den anderen so was zu erzählen, wirst du gelyncht. Du hältst jetzt einfach den Mund und lässt mich machen.«

Zu diesem Zeitpunkt schrien alle wild durcheinander. Durch Nikolais Ansprache war die Stimmung in der Versammlung gekippt. Jeder hatte eine andere Meinung. Im Hintergrund ragte das Hotel auf wie eine bedrohliche Kulisse. Es sah heute besonders düster aus, als würden dort sogar am Tag Gespenster und Dämonen herumspuken.

Da nun alles abschließend geklärt war, löste sich die Versammlung auf. Ich wurde wieder in die Gruppe aufgenommen. »Dumm gelaufen, dass dein Bruder jetzt dem Feind was vorklimpern muss«, trösteten mich einige. Sogar Kap Arkona klopfte mir aufmunternd auf den Rücken.

»Wir sind auf deiner Seite, Mann. Cool, dass du rausgefunden hast, was das Mädel vorhat. Ich hab bisher gedacht, dass wir ohne Beweise kein Recht haben, sie anzugreifen. Sie hat keine Spuren hinterlassen. Aber so – dass sie die Boote kaputtgemacht hat, verstößt gegen das Gesetz des Strandes.«

Nachdem die Menge sich zerstreut hatte, stellte ich Nikolai zur Rede.

»Warum hast du das gesagt? Das hatten wir doch völlig anders abgesprochen.«

»Willst du wissen, warum ich das gesagt hab? Also gut, ich sag es dir. Caesar hat genauso einen Schwachsinn von Fähren und Fährmännern gefaselt, und was ist passiert? Er ist verschwunden. Ich glaub dir, aber ich glaub auch, dass man dich leicht übers Ohr hauen kann. Da bist du genau wie Caesar. Ich meine, weißt du, wie verdammt gefährlich diese Blauäugigkeit ist? Manche sind deswegen schon umgekommen.«

Silo 12

Wladimir fühlt am Knöchel etwas Weiches. Bevor er es unterdrücken kann, entfährt ihm ein Schrei. Diese kleinen pelzigen Viecher mit dem glänzendem Gebiss sind ihm verhasst, vor allem ihr fremder, blanker Blick, von dem man nie weiß, was Versprechen ist und was Drohung. Er fürchtet sich zu Tode vor diesen Tieren, die im Dunkeln nach und nach alles zerfressen. Deshalb muss er schneller rennen. Sich beeilen. Den Gipfel erreichen.

Zwei Stufen auf einmal. Drei Stufen. Hoffen, dass das, was ihn erwartet, schnell vorbei ist –

223-224-225-226-227-228-229-230-231 …
… 275-276-277-278-279-280-281 …
… 301-302-303-304-305 …

Nikolais Familie

Kennt ihr den König namens Sisyphos? Nein? Dann hört zu. Sein Job in der Unterwelt erinnert ein bisschen an das, was wir am Strand machten. Er lebte zu einer Zeit, als der Lauf der Welt noch von einem Haufen Götter gelenkt wurde. Sisyphos wollte aber nichts mit ihnen zu tun haben, nicht im Leben und auch nicht kurz vor dessen Ende. Als eines Tages der Tod kam, um ihn zu holen, sperrte er ihn einfach ein. Die anderen Götter regten sich furchtbar darüber auf und schickten ihn direkt in die Unterwelt. Doch der Mann gab sich nicht geschlagen, sondern führte den Tod noch einmal an der Nase herum und durfte wieder zu den Lebenden nach Hause gehen. Aber lange hielt sein Glück nicht an. Als der Betrug aufflog, wurde Sisyphos dazu verurteilt, einen Felsbrocken auf einen Berggipfel zu rollen. Jedes Mal, wenn er oben ist, rollt der Stein wieder nach unten. Er muss hinterherrennen und – naja, mit allem noch mal von vorne anfangen. Dieser Arbeitsvertrag gilt für die Ewigkeit.

Genauso ging es uns beim Warten auf das Schiffsunglück. Wir bastelten Leuchtfeuer um Leuchtfeuer zusammen, aber von Schiffen keine Spur. Als ich feststellte, dass die Tage einfach vergingen, ohne dass ein Schiffsunglück in Sicht war, fing ich an, mir Gedanken zu machen. Trotzdem versuchte ich, mit vollem Einsatz dabei zu sein. Ich war wütend auf mich selbst, dass ich den anderen überhaupt misstraute. Sie türmten ihre Leuchtfeuer auf und behielten dabei gleichzeitig ununterbrochen das Hotel im Auge. Immer wieder standen sie einzeln, zu zweit oder zu dritt in der Nähe und besprachen, was dem Mädchen blühen würde, wenn sie sie erst in die Finger bekämen. Doch das Hotel gab sein Geheimnis nicht preis. Es war schon merkwürdig: Große Fenster, die früher mal das Sonnenlicht eingefangen hatten, wurden zu einer düsteren Bedrohung, wenn die Besitzer so ein Gebäude sich selbst überließen. Obwohl der wild gewordene Wald mit Leichtigkeit überall durch die Fenster eindrang, machte das Haus einen uneinnehmbaren Eindruck.

»Du bist ganz schön ruhig«, sagte Nikolai zu mir, als ich wieder einmal die Silhouette des Hotels musterte.

Ich musterte ihn mit gerunzelter Stirn.

»Wir müssen ihnen die Botschaft vorlesen.«

Nikolai drehte sich entnervt zu mir um.

»Lass es bleiben.«

»Aber …«

»Du machst dich total zum Idioten, wenn du die Leute in den Bunker lockst, um das Mädchen zu treffen. Sie werden es für eine Falle halten, das weißt du selbst.«

»Das hab ich zum Teil dir zu verdanken«, warf ich bissig ein, »und es stimmt noch nicht mal.«

»Wie – das stimmt nicht? Kannst du das garantieren?« Nikolai schwieg einen Moment und warf mir dann einen listigen Blick zu. »Du warst mit ihr im Bett, oder?«

»Bitte?!«

»Also, warst du? Eine direkte Antwort auf eine direkte Frage.«

»Nicht jeder ist so ein Hurenbock wie du. Ich kann ein Mädchen einfach so treffen und muss nicht mit ihr vögeln. Nein, ich war nicht mit ihr im Bett. Und trotzdem sage ich, sie ist keine Hexe. Ich glaube, dass es hier um etwas ganz anderes geht. Mein Bruder ist wahrscheinlich da drin, weil es mit ihr so verdammt unstressig ist.«

»Unstressig, klar. Alle Sirenen vergreifen sich doch an blauäugigen Trotteln.«

Wir knurrten eine Weile vor uns hin. Schließlich unterbrach ich die Stille mit einer Frage, die mir von Anfang an auf den Nägeln gebrannt hatte.

»Warum bist du von zu Hause weggelaufen?«

»Hab ich gesagt, ich bin weggelaufen?«

»Immerhin wohnst du nicht bei deiner Familie, oder?«

Nikolai beugte sich hinunter und betrachtete etwas auf dem Boden sehr genau, doch ich ließ nicht locker.

»Ich weiß eigentlich gar nichts über euch. Außer über Joshua. Wo seid ihr hergekommen? Wer seid ihr? Wer bist du?«

»Du kannst das ja selber nicht mal beantworten. Wer bist

du, wer bist du?«, äffte Nikolai mich nach. Er hatte einen Gegenstand in die Hand genommen und untersuchte ihn genau. *Irgendein blöder Vogeldreck*, dachte ich ungeduldig. Nikolai hielt es mir hin, aber ich warf nur einen uninteressierten Blick darauf. Er hatte einen Vogel gefunden, einen toten Vogel, nichts von Bedeutung.

»Ich hab bestimmt Fußball gespielt«, sagte Nikolai plötzlich. »Ich bin in die Schule gegangen und war wahrscheinlich in der Achten oder Neunten. Davon weiß ich fast gar nichts mehr, aber ich bin sicher, ich hab Fußball gespielt. Ich kicke immer noch gerne mit Sachen. Sobald jemand was in meine Richtung kickt, bewegt mein Bein sich ganz von selbst, bevor ich es überhaupt merke. Das steckt irgendwie in mir drin.«

»Ja«, nickte ich ernst, auch bei mir war nicht viel übrig. Die frühere Welt wurde allmählich weggespült, so wie die Sandburgen vom Seewasser. Nur der Moment war wichtig. Der Strand. Der Horizont. Das Mädchen. Wichtig war die Erwartung. *Morgen kommt es. Morgen kommt es. Morgen kommt es.* Einen Moment lang werkelten wir still vor uns hin. Dann schlug mir Nikolai mit solcher Wucht auf den Rücken, dass der Balken, den ich gerade angehoben hatte, mir auf den Fuß knallte.

»Was denn jetzt?«, rief ich aufgebracht.

»Ich zeig dir was. Komm mit!«

Das Lager bestand aus mehreren Hauszelten und einem rostigen Volvo. Eine dunkelhaarige Frau rührte in einer

Pfanne mit Gemüse. Als sie sich umdrehte, sah ich die dunklen, breiten Augenbrauen und die schönen, braunen Augen. Wie bei Nikolai. Auch die beiden Jungen, die um das Lager herum mit ihren Rädern übten, hatten Ähnlichkeit mit ihm, und Nikolais Schwester sah aus wie aus Tausendundeiner Nacht. Sie deckte gerade den Tisch, während ein kleiner Junge sich an die Mutter drückte und ihr beim Kochen half. Jedesmal, wenn sie sich nach einem Gewürz umdrehte, warf der Junge kleine Schnipsel ins Feuer. An den Spuren des sesshaften Lebens rund um das Lager konnte man erkennen, dass die Familie schon lange dort lebte. Sie hatten sogar ein Gemüsebeet, also würden sie wohl auch nicht allzu schnell wieder aufbrechen. Gelegentlich legte Nikolais Mutter ihre Hand an die Stirn; das sah aus, als würde sie für einen kurzen Moment irgendwo verschwinden, ehe sie wieder zu ihren Töpfen und Pfannen zurückkehrte. Ich dachte kurz nach, dann fiel es mir wieder ein. Diesen Blick kannte ich. Auch meine Mutter hatte ihn in den letzten Wochen häufig gehabt. Mater Dolorosa, lachte Opa, wenn er Mama so sah. Zum Beispiel, wenn sie besorgt war, weil ich oder Wladimir Fieber hatten oder einer von uns sich den Fuß verstaucht hatte. Mater Dolorosa, leidende Mutter.

Still verfolgten Nikolai und ich, was im Zeltlager vor sich ging. Das war also die Familie, aus der Nikolai ausgerissen war. Schlimm sah sie eigentlich nicht aus. Alle mochten sich. Das konnte man riechen.

»Wollen wir näher herangehen?«

»Nein, lass uns hierbleiben.«

»Die sehen sich ganz schön ähnlich, die Zwillinge.«

»Sie wissen, dass wir hier sind.«

»Warum können wir nicht hingehen? Die verraten uns schon nicht.«

»Nein, lass uns abwarten. Mama und die Kids hauen nach dem Essen ab, und Papa macht Mittagsschlaf.«

Und so war es auch. Die Mutter klemmte sich eine Plastikwanne mit benutztem Geschirr unter den Arm, und als der Vater sich ins Elternzelt zurückzog, enterten wir das Lager. Nikolai wollte mir das Jungenzelt zeigen. Auf dem Boden lagen Bonbonpapiere, Spielkonsolen, Autos und Comichefte. Alles ganz normal also.

»Wir hatten in der Stadt zusammen ein Zimmer«, erzählte Nikolai. »Und beim Zelten hab ich in der Mitte geschlafen. Mama meinte, dadurch würden sie sich nicht so viel streiten. Aber das haben sie trotzdem. Und mich haben sie natürlich mit reingezogen. Beide haben mich im Schlaf getreten, und manchmal sogar mit Absicht.«

Wir sahen uns alles an und schlichen anschließend zurück in die Büsche rund um das Lager. Bald darauf hörte man Stimmen; die Familie war wieder da und hatte entdeckt, dass jemand im Zelt gewesen war.

»Niko war hier«, rief der eine Junge. »Er hat in unserem Zelt alles durcheinandergebracht.«

Wir sahen uns an und schnitten Grimassen, die von Nikolai fiel allerdings eher verhalten aus.

»Überlegt doch mal, was ihr da redet«, seufzte die Mutter und sah ihre Söhne an.

»Aber das ist eine echt nikomäßige Unordnung.«

»Was soll das denn sein?«

»Weißt du nicht mehr? Hast du Niko vergessen?«

»Hört auf, Jungs. Ihr wisst, dass ich mir nichts auf der Welt mehr wünsche, als dass Niko hier bei uns wäre. Aber er ist es nicht. Schiebt also eure Unordnung nicht eurem Bruder in die Schuhe.« Die Mutter wirkte niedergeschlagen, und Nikolais Schwester legte tröstend den Arm um sie, während die Jungen die beiden mit Kiefernzapfen bewarfen. Nikolai hatte die Stirn zusammengezogen, sein Blick war verschlossen. Als hätte drinnen jemand das Licht ausgeknipst.

»Du liebst Niko nicht mehr. Du vermisst ihn nicht mehr.«

»NIKOOOOOO«, riefen die Jungen.

Beide zusammen oder einzeln:

NIKO NIKO NIKOOOOOOOO

immer wieder

und wieder.

Niko

Niko

Niko

Zuerst klangen die hellen Stimmen hoffnungsvoll, mit der Zeit wurden sie trauriger. Schließlich war es nur noch ein weinerliches Gestotter. Zwischendrin versprachen sie immer wieder Sachen wie »Du kriegst meine Playstation« oder »Du darfst ohne Zeitlimit auf meiner Konsole spielen«. Wie kamen die Kinder darauf, so etwas zu sagen? Es war ergreifend. Vielleicht dachte Nikolai dasselbe, denn ich spürte, wie er neben mir zusammenfuhr. Ich stupste ihn mit der Faust in den Oberarm, zur Unterstützung und zum Trost.

»Die tun mir ein bisschen leid«, sagte Nikolai leise, als wir uns kurz darauf auf den Rückweg zum Camp machten. Die Stimmen der Jungen wurden leiser und verschwanden bald ganz.

»Das war wohl meine Schuld. Das wollte ich nicht.«

Nikolai drehte sich um und zeigte mit dem Zeigefinger auf mich wie mit einer Pistole. Beim Abfeuern der Waffe zuckte ihr Lauf nach oben und er tat so, als brächte die Wucht des Schusses ihn zum Schwanken. Zum Abschluss blies er in die rauchende Mündung.

»Lass gut sein. Vergiss es.«

Ich ließ es auf sich beruhen. Nun wusste ich etwas mehr und gleichzeitig weniger. Bestanden meine Erinnerungen auch dann noch, wenn sie aus meinem Kopf verschwunden waren? Bewahrte jemand anders sie für mich auf, indem er immer wieder daran dachte? Was ist wichtiger: das, woran wir uns erinnern, oder das, woran wir uns nicht mehr erinnern? Nikolai hatte sein Gesicht von mir abgewandt, aber ich sah in seinen Wimpern gerade noch etwas Feuchtes glitzern, und das waren nicht die Wassertropfen, die das Meer auf die Felsen geschleudert hatte.

Das Mädchen

Zwischen den Bäumen hindurch kann das Mädchen den Strand sehen, wo das Hüttendorf aus dem Boden gewachsen ist und wo der Sand in der Hitze wogt. Weil die Jungen sie nun ernsthaft hassen, geht das Mädchen nicht mehr aus dem Haus. Sie will nicht auf den Felsen mit ihnen zusammentreffen. Nicht aus Angst, wie sie sich selbst versichert. Aber gleichzeitig ist ihr bewusst, dass sie sich sehr wohl fürchtet. Denn die Jungen sind wie ein Sog, der alles durch die Luft wirbelt, Sand und Gefühle, Jahre und Tage, Erwartungen und Enttäuschungen, Liebe und Streit, erste und letzte Schultage. Die Spirale entsteht aus allem, was verschwindet, sie wirbelt jeden, der nahe genug ist, in die Luft und reißt ihn mit sich fort.

Das Mädchen hat eine Aufgabe.

Ein ganz gewöhnliches Mädchen kann eine solche Aufgabe bekommen. Die letzte Aufgabe.

Das Mädchen an der Grenze zu sein, als Sirene verschrien, aber trotzdem diejenige, die bis zuletzt dasteht und winkt. Gute Reise.

Die Aufgabe ist nicht dankbar, nein, das ist sie sicher nicht.

Das letzte Hemd ist noch in Arbeit, das kleinste für einen Sechsjährigen, nur ein bisschen Stoff. Aus Resten entstehen die Ärmel, das Rückenteil aus einem etwas größeren Stück. Wenn sie fertig ist, kommen alle Hemden auf den Dachboden, auf die Leine dort. Sie warten.

Einer der Jungen will auch diesmal nicht mitkommen, und genauso wenig will er, dass einer von den anderen mitfährt. Er selbst ist schon lange hier. Sie scheinen ihre Kämpfe immer weiter fortzusetzen, aber so sei es. Auch das gehört zu dieser seltsamen Aufgabe, die dieses gewöhnliche Mädchen bekommen hat.

Obwohl sie die Gabe hat, Gedanken zu lesen, ist ihre Macht auf dieses, ihr eigenes, Reich beschränkt. Gefühle kann sie nicht lesen. Gefühle sind keine Worte, selbst wenn die Worte auf ihnen dahinschweben.

Wenn sie es schafft, die Jungen hierher zu bekommen …
Falls sie es schafft …

Die Falle

Schon als ich mit Nikolai über die Anhöhe zum Camp rannte, hörten wir das Dröhnen der Trommel. Es drang in die Erde, die Steine, die Bäume; es dröhnte wie eine Urkraft durch die Beine bis in den Bauch. BUM BUM BUM BUM BUM, immer weiter. Ich verstand sofort, dass etwas passiert war, das das ganze Camp in Bewegung gesetzt hatte, und lief schneller, Nikolai hinter mir. Über meine Schulter warf ich ihm einen Blick zu und fragte mich, warum er immer noch so verschlossen aussah. Anscheinend hatte er sich noch nicht davon erholt, dass seine Familie so leiden musste.

Wir hatten fast den Strand erreicht, da stürzte Joshua uns erleichtert in die Arme.

»Es geht los! Kommt! Schnell!«, keuchte er. Dabei stützte er sich auf die Knie wie ein erwachsener Marathonläufer. »Wir müssen los. Sofort.«

Ich packte seine schmalen Schultern und schüttelte ihn. »Beruhige dich, Kumpel. Was ist passiert?«, fragte ich. Wahrscheinlich schüttelte ich ihn zu stark, denn er riss sich los und ging ein paar Schritte zurück.

»Das Mädchen wird ausgeräuchert«, japste er.

»Wie – ausgeräuchert? Was meinst du?«

Ich sah zu Nikolai, sein Gesicht war immer noch wie verriegelt.

»Wir holen das Mädchen aus ihrem Nest, und wenn sie nicht freiwillig rauskommt, verbrennen wir sie bei lebendigem Leib.«

»Unsinn. Du redest Unsinn.« Verzweifelt versuchte ich, ruhig zu atmen, aber ich schaffte es nicht. Durch meinen Körper wehte ein kalter Wind. War noch Zeit? Zeit genug?

»Die haben rausgefunden, dass das Mädchen uns eine Falle stellen wollte. Die wissen das mit dem Brief.«

»Es gibt keine Falle. Du hast den Brief gelesen. Du weißt, was drinstand.«

»Ich kann nicht lesen.«

»Jetzt beiß dich nicht an Kleinigkeiten fest. Wir haben ihn dir vorgelesen.«

Joshua hob die Schultern und schaute dauernd nach hinten in die Richtung, aus der das Trommeln kam. In meinem Kopf purzelten Dutzende von Fragen übereinander. Wie waren die Wracks an den Brief gekommen? Wo war das Mädchen jetzt? Hatten sie ihr etwas angetan? Andererseits hatte das Mädchen in der Nachricht ganz klar von einem Verräter gesprochen, vielleicht war es ja gut, dass die Wracks jetzt Bescheid wussten. Das Mädchen hatte sich allerdings gewünscht, dass ich beim Vorlesen des Briefs dabei war; genauer, sie wollte, dass ich ihn allen zusammen vorlas, damit es nicht zu Missverständnissen und falschen Schlussfolgerungen kam.

»Gib es zu, Joshua. Du hast ihnen den Brief gegeben.«

Der Junge schüttelte den Kopf, die Unterlippe zwischen den Zähnen. Er blickte an mir vorbei zu Nikolai, der ihm zunickte und zu sprechen begann.

»Das Mädchen wollte uns eine Falle stellen. Sie wollte uns in ihr Haus locken, aber dank dir haben wir ihren Plan durchschaut. Wie es bei Mädchen so ist: Sie hat uns unterschätzt. Zum Glück hast du mir den Brief gezeigt. Ich sagte dir ja, das Mädchen benutzt dich als Lockvogel.«

»Nikolai?«, war alles, was ich herausbrachte, als die Puzzlestücke in meinem Kopf sich langsam zusammensetzten. Dass Nikolai mir plötzlich seine Familie zeigen wollte, war nur ein Trick gewesen, um mich aus dem Dorf zu schaffen, damit die Jungen mit ihrem Sturm auf das Hotel anfangen konnten. Dafür hatte er das Mittel benutzt, das ich ihm in die Hand gegeben hatte: Ich hatte nach seiner Familie gefragt, ich hatte die Antwort bekommen.

»Hast du ihnen den Brief gegeben?«, fragte ich Nikolai, obwohl ich die Antwort schon wusste. Doch es war letztlich nicht nur die, die ich erwartete, sondern eine schlimmere. Eine viel schlimmere. Nikolai hatte nicht nur den Brief an den falschen Stellen mit falscher Betonung vorgelesen, er hatte zudem völlig unterschlagen, was wirklich drinstand. Er hatte die Nachricht in seinem eigenen Sinne gefälscht. Ich fühlte mich, als würde ich mit eiskaltem Wasser vollgegossen. Meine Glieder wurden schwer, meine Gedanken vereisten, meine Lippen wurden steif, es war fast unmöglich, damit Worte zu bilden.

»Du wolltest von Anfang an nicht, dass ich den Brief vorlese?«

»Das hätte nur Missverständnisse und eine Riesenhektik gegeben. Wir wollten dem Mädel doch zuvorkommen. Du musst verstehen, dass du nicht die einzige Variable in diesem Spiel bist. Viele Jungen sind dem Mädchen auf den Leim gegangen. Sie wagen einen Alleingang in der Hoffnung, auf diese Weise ein Spielzeug für eine Nacht ins Bett zu kriegen. Wenn nicht du, hätte sich irgendein anderer abgesetzt, während wir hier weiter auf den besten Zeitpunkt warten. Mark Antonio, Romeo, Medusa, alles total unberechenbare Typen, ja, eine echt komplizierte Situation.«

»Was haben sie zum Fährmann gesagt?«

»Davon hab ich ihnen nichts erzählt; ich hab mich auf das Wesentliche beschränkt.«

»Verdammt noch mal, du hast alles Wesentliche weggelassen!«

»Ich habe mich im Sinne des Allgemeinwohls verhalten.«

Je länger ich Nikolai zuhörte, desto mehr breitete sich das Gift in meinem Körper aus. Durch meine nackten Fußsohlen fühlte ich deutlich jeden rauen Stein, alle Wurzeln und Nadeln. Ich konnte einfach nicht glauben, was ich da hörte, noch nicht, aber es wurde Gewissheit. Als das Gift schließlich anfing zu wirken, zitterte ich am ganzen Körper wie im Fieber.

Joshua zerrte an meiner Hand.

»Los, komm. Die Jungs schneiden dem Mädchen die Haare ab.«

»Was zum Henk…?«

»Sie rasieren ihr den Kopf kahl.«

»Die können ihr doch nicht die Haare abschneiden!«

Doch der Junge nickte bedeutungsschwer.

»Sie säbeln sie mit dem Taschenmesser ab.«

Meine Nervosität stieg, ich kaute hektisch auf meiner Unterlippe. Worauf sollte ich noch warten, ich wusste genug: Nikolai hatte mich verraten. Aus gutem Grund hatte das Mädchen mich gewarnt, mir verboten, es jemandem anzuvertrauen, aber ich hatte mich nicht daran gehalten – das hatte ich nun davon. Ich ließ die beiden stehen und rannte zum Strand.

»Warte«, rief Nikolai mir nach.

Ich kümmerte mich nicht darum.

Die Hütten der Wracks zeichneten sich als schwarze Silhouetten vor dem dunklen Meer ab; die Trommeln ertönten jetzt weiter weg im Garten des Hotels. Im roten Glühen der Fackeln sahen die Bäume rund um den Garten aus wie schwarze Gitterstäbe. Sie schnitten das Hotel vom Meer ab, sodass es mitten in einem brennenden Käfig zu stehen schien. Beim Näherkommen konnte ich zwischen den Wracks hindurch die Veranda erkennen. Dort stand das Mädchen in der geöffneten Tür und hatte noch nicht durchschaut, was für ein Besuch das war. Das schloss ich jedenfalls aus ihrem erwartungsvollen Gesicht. Sie hatte die Tür weit geöffnet, hinter ihr stand Wladimir. Als ich einen Blick auf die Gesichter um mich herum warf, zuckte ich zusammen, denn was ich sah, war blanker Hass. Die Belagerer sahen aus wie Kreaturen auf einem Bild der Hölle. Sie schnitten Grimassen, und im Licht der Fackeln wirkten die Gesichter umso verzerrter. Alles um mich herum flüsterte, zischte und fauchte, und mir stellten sich die Nackenhaare auf. Im Stimmengewirr hörte ich immer wieder Wörter wie Strafe, Scheiterhaufen, Tod.

Mit einem halb fertigen Rettungsplan im Kopf zwängte ich mich durch die teuflische Menge. Ich würde auf die Veranda stürmen, das Mädchen ins Haus drängen und von innen die Tür schließen.

Im Haus hatte sie Macht, drinnen war sie sicher. Jedenfalls sicherer als draußen. Die Jungen würden sich nicht ins Haus trauen, nicht mal in der Gruppe.

»Herzlich willkommen«, vernahm ich die Stimme des Mädchens. »Habt ihr die Münzen dabei?«

Niemand antwortete, das Flüstern war verstummt, und die Trommeln waren still. Nur noch das Knistern der Fackeln, die Wellen und das Mädchen waren zu hören. Die Jungen wussten nichts von den Münzen, denn Nikolai hatte ihnen nichts davon erzählt, genauso wenig wie von der Reise, auf die wir gehen sollten. Und er hatte verschwiegen, dass das Mädchen ihnen beweisen wollte, dass sie nicht schuld an den Schäden im Camp war. Die Stille wartete geradezu darauf, dass einer seine Fackel fallen ließ und das Feuer sich ausbreiten konnte. Es brauchte nur einen Funken, einen einzigen Funken, dachte ich, wie bei Benzin, und alles würde uns um die Ohren fliegen.

»Ich weiß, was euch passiert ist«, versuchte das Mädchen einen neuen Vorstoß. »Ihr habt euch verlaufen, und nun seid ihr hier am Strand. Aber keine Sorge, ich kann euch helfen. Dazu brauche ich nur die Münzen.«

»Vielen Dank auch, heilige Jungfrau. Wir brauchen deine Hilfe nicht«, rief Nikolai in diesem Moment.

Er war hinter mir her zum Strand gelaufen, stand jetzt aber auf der anderen Seite der Gruppe. Mit erhobener Hand bedeutete er, dass er etwas sagen wollte.

»Hört nicht auf die Frau, Leute! Das ist die reinste Gehirnwäsche«, sagte er und wandte sich dann direkt an das Mädchen. »Hör mal zu, Mädel, wer immer du bist, du kannst aufhören mit deiner Vorstellung. Wir haben nichts übrig für Theater.«

»Niko«, sprach das Mädchen ihn an. »Niko, du.«

Niko. Niko. Sie kannte Nikolai, also Niko. (Hatte ich den Namen nicht kurz vorher noch irgendwo gehört?) Ich zählte eins und eins zusammen und begriff, dass dieses Schauspiel Nikolais Abrechnung war, wofür auch immer. Das also hatte er gemeint, wobei er allerdings die Rachsucht anderen untergeschoben hatte. Nun war mir klar, wem außer Globe Star, Romeo und Mark Antonio das Mädchen noch das Herz gebrochen hatte. Mühsam drängelte ich mich weiter durch die Menge, doch sie fing an, sich zu bewegen, und ich steckte wieder fest. Die Fackeln malten Bögen in die Dunkelheit, Funken sprühten, und ich musste kämpfen, um mich auf den Beinen zu halten. Plötzlich bekam ich einen heftigen Schlag in die Magengrube, der mir die Luft aus der Lunge drückte. Ich krümmte mich vor Schmerzen zusammen, konnte meinen Platz nicht verteidigen und fand mich auf einmal in der letzte Reihe wieder. Gleichzeitig hörte ich Nikolai sagen, alles, was er über das Mädchen wusste, hätte er von mir erfahren. Natürlich musste sie nun denken, ich hätte sie von vorne bis hinten verraten. Ich versuchte, nach oben zu klettern und arbeitete mich auf den Schultern der Jungen nach vorne. Aus irgendeinem Grund dachte ich, wenn das Mädchen mich erblickte, wüsste sie, dass ich unschuldig war und ihr helfen wollte. Und bald sah ich sie, wie sie verwirrt in die Menge schaute, aber nach Schuldigen suchte sie anscheinend nicht. Sie flehte nicht um Gnade und verurteilte niemanden. War das Traurigkeit in ihren Augen? Und noch etwas, Angst? Nein, Angst eher nicht, sondern etwas anderes. Vielleicht wusste sie schon, welches Schicksal unvermeidlich vor ihr lag.

»Von welchen Münzen spricht das Mädchen? Hat uns jemand Münzen gestohlen?«, unterbrach der Captain die Unterredung.

»Ja!«, tönte es wie aus einem Mund.

»Wir wollen endlich wissen, was in diesem Brief steht«, forderte der Captain. »Sonst können wir kein Urteil fällen. Wir brauchen Beweise.«

Also holte Nikolai den Zettel aus der Tasche, öffnete ihn und las ihn den ungeduldigen Zuhörern vor. Doch es war nicht der Brief, den das Mädchen mir mitgegeben hatte. Er verlas eine völlig andere Nachricht als die, die ich ihm gezeigt und anschließend vergraben hatte.

»Das Mädchen will uns drohen«, begann Nikolai und fing an zu lesen.

Ich gebe euch die Kurzform dessen, was angeblich in diesem Brief stand, wieder: Das Mädchen legte den Wracks nahe, den Strand sofort zu verlassen, weil Baumaschinen im Anmarsch seien, um die illegale Bebauung am Strand abzureißen. Der Abfall würde mit einer Müllfähre abgefahren und der Strand zu einem neuen Feriengebiet aufgemotzt werden. Im nächsten Sommer sollte an dieser Stelle ein exklusiver FKK-Strand eröffnet werden und oben auf den Felsen ein Naturerlebnispfad für Kinder. Alle Wracks, die man noch vorfand, würden dem Jugendamt übergeben und bekämen ein neues Zuhause in irgendwelchen idiotischen Familien und müssten zur Schule gehen. Wir würden uns nie mehr wiedersehen. Aber diese eine Chance zur Flucht hätten wir jetzt noch. Das Mädchen würde sie uns aus purer Freundlichkeit verraten, darum hatte sie den Brief geschrieben und uns gewarnt.

»Springt in eure Boote und haut ab«, schloss Nikolai und blickte bedeutungsvoll ins Publikum.

Umgehend fing die Menge an, wütend durcheinanderzuschreien, und einen Moment lang fürchtete ich, der Strand würde Feuer fangen.

»Das stimmt alles nicht«, schrie ich über den Lärm hinweg, aber natürlich hörte niemand hin.

Auch der Captain wollte sich Gehör verschaffen, was ihm bald gelang, denn er schlug so kräftig auf eine Trommel, dass allen eine Zeit lang die Ohren klangen.

»Das Mädchen hat das Gesetz des Strandes verletzt«, verkündete er. »Wir müssen etwas unternehmen. Wir nehmen sie gefangen und bringen sie ins Dorf. Dort machen wir ihr den Prozess, wie es das Gesetz des Strandes verlangt.«

Dass er an nichts als sein idiotisches Gesetz denken konnte! Als Nächstes gab er Medusa ein Zeichen, und der kam sofort in Fahrt. Bestimmt hatte er nur auf diese Gelegenheit gewartet, endlich könnte er jemanden herumschubsen, schlagen, verhöhnen und demütigen. Als mir das klar wurde und ich den gierigen Ausdruck in seinem Gesicht sah, löste ich mich aus meiner Erstarrung und rannte die paar letzten hoffnungslosen Meter zur Veranda. Ich erreichte das Mädchen zur gleichen Zeit wie das Lasso, das Medusa nach ihr warf. Sie war gefangen, die Arme fest an die Seiten gepresst. Mir blieb keine Chance mehr, etwas zu sagen, denn Medusa zerrte sie zu sich herüber, dann stapfte er los und schleifte sie hinter sich her. Obwohl das Mädchen sich nach Kräften wehrte und die Fersen in den Boden stemmte, half es nichts. Medusa war größer, und er hasste sie aus ganzem Herzen. Oder er liebte sie – und das war bei einem Jungen wie ihm ein und dasselbe.

Das Trommeln hatte wieder eingesetzt und die Jungen bewegten sich in einer breiten Front auf den Strand zu. Ich hatte dem Mädchen nicht helfen können. Hätte ich den Jungen ihren Brief vorgelesen, hätte ich mir zugutehalten können, dass ich wenigstens ihre Bitte erfüllt hatte. BUM BUM BUM BUM BUM, schlug die Trommel, und wie ein Hammer rammte jeder Schlag den Nagel der Schuld tiefer in mich hinein.

Silo 13

Einige Tage nach dem Unfall hockt Wladimir auf dem Boden und blättert in den Fotos, die die Eltern von ihm und Mitja gemacht haben. Sie liegen in einem Schuhkarton, in der Erwartung, dass jemand sie irgendwann in ein Album klebt. Aber dieser Tag wird nicht kommen. Stattdessen wird der Karton immer voller, weil sich dort außer den Bildern noch andere Sachen ansammeln. Unter anderem ungelenk gebastelte Muttertagskarten von Mitja und ordentliche von Wladimir.

Auf fast allen Fotos in dem Karton sind die Brüder gemeinsam zu sehen. Auf einem Bild haben beide einen Sonnenbrand, wahrscheinlich weil die Sonnencreme versagt hat. Auf einem anderen sind sie auf dem Jahrmarkt und essen Zuckerwatte. Noch ein Bild mit einem Jahrmarkt, aber es ist ein anderer, und sie essen keine Zuckerwatte, sondern Eis und Lakritzschlangen. Danach kommt ein Haufen Weihnachtsfotos. Mitja macht Hasenohren hinter Mamas Kopf. Wladimir ist entweder ernst oder er lächelt, das allerdings nur auf Befehl. Er ist nicht gefügig, aber indem er tut, was die anderen von ihm erwarten, gewinnt er Zeit, wie auf diesem Bild, auf dem er mit seinen Gedanken ganz weit weg ist, auf jeden Fall woanders als die anderen.

Auf etlichen Bildern macht Mitja Grimassen, schielt oder zieht ein extra dummes Gesicht. Manche sind rot und unscharf, weil sie bei schlechtem Licht aufgenommen wurden, zum Beispiel ohne Blitz am Lagerfeuer, damit er nicht die Stimmung verdirbt. Es gibt noch andere Bilder. Picknicks und Geburtstage. Auf den meisten Bildern wird gegessen. Lollis, Kuchen, große bunte Eisbecher, Lakritzschnecken, Steaks.

Wladimir dreht die Bilder um und notiert darauf, was ihm dazu noch einfällt.

Das ist nicht viel.

Nachdenklich öffnet er den Klavierdeckel. Setzt sich. Wie kann es sein, dass er sich an so wenig erinnert?

Der Prozess

Den folgenden Prozess hätte man genauso gut Theater nennen können. Ort der Handlung war der Strand im Mondschein, Protagonisten waren eine Horde Jungen und ein einzelnes Mädchen. Das Publikum bildeten die Wellen, die an den Strand rollten, zusammen mit Eulen und Fledermäusen, die im Dunkel nach Beute jagten. Für die Touristen musste es schlicht wirken wie tiefschwarze Nacht, so wie der Strand im Zwielicht dalag, ich dagegen konnte hervorragend sehen. Je mehr meine Erinnerungen sich verflüchtigten, umso schärfer war mein Sehsinn und umso sensibler mein Gehör geworden. Im absoluten Zentrum des Geschehens stand das Mädchen, das die Jungen hierhergeschleppt hatten. Endlich hatte man den langersehnten Anlass gefunden, das Urteil über sie zu fällen. Ein solcher Anlass findet sich zu guter Letzt immer.

Als das Mädchen hinter Medusa herstolperte, tat sie mir so leid, dass grenzenlose, würgende Wut in mir aufstieg. Jetzt, wo er das Mädchen quälen konnte, war Medusa zum ersten Mal von einer Sache richtig begeistert. Auch die anderen Jungen piesackten das Mädchen triumphierend mit ihren Stöcken, wie Toreros einen Stier in der Stierkampfarena. Endlich kam Leben in die Bude. Die Horde hatte eine Gefangene, die sie zum Strand bringen würde, und nichts konnte sie aufhalten. Einmal fiel das Mädchen hin und verschwand aus meinem Blickfeld; sofort stürzten sich die Jungen auf sie. Als sie sie wieder auf die Beine zerrten, war ihr Gesicht ganz verdreckt, soviel konnte ich zwischen den anderen Gesichtern und den herumwirbelnden Armen erkennen. Ihre Nase blutete, ihre Haare waren stumpf geworden und hingen ihr in verklebten Strähnen über die Wangen, die genauso blutverschmiert waren wie ihr Kleid.

Die Schatten am Strand.

Die Schatten am Himmel.

Die Schatten im Wasser.

Als wir am Strand ankamen, ergriff der Captain das Wort.

»Das Meer bestimmt unser Glück und Unglück«, begann er feierlich. »Einer Sache müssen wir uns verschreiben, und unsere Sache ist das Meer, denn wir sind hier am Strand. Auf das Meer hören wir, und das Meer belohnt uns am Ende, indem es uns etwas an den Strand schickt. Dem Meer haben wir zu danken für all das Treibgut.«

Hier und da ertönten beifällige Rufe. Der Captain sprach so eindrucksvoll über das Meer und den Meereskult der Wracks, dass jeder sich mit einem Mal als Held fühlte, auch wenn die Wracks eigentlich nicht von Heldentum träumen durften. Der Captain selbst schien größer zu sein und seine Schultern wirkten breiter als vorher. Zum ersten Mal durfte er wirklich Recht sprechen. Doch er würde schon bald merken, dass sein Gesetz eine ziemlich dürftige Grundlage dafür bildete.

»Ist das Meer zufrieden, lässt es Stürme entstehen und Schiffe für uns sinken. Das Meer ist unser Freund. Wir erwarten für unsere Treue nichts weiter als Wind und Wellen, Wellen und Wind.«

Wieder pfiff und johlte die Menge, Bewegung kam hinein. Solche langen Reden waren anstrengend für die rastlosen Jungen, die am liebsten sofort zur Hauptsache kommen wollten – zum Urteil.

»Dieses Mädchen nun, das hier umherschleicht, hat den Vertrag gebrochen, also müssen wir entscheiden, was wir mit ihr machen. Normalerweise setzen wir Verbrecher auf den Felsen aus, damit die Flut sie fortträgt. Bisher sind alle Verurteilten trotz der Strömung zurück an Land geschwommen, darum wäre das nicht allzu schlimm. Was meint ihr, Leute? Sollen wir das Mädel auf den Felsen bringen und das Meer über ihr Schicksal entscheiden lassen?«

Ehe jemand antworten konnte, erhob Medusa, der bisher nichts gesagt hatte, die Stimme.

»Die Frage ist unsinnig. Falls das Mädchen Boote zerstört und versucht hat, uns in die Falle zu locken, wie Nikolai sagt, haben wir nach dem Gesetz keine andere Wahl, als sie zu verurteilen. Aber – und das ist das Problem – der Felsen kommt als Strafe nicht infrage. Das Wasser ist nur die Strafe für unsere eigenen Leute.«

»Das Gesetz des Strandes legt sich nicht auf eine bestimmte Methode fest. Was schlägst du vor?«

»Wir verbrennen sie.«

»Was?!«

»Wir machen aus ihr ein hübsches Lagerfeuer, sie kommt auf den Scheiterhaufen.«

Den Scheiterhaufen? Hatte ich mich verhört? Anscheinend fragten sich das auch die anderen, denn viele sahen sich ratlos um, als würden sie die Antwort bei ihren Freunden suchen. Nikolai neben mir war ruhig. Hatte er das vorausgesehen? Ich jedenfalls nicht. Todesurteile sind doch so was von überholt, von Scheiterhaufen ganz zu schweigen. Wahrscheinlich machte Medusa einen Scherz; gleich würde er lachen und April, April rufen. Aber Medusa machte nie Scherze, Humor war überhaupt nicht sein Ding. Manche der Jungen hatten mir anfangs mit Denkzetteln gedroht, aber später hatte ich gemerkt, dass das wirklich nur Spaß war.

Jetzt lachte niemand. Oder redete von Späßen.

»Also, den Felsen müssen wir auf jeden Fall vergessen«, fuhr Medusa fort. »Wir könnten sie auch aufhängen oder in den alten Keller sperren, aber ich bin für den Scheiterhaufen.« Besitzergreifend hatte er den Arm um das Mädchen geschlungen, als wäre er ihr Liebhaber, und es war schwer vorstellbar, dass er vorhatte, sie zu töten. Er strahlte vor Überlegenheit. Vor allem mir wollte er deutlich machen, dass das Mädchen ihm gehörte – und zwar im Leben wie im Tod.

Erwartungsvoll blickten die Jungen zwischen dem Captain und Medusa hin und her. Sie warteten auf eine Lösung, und sie wollten wissen, wer sie präsentieren würde. Der Captain sah nicht aus, als hätte er eine parat. Das Gesetz gab in diesem Fall keine eindeutige Antwort vor, und deshalb wurde er unsicher. Natürlich wusste er, dass er dafür verantwortlich war, das Gesetz des Strandes umzusetzen, aber es ging zunächst darum, das Gesetz richtig auszulegen. Der Felsen also nicht. Warum hatte er diese Einschränkung vorher nicht beachtet? Vielleicht, weil ihnen noch nie ein Außenstehender in die Hände gefallen war. Aber, ein Todesurteil …? Waren sie denn Mörder? Nein! Nur Medusa schien anderer Meinung zu sein. Der Captain sah seinen ranghöchsten Gefolgsmann mit gerunzelter Stirn an.

»Naja, das Mädel hat Außenstehende an den Strand gelockt«, brachte er schließlich zögernd hervor, »und sie hat Boote aufgeschlitzt. Damit hat sie wohl tatsächlich gegen das Gesetz des Strandes verstoßen. Was meint ihr, Leute? Sagt was. Wollen wir sie zum Tod verurteilen?«

»Lass sie reden«, flüsterte Nikolai mir ins Ohr und stupste mich versöhnlich an der Schulter, was mich erst recht wütend machte.

»Bleib weg von mir. Das ist alles deine Schuld.«

»Ich – aber du warst doch derjenige …«

»Nein, war ich nicht.«

Eine Zeit lang herrschte Aufruhr am Strand. Das Mädchen verdiente keine Heldenstrafe, soviel war klar. Sie gehörte nicht zu den Wracks, weil – weil sie eben ein Mädchen war. Weil sie Möpse hatte. Die Erwähnung von Brüsten brachte die kleineren Jungen zum Kichern und peitschte die älteren auf. Der Captain würde keine Entscheidung treffen, das war offensichtlich. Er wich dem Blick des Mädchens aus und schien zu hoffen, dass die Situation sich irgendwie in Wohlgefallen auflöste. Indem er die Augen zumachte, war das Mädchen verschwunden, und die Jungen warteten wieder friedlich zusammen auf das Schiffsunglück. Alles war gut. Auf dem Schulhof kann man damit rechnen, dass die Aufsicht sich einschaltet. Auf der Straße taucht vielleicht ein Polizist oder ein anderer Erwachsener auf und löst eine heikle Situation für dich. Am Strand jedoch waren wir unter uns, und einen Moment lang vermisste ich meine Eltern.

Für Medusa war das, was der Captain nicht hinbekam, nicht nur einfach, sondern geradezu ein Genuss. Gerade hatte er einen neuen Geistesblitz.

»Ich weiß eine gute Strafe«, verkündete er, und die Menge wurde still. »Wir machen es so: Wir nehmen das Mädel als Wanderpokal. Sie geht reihum, jeder kann sie mal haben. Und sie könnte strippen und uns auch sonst unterhalten.« Bei dem Ausdruck *wir machen es* gab es Gekicher, aber bei dem Wort *Wanderpokal* verebbte das Lachen wieder. Einige Kleinere, die sich nur entfernt für Mädchen interessierten, waren dagegen und riefen Sachen wie: *IGITT! Muss ich? Also, ich mach da nicht mit. Girls suck.*

»Dann seid ihr also alle schwul? Schwule mögen keine Mädchen.«

»Sind wir nicht«, riefen die Jungen. »Selber schwul!«

Doch schon bald wurden sie von Medusas hasserfülltem Blick niedergeschwiegen. Er war sicher hochzufrieden mit dem Durcheinander, das er ausgelöst hatte, und wurde dadurch noch überheblicher.

»Der Typ droht nur«, flüsterte Nikolai mir zu. »Der will ihr bloß Angst machen.«

Sein Blick widersprach seinen Worten; er sah verunsichert aus. So verunsichert, dass …

»Das glaubst du selber nicht«, sagte ich und wandte mich ab. Nikolai hatte vermutlich begriffen, dass er einen Fehler gemacht hatte. Wahrscheinlich war er auch in das Mädchen verknallt und hatte sich an ihr rächen wollen, aber ihre Demütigung ging ihm trotzdem an die Nieren. In jeder anderen Situation hätte ich mir ins Fäustchen gelacht.

Die Augen des Mädchens waren unter ihrem Haar nicht zu sehen. Bildete ich mir das ein, oder hatten ihre schmalen Schultern gezuckt und waren in sich zusammengesunken? Hoffentlich verstand sie nicht alles vom Straßenslang der Jungen. Ihre Füße waren dreckig und zeigten nach innen.

»Das ist doch total beschissen, ihr so viel Angst einzujagen!«, schrie ich in heiligem Zorn. »Das ist so armselig! Du tust mir echt leid, Medusa!«

»Der Held hat gesprochen«, lachte Medusa, allerdings war es kein echtes Lachen. »Nur eins kann einem hier wirklich leidtun, nämlich, dass du nichts, aber auch gar nichts machen kannst. Ich präsentiere euch die Möglichkeiten, und ihr Weicheier könnt euch nicht entscheiden. Und das Mädel kann sich auch zu nichts entschließen, daher muss ich das wohl für sie machen.«

In diesem Moment biss ihn das Mädchen in den Arm,

den er ihr um den Hals gelegt hatte. Zuerst fluchte er, dann leuchteten seine Augen boshaft auf. Er wirbelte das Mädchen herum, schlang beide Arme um sie und küsste sie direkt auf den Mund. Seine langen Strandjungenhaare fielen wie ein Vorhang vor der Bühne herunter, doch dem Publikum war klar, was dahinter vor sich ging. Dort fand gerade der ekelhafteste Zungenkuss der Weltgeschichte statt, der eine Ewigkeit zu dauern schien und dem Mädchen nicht gerade Jubelschreie entlockte. Aber sie rief nicht um Hilfe. Andererseits war das schlecht möglich, dieser Widerling hatte schließlich seine Zunge in ihrem Mund. Da stürzte ich mich mit Fäusten und Ellenbogen auf die Jungenhorde, die den Kreis um Medusa immer enger geschlossen hatte. Als ich endlich zu Medusa durchgedrungen war, fing ich an, auf ihn einzuschlagen, und ich bedauerte wirklich, dass ich kein Messer dabeihatte. Aber ich konnte ihn nicht dazu bringen, von dem Mädchen abzulassen, und nun gingen seine sämtlichen Freunde auf mich los. Das hätte ins Auge gehen können, wäre Nikolai mir nicht zu Hilfe gekommen. Auch die kleine Gestalt von Joshua wirbelte um uns herum, und immer wieder schlug er seine Zähne in die nackten Beine der Angreifer.

»Ach, du bist eifersüchtig«, grinste Medusa, als er sein Theater beendet hatte und hielt mich auf Armeslänge von sich weg. »Willst du auch mit ihr knutschen? Bestimmt macht sie es auch mit dir. Los, alle in einer Reihe anstellen!«

»Warum hasst du sie? Was ist los mit dir?«

Über diese Frage lachte Medusa freudlos.

»Was mit mir los ist? Du willst wissen, was mit mir los ist? Diese Tussi hat was, was wir anderen nicht haben. Und ihr Idioten kapiert das nicht.«

Ich dachte über seine Worte nach. Das war eine merkwürdige Antwort, und sie ließ unter der harten Oberfläche von Medusas Augen etwas aufblitzen. Und wieder bildete ich mir ein, etwas zu sehen. Was war es nur? Ein Bild in der Zeitung? Ich hatte Medusas Gesicht in der Zeitung gesehen.

Anscheinend hatte Medusa keine Lust mehr auf das Spiel. Nach einem verächtlichen Blick auf das Mädchen schubste er sie einem anderen Jungen in die Arme. Einen Moment lang wirbelte sie zwischen den Jungen hin und her, bis sie schließlich in den Armen von Lusitania landete, der sie erstaunt ansah. Weil ihm nichts Besseres einfiel, blies er ihr eine Kaugummiblase ins Gesicht, die in ihren langen Haaren kleben blieb. Auch die kleineren Jungen kamen herbei, um sich ihre Trophäen zu holen. Manche rissen Fetzen aus ihrem Kleid, andere schnitten ihr mit dem Messer ganze Haarbüschel ab. Am Ende war der Kopf des Mädchens ein einziges zerzaustes Gestrüpp und ihr Kleid voller Löcher. Noch ein Junge (einer von Medusas Schergen) versuchte, das Mädchen zu küssen, aber sie biss zu, und als das Blut von seiner Lippe tropfte, wagte niemand mehr, es mit ihr aufzunehmen.

Das Ganze war dermaßen ekelhaft, niederträchtig und beleidigend, dass ich mich völlig ohnmächtig fühlte, und meine Stimmung war insgesamt katastrophal. Kraftloser Zorn und viele andere Gefühle wüteten gleichzeitig in mir.

Meine Freunde waren Monster, und ich war nicht besser als sie, denn ich hatte dem Mädchen nicht geholfen. Versucht hatte ich es, aber es hatte nichts gebracht, ich hatte sie nicht verteidigen können. Medusa und seinen Anhängern hatte ich nichts entgegenzusetzen. Ich taugte weder zum Nachrichtenübermittler, noch zum Freund und oder zum Beschützer, nicht hier am Strand und nicht im Frühjahr im Silo.

»Ich bringe diesen Scheißkerl um«, murmelte ich zornig, weil ich feststellen wollte, ob ich wenigstens noch irgendeine Art von Plan herausbrachte.

Nikolai drückte meinen Arm. »Mitja, ich hab wirklich versucht – dich und deinen Bruder ...«, aber ich winkte nur wütend ab. Trotzdem war ich inzwischen nicht mehr ganz so zornig auf ihn. Ihr seid genauso sauer auf Nikolai wie ich anfangs, aber ich will euch etwas sagen: Er hat dem Mädchen nichts getan. Zwar hat er sie vor das Gericht gebracht, weil er geglaubt hat, dass sie schuld an etwas war, das sie in Wirklichkeit nicht getan hatte. Doch bei der Demütigungsaktion am Strand war er nicht dabei. Ich glaube, er bereute, dass er das Mädchen ins Feuer geworfen hatte, also im übertragenen Sinne. Auf seine Weise hasste er das Mädchen und hatte andererseits Angst um mich. Und vielleicht war tatsächlich Eifersucht dabei. Vielleicht hatte er das Mädchen wie verrückt geliebt, so wie die anderen, oder er hatte wenigstens ihre Anziehungskraft gespürt. Unerfüllte Liebe, Hass, Angst, jeder der Jungen hatte eine spezielle Beziehung zu ihr. Für alle war sie *das* Mädchen, im Guten wie im

Schlechten. Und trotzdem konnte sie nicht allen gehören. Sie konnte niemandem gehören. Aber das erfuhr ich erst später.

Plötzlich wurde der Lärm am Strand vom Ruf des Ausgucks unterbrochen. Alles, was vor sich ging, stand still, so abrupt, wie eine Stadt bei Stromausfall schlagartig dunkel wird.

DIE SCHIFFE!

DIE SCHIFFE KOMMEN!

JETZT!

Auf dieses Signal hatten alle gewartet, und doch waren sie überrascht, als es jetzt erklang. *Die Schiffe!*, tönte es pausenlos vom Baum herunter. *Die Schiffe kommen!* Durch den Ruf erstarrten die Wracks am Strand zu einer Front aus offenen Augen und Mündern. Erleichtert nahm der Captain seinen Platz auf der Kommandobrücke wieder ein; er rannte zum Wellenbrecher und suchte mit dem Fernrohr den Horizont ab. Nun war er wieder der Anführer, der seine Truppen kommandierte und alles im Griff hatte. Endlich war der Moment gekommen, zu handeln, und das Mädchen war vergessen.

ALLE AUF IHRE POSITIONEN!

ICH WIEDERHOLE: ALLE AUF IHRE POSITIONEN!

Das Mädchen

Ein ganz normales Mädchen kann diese Aufgabe bekommen.

Eine schwierige. Die letzte.

Die Flucht

Die Schiffe wirkten wie eine geschlossene Front von Phantomen, zuerst vom Dunkel getarnt, dann schlagartig vom Mondlicht freigegeben. Die zuckenden Blitze am blauschwarzen Sturmhimmel ließen sie riesig und bedrohlich wirken. Von den Felsen aus verfolgten die Jungen die Bewegungen der Flotte und hatten alles andere vergessen. Zwischen ihnen stand der Captain mit erhobenem Fernrohr und erteilte Befehle. Da alle mit den anstehenden Aufgaben beschäftigt waren, verloren sie das Mädchen völlig aus dem Sinn. Die Schützen rannten ins Camp, um ihre Bogen zu holen. Mit ihnen bewaffnet, nahmen sie ihre Positionen am Strand ein und richteten die Pfeile aufs Meer. Die Luft war elektrisiert, und das war nicht nur die Energie, die sich im Donner und in den zuckenden Blitzen entlud. Jeder kannte seinen Platz; oft genug waren die Abläufe durchgesprochen worden.

Auch für mich war eine Position am Strand vorgesehen, aber ich scherte mich nicht darum. Denn im selben Moment, in dem die Schützen ihre Bogen auf die Felsen im Wasser richteten, stieß sich vom Strand ein Boot ab und setzte sich trotz der hohen Wellen in Bewegung. Medusa. Bei jedem Ruderschlag verzog er vor lauter Anstrengung das Gesicht, aber er kam voran. Zuerst dachte ich, er wäre allein im Boot, doch dann sah ich, dass auf dem Boden ein Bündel lag. Medusa wollte zusammen mit dem Mädchen fliehen! Wohin wollte er bei diesem Unwetter mit einem Ruderboot? Wohin wollte er das Mädchen bringen?

Zur gleichen Zeit schossen die Wracks ihre ersten Pfeile ab.

Falls jemand sich vorgestellt haben sollte, dass sie zum Anzünden der Leuchtfeuer Streichhölzer benutzten – weit gefehlt, sie beschossen die Türme mit brennenden Pfeilen, deren Spitzen mit benzingetränkten Tüchern umwickelt waren. Sobald die Feuerpfeile ihr Ziel trafen, setzten sie das trockene Holz in Brand. Zuerst bereitete sich das Feuer langsam aus, dann immer schneller, und schon bald flackerten die Flammen bis in den Himmel.

Die Feuer waren eine Botschaft für die Schiffe am Horizont. Die Leute auf den Kommandobrücken sahen sie und nahmen sie ernst. Eigentlich sollte die Botschaft lauten: »Folgt der Feuergasse, und ihr kommt in sichere Gewässer. Hier entlang verläuft die Route. Wir zeigen euch den Weg. Wir schicken Boote, um euer Schiff durch das gefährliche Riff zu lotsen.« Ihr wisst ja, dass den Schiffen in Wirklichkeit unter der Oberfläche eine Untiefe drohte und somit ihr sicherer Untergang.

So verlockend dieser Plan war, ich verschwendete keinen Gedanken daran, denn eben verschwand Medusa hinter dem Felsen, der am weitesten vom Ufer entfernt war. Mir war klar geworden, was er vorhatte: Er wollte das Mädchen zum Felsen rudern und dort aussetzen. Wenn sonst keiner die Entscheidung fällte, würde er das Mädchen eben selbst bestrafen. In jedem Fall hatte sie eine Strafe verdient, davon war er überzeugt. Und hatte Medusa sich etwas in den Kopf gesetzt, zog er es durch.

Der Rest der Gruppe war mit seiner Aufmerksamkeit beim Horizont, sodass ich als einziger Medusa beobachtete. Die Wracks hatten kein Interesse mehr an dieser Geschichte, sie zielten auf die Felsen mit den Leuchtfeuern, gemeinsam und gleichzeitig auf denselben, danach auf den nächsten, immer so weiter. Das war das Einzige, was für sie existierte. Von Felsen zu Felsen, von Feuer zu Feuer gingen sie vor, bis zu dem Felsen, hinter dem Medusa gleich ohne das Mädchen hervorkommen würde. Und das Mädchen würde zusammen mit dem Leuchtfeuer in Flammen aufgehen. Niemand würde je erfahren, wohin sie verschwunden war.

Verzweifelt drehte ich mich zu den Bogenschützen um und wollte sie daran hindern, auf dieses Leuchtfeuer zu schießen. Doch ich kam zu spät, meine Stimme ging im Brausen des Sturms unter. Schon hatten sich die Pfeile auf den Weg gemacht, und ich musste tatenlos zusehen, wie sie von mehreren Seiten in den Turm aus Latten und Balken einschlugen und ihn in Brand setzten. Es konnte nicht mehr lange dauern, bis der Sturm die Flammen mit voller Kraft anfachen und die Feuersbrunst sich über den ganzen Felsen wälzen würde. Ich glaube, die Wracks hätten das Todesurteil nicht wirklich vollstreckt. Sie wollten dem Mädchen zwar einen Denkzettel verpassen, aber ihnen hätte es gereicht, sie auf den Felsen zu bringen und dort ein bisschen schmoren zu lassen. Sollte das Mädchen ruhig kurz Angst haben, zu ertrinken. Vielleicht hätten die Wracks gewartet, bis das Wasser anstieg und das Mädchen ein wenig umspülte, aber dann hätten sie sie mit dem Boot wieder abgeholt. Sie hätten sich bestimmt über ihre Angst lustig gemacht, denn sie ärgerten und mobbten andere gerne. Mörder jedoch waren sie nicht. Medusa allerdings war ein anderes Kaliber. Er war bereit zu töten. Er hatte schon einmal getötet. Und da hatte ich es auf einmal klar vor Augen. Medusas Gesicht in der Zeitung. *Jugendliche, die auf der Straße um sich schossen. Eine Schießerei, eine unklare Situation, ein junger Mann stirbt – und ein zufällig anwesender Unbeteiligter. Verletzte Ehre. Ein Duell. Blutrache.*

Ich rannte zu einem Boot und begann, es ins Wasser zu zerren. Aber sein Boden war zerhackt. Als ich schließlich ein heiles Boot fand, hatte es keine Ruder. Verzweifelt sah ich mich um. Wo sollte ich so schnell Ruder auftreiben? An der Höhe der Flammen konnte ich ablesen, wie viel Zeit ich noch hatte. Die meisten Leuchtfeuer brannten bereits lichterloh, und das letzte fing in diesem Moment vor meinen Augen Feuer. Entmutigt starrte ich in den glühenden Kern.

Hinter dem Leuchtfeuer war das Mädchen, und das einzige, was sie tun konnte, um sich zu retten, war, ins Wasser zu springen. Und auch das würde sie nicht in jedem Fall überleben, wenn sie von der Strömung hinaus aufs Meer gezogen wurde. Es sei denn, schoss es mir durch den Kopf, Medusa hatte das Mädchen gefesselt ausgesetzt. Hatte er seine Gefangene einfach auf den Felsen geworfen und war davongerudert? Wollte er die Hexe wirklich auf dem Scheiterhaufen brennen sehen?

»Suchst du die hier?«

Ich wirbelte herum und sah Nikolai, der mir ein Paar Ruder hinhielt. Neben ihm stand Joshua, auch er hatte Ruder in der Hand, und in seiner Achselhöhle steckte ein Paddel. Verdammt. Sie waren gekommen, um mir zu helfen. Noch war ich nicht bereit, ihnen zu vergeben. Ganz sicher nicht. Dennoch muss ich zugeben, dass ich erleichtert war. Gemeinsam hatten wir immerhin eine kleine Chance. Als Nikolai mir gegen den Wind etwas zurief, schüttelte ich nur den Kopf. Wir hatten keine Zeit, zu reden, zu schreien, zu gar nichts. Ich machte ihnen ein Zeichen, mir mit dem Boot zu helfen. Zusammen schoben wir es ins Wasser und begannen, zum letzten Felsen zu rudern, aber der Wind nahm uns schnell die Kraft. Das Boot war größer als ein normales Ruderboot und schwerer, es hatte Platz für zwei Ruderer. Über den Gegenwind durften wir nicht nachdenken, wir brauchten unsere ganze Kraft und unseren ganzen Mut, um es zu schaffen. Um genau zu sein, brauchten wir ein Wunder. Angestrengt und mit kräftigen Schlägen, mit dem Rücken voran, wie wir es gelernt hatten, ruderten wir auf den Sühnefelsen zu. Dabei blickte ich immer wieder über die Schulter, aber der Felsen kam scheinbar kein Stück näher.

Dann gerieten wir noch mehr in Stress, als Medusa uns bemerkte und Kurs auf unser Boot nahm. Obwohl wir ruderten, so schnell wir konnten, erreichte er uns. Joshua platschte mit seinem Paddel ins Wasser, »er kommt, er kommt«, rief er mit dem Wind um die Wette, auch wenn wir das selbst sehen konnten, wir saßen ja mit dem Rücken in Fahrtrichtung. Medusa ruderte wie ein Besessener. Etwas trieb ihn an, aber Liebe war es nicht.

Plötzlich nahm Nikolai eins der Ruder in die Hand, streckte es in die Luft und machte damit ein paar schnelle Bewegungen. Ich verstand und nickte, er wollte gegen Medusa kämpfen. Zu diesem Zeitpunkt schaukelten die Boote schon nebeneinander und so nah am Felsen, dass wir die Hitze der Flammen spürten. Medusa und Nikolai standen sich gegenüber, jeder in seinem Boot mit einem Ruder als Waffe in der Hand. Im Angriff krachten die Ruderblätter gegeneinander, erst einmal, zweimal, ein drittes Mal, man hörte das Krachen durch den Sturm hindurch; die Jungen brüllten, und ich schrie, während ich versuchte, das Boot an Ort und Stelle zu halten, und die beiden anderen über den schmalen Streifen Wasser hinweg gegeneinander kämpften.

Der Kampf wurde vom grausamen Schein des Feuers erleuchtet, dessen Flackern das Meer rot färbte und die Umgebung in ein blutiges, unwirkliches Licht tauchte, vor dem sich die Umrisse der kämpfenden Jungen abhoben. Immer wieder krachten ihre Ruder gegeneinander. Immer wieder griff Medusa kraftvoll an, und Nikolai, beweglich wie ein Waldtier, wich ihm geschickt aus. Medusa dagegen punktete mit Wut und Kraft. Jedes Mal, wenn sie gegeneinanderknallten, wurden die Boote auseinandergetrieben, und ich musste das Boot zum Ausgangspunkt zurückrudern. »Jetzt kräftig paddeln!«, rief Nikolai mir über die Schulter zu. Er wollte sich nach dem nächsten Zusammenkrachen mit Medusa sofort ins Boot zurückziehen, damit Medusa nicht schnell genug reagieren konnte und sich zu weit über Bord beugte. Dann würde er ins Meer stürzen, und wir drei könnten endlich weiter zum Felsen rudern.

Alles passierte mit einer atemberaubenden Geschwindigkeit. Beim nächsten Zusammenkrachen der Ruder wurde der Abstand zwischen den Booten wieder größer, doch Nikolai schaffte es nicht, sich loszureißen, weil die Ruder sich ineinander verhakten. Einen kurzen Moment lang standen die Jungen vornübergebeugt in den Booten, der Streifen Wasser zwischen ihnen wurde breiter, bis die Boote so weit auseinandergetrieben waren, dass die beiden vornüberfielen und ins Wasser klatschten. Einmal kamen sie noch hoch, verschwanden aber gleich wieder. Als wir sie zum letzten Mal sahen, waren sie schon weit aufs Meer hinausgetrieben.

Joshua stürzte an die Seite des Bootes, sodass es sich bedrohlich neigte, und schrie aus vollem Hals: »Nikolai! Nikolai! Neeiiin! Mitja, rette ihn! HILFEEEE!« So grausam es war, ich konnte nichts tun. Ich konnte nur zu meiner Aufgabe zurückkehren. Wenn es hart auf hart kommt, geht im

Menschen etwas Merkwürdiges vor. Das fiel mir in diesem Moment auf, als der brennende Felsen mein Leben mitten in der Tragödie anstrahlte. Geschieht etwas Unumkehrbares, und damit hatte ich nun wirklich Erfahrung, verliert der Mensch sich selbst und funktioniert wie eine Maschine. Hat er eben gerudert, dann rudert er einfach weiter. Der letzte Gedanke vor dem Unglück fräst sich dir ins Gehirn wie ein Refrain.

Ich hatte Joshua zurück ins Boot gezogen und wieder auf seinen Platz am Heck gesetzt, wo er mit großen Augen vor sich hinstarrte; sein Körper war merkwürdig steif. Schweigend ruderten wir auf die andere Seite des Felsens, da leuchtete sein Gesicht plötzlich auf und er rief: »Das Mädchen! Das Mädchen! Schau!« Er zeigte in die Flammen hinter mir, und ich drehte mich um.

Der Felsen war größer, als ich gedacht hatte, und das mächtige Feuer brannte an der Uferseite. Das Mädchen stand so weit wie möglich davon entfernt auf dem allerletzten Stein, der noch aus dem Wasser ragte. Noch hatten die Flammen sie nicht erreicht, aber es musste sehr heiß sein, denn ihr Gesicht war ganz rot. Sie hatte sich die Fesseln abgestreift, also könnte sie versuchen, zu schwimmen, und ehe die Strömung sie erreichte, konnten wir sie schnell aus dem Wasser ziehen. Doch das Mädchen sah uns nicht. Sie fing an, sich auszuziehen; natürlich, denn mit einem Kleid am Körper konnte sie unmöglich schwimmen. Ich drehte mich um und begann zu rudern, mit kräftigen, hoffnungsvollen Schlägen.

In diesem Moment tauchte ein riesiger Schatten auf, der

Schatten eines Vogels, und über unseren Kampf gegen die Wellen glitt eine weiße Gestalt, wie ein schwebendes Segelboot oder ein gigantischer Schwan. Vor unseren Augen flog das Mädchen über das schwarze Wasser. Sie hatte aus ihrem Kleid ein Segel gemacht, die Kraft des Windes hatte es aufgebläht, hochgehoben und das Mädchen mitgenommen. Vom Wind getragen erhob sie sich in die Luft und segelte davon, weg von den Wellen, über das brausende Meer, hin zum felsigen, bewaldeten Ufer. In den Wald. In Sicherheit.

Auch die Wracks bemerkten das Mädchen und beobachteten ihre erstaunliche Flucht, doch ihr Interesse hielt nicht lange an, und schon bald arbeiteten sie am Strand weiter. Aus dem Dorf schleppten sie Ersatz für die zerstörten Boote heran. Ruder wurden hineingelegt. Jungen liefen hin und her, schwarze Schatten vor rotem Licht. Der Himmel hatte sich mit dunklen Wolken zugezogen und man brauchte die besonderen Augen der Wracks, um zu erkennen, wo die Schiffe waren und ob sie auf Grund liefen. Joshua und ich taten eine Weile gar nichts; wir trieben einfach auf der Stelle, ohne irgendwohin zu wollen.

Als ich später über diese Nacht nachdachte, wurde mir klar, dass die Schiffe am Horizont nicht einfach irgendwelche normalen Schiffe aus dem einundzwanzigsten Jahrhundert waren, sondern dass sie von weit her kamen. Dass sie älter waren. Jahrhundertealte Segelschiffe, die hierher gerufen worden waren, die die reine Erwartung hierher gezwungen hatte. Vielleicht gibt es solche Schiffe, die vergessen auf dem Meer herumfahren, ruhelos wie Verstorbene, die keinen Frieden finden, und die immer mal wieder an einem Ufer landen, bis sie das *letzte Ufer* erreichen. Ich kenne mich mit Schiffen aus, schließlich bin ich in einer Hafenstadt aufgewachsen. Aber solche Schiffe hatte ich noch nie gesehen. Genauso wenig, wie ich so einen Strand oder solche Jungen schon einmal gesehen hatte. Was waren diese Jungen? Ich hatte eine Ahnung, aber ich schob sie weg.

Silo 14

Wladimir sitzt am Klavier, oder genauer am Flügel – das ist etwas ganz anderes, und starrt auf die weißen und schwarzen Tasten, die plötzlich zur Treppe werden. Nach einer Weile vermischen sich die Stufen mit den Tasten, bis Klavierspielen und Treppensteigen eins geworden sind. Hier drinnen ist das Brausen des Sturms zu hören, aber er nimmt die Geräusche von außen nicht wahr. Nichts außerhalb dieses hallenden Zimmers. Nicht das Tosen von Wind und Wellen und nicht das Krachen, das einsetzt, wenn der Sturm sich zum Unwetter aufschwingt.

Wladimir hat beschlossen, endlich bis zum Dach zu steigen. Bald wird er hinaus ins Freie treten wie jeder mutige und siegreiche Fünfzehnjährige, der sich den anderen anschließt, diesem endlosen Strom von Jungen, die im Laufe der Jahre hier hindurchgewandert sind. Durch die Tür tritt er aufs Dach. Das ist das Ziel, das jeder erreichen will. Dort laufen sie herum, diese Jungen, dorthin sprühen sie ihren Gruß. Von dort machen sie den Hubschraubern, die hin und wieder vorbeifliegen, Zeichen. Manchmal werden sie verjagt, durch die Polizei, die ein besorgter Passant alarmiert hat, und die in ein Megafon ruft: Kommt ganz ruhig herunter. SOFORT. Die Jungen hören es und gehorchen, aber mit Ruhe hat das nichts zu tun. Sie stürmen zur Treppe, rennen hinunter, hinunter, hinunter und schließlich nach draußen, vom Fabrikgelände hinüber zum Flussufer. In dem Röhricht kann niemand sie aufspüren, aber später findet man dort allerlei Dinge, die die Jungen verloren haben: Telefone, Münzen, Geldbeutel und Haustürschlüssel.

Als Wladimir aufs Dach kommt, weiß er zuerst nicht, wo die Jungen sind, doch kurz darauf sieht er sie. Mitja steht auf dem schmalen Steg zwischen dem Gebäude und den Speichern, die Arme ausgebreitet, um das Gleichgewicht zu halten oder einfach so. Anscheinend will er testen, wie stabil der Steg ist, denn er steht etwas nach hinten gelehnt und tippt mit der Spitze seines Turnschuhs darauf. Der andere Junge kniet auf dem Dach und schaut nach unten. Sein Mund bewegt sich, er sagt irgendetwas, vielleicht: ›Mitja, komm zurück. Hör auf damit.‹ In der Luft liegt der Geruch von Rost und Verfall. Wladimir wird schwindlig, und er muss sich am Türrahmen festhalten. Er schließt die Augen, um nicht umzufallen. Als er sie wieder öffnet, sieht er, dass sein Bruder sich auf dem Steg immer weiter entfernt. Einen Moment lang empfindet er Panik bei der Vorstellung, dass er hier zurückbleibt, dass sie ihn zurücklassen.

Zu diesem Zeitpunkt hat Wladimir den Gedanken, seinen Bruder zu erschrecken oder zu überraschen, schon aufgegeben. Viel lieber will er das hier mit ihm teilen. Will beweisen, dass er das auch kann, dass er keine Angst hat. Wladimir weiß nicht mehr, warum er wütend war, oder er weiß es noch, aber es spielt keine Rolle mehr. Trotzdem spürt er noch etwas, das sich wie ein Schmerz anfühlt, wie Zahnschmerzen. Er ahnt, dass etwas – der leere Raum? – angespannt wartet. Die Luft ist voller Vögel. Schwarze Vögel, die kraftvoll und geräuschlos um seinen Kopf herumfliegen. Wladimir mag Vögel. Vor allem liebt er ihre Kühnheit. Andere Tiere machen ihm Angst, auch kleinere; er fürchtet sich vor ihren Keimen, den scharfen Zähnen, ihrem düsteren Leben im Verborgenen. Vögel stehen über dieser Furcht. Die Angst, zu fallen, können sie sich nicht vorstellen.

Die größten Dinge geschehen mit scheinbarer Einfachheit.

Fast so, als hätten sie gar kein Gewicht.

Der Spiegel

Dies ist eine Art Sakrileg.
Ich will die Grenze zwischen den Lebenden und den Toten verwischen.
Ich will sie verwischen, bis sie ganz unscharf wird.
Ich will dir ein bisschen Leben geben.
Ich schreibe dir, damit auch du mich besuchst.
Ich erinnere mich an so wenig.

Henriikka Tavi

Das Mädchen

Im Hotel gibt es einen Spiegel, der dem Mädchen ganz besonders kostbar ist. Er ist der schönste Gegenstand im ganzen Haus, und sie hat ihn unter einem Laken versteckt, zur Sicherheit. Ab und zu holt sie ihn hervor und schaut hinein. Immer, wenn sie zu zweifeln beginnt, schlägt sie das Laken zurück und betrachtet ihr Spiegelbild. Dann sieht sie sich selbst und weiß, dass alles so ist, wie es sein soll. Es ist wahrlich ein wundersamer Spiegel; er spiegelt sie tausendfach.

Das Besondere an dem Spiegel ist, dass er aussieht wie eine Theaterbühne. Es gibt Wände aus Spiegeln, eine Spiegeldecke wölbt sich über einen Spiegelboden, und die Spiegelwände stehen sich an drei Seiten gegenüber und spiegeln einander. Die letzte Seite ist offen, gewissermaßen für das Publikum. Zieht man die beiden seitlichen Wände (die gleichzeitig Türen sind) zu und schaut durch den Spalt zwischen ihnen in die Spiegelwelt, kann man die tausend Säle der Wirklichkeit sehen. In diese Bühne hat das Mädchen schon Schmetterlinge, einen Käfer und einmal eine Vogelfeder gehängt und verzückt beobachtet, wie Tausende Flügel dort flatterten. Dieses Spiel kann man stundenlang spielen. Manchmal hat sie eine Hand hineingestreckt und Spiegelbilder von Tausenden Fingern und Ringen gesehen. Oder mit einem Fuß auf dem Stuhl das Gleichgewicht gehalten und den anderen bis zum Knöchel zwischen die Türen gesteckt, in den Spiegelbildern mit den Zehen gewackelt, von denen der Nagellack abgeblättert war, und ihre Fußsohlen gesehen, die vom vielen Barfußgehen trocken waren wie eine Sanddüne. Aus ihren Haaren, die auf die Bühne fallen, entsteht ein verzauberter Wald.

Jetzt sind ihre Haare ein strähniger Strubbelkopf. Sie schüttelt sie vor dem Spiegel. Wie sieht es aus, verändert es sie, verändert es irgendetwas? Sie geht mit dem Gesicht näher an den Spiegel und prüft mit der Hand die Schäden, die inzwischen zu einem Zottelschopf zusammengetrocknet sind. Verdammte Blagen, denkt sie. Ihre Aufgabe ist auch für ein normales Mädchen fast zu viel. Es ist so schwer, die Jungen im Auge zu behalten, und fast unmöglich, sie dem Fährmann zu übergeben, wenn die Zeit gekommen ist.

Als das Mädchen an den Kuss des Jungen denkt, scheuert sie vor lauter Ekel mit dem Handrücken über ihre Lippen. Vielleicht wollte der hungrige Junge sie aufessen, denn er ist gieriger als die anderen; er ist noch nicht bereit zu gehen. Sie klammern sich umso mehr ans Leben, je weniger davon übrig ist. Mit einer Bürste fährt sie fort, ihre Haare in Ordnung zu bringen. Sie verzieht das Gesicht. Wie hässlich sie sind. Aber sie wachsen nach. Später werden sie das Sonnenlicht und das Mondlicht wieder wunderschön zurückwerfen. Jetzt allerdings ist sie gespannt auf den letzten Akt.

Wie sie geahnt hat, kommt der kleine Bruder zuerst. Es hat begonnen.

Hört man schon etwas? Sind das seine Schritte?

Der Kuss eines Toten kann durch den Kuss eines anderen Toten geheilt werden, denkt das Mädchen, und als der Junge hinter ihr erscheint, legt sie die Bürste auf den Tisch und dreht sich um.

Wie anders ist es doch, wenn man liebt, denkt das Mädchen, wie anders ist es, einen Jungen zu küssen, den man liebt. Und dann drückt sie den kleinen Bruder einfach nur an sich und weint ein bisschen (nein, sie weint nicht, aber es fühlt sich so an), in jedem Fall löst sich viel Schlimmes auf, als sie sich umarmen, es löst sich auf und verschwindet. Auch der Junge drückt sie fest. Sie brauchen nicht darüber zu reden und auch über nichts anderes, sie verstehen sich wortlos. Sie sind Liebende über die Grenze hinweg, und das ist ein Band, stärker und endgültiger als andere. Es bringt den Jungen zurück oder das Mädchen mit sich, schließlich wird es so sein. Die Liebe über die Grenze hinweg ist stärker als andere Liebe; eine solche Liebe überdauert selbst den Tod. Das hört man immer wieder, und manchmal stimmt es.

Aber dann ist Eile geboten.

»Mitja, du musst mit deinem Bruder reden. Geh auf den Dachboden und hol die Hemden, die ich genäht habe. Ich hab deinen Bruder hingeschickt, aber er ist dort, nun ja, vergessen worden. Er wartet auf dich.«

Das Mädchen gibt dem Jungen eine Laterne und wendet sich ab.

Der Junge ist ganz benommen, aber schließlich macht er sich auf den Weg.

Die Schwanenhemden

Diesmal ist die Tür des Hotels angelehnt, darum gehe ich hinein, als wäre ich eingeladen. Mir ist klar, dass ich im größten Raum auf das Mädchen warten soll, ich fühle es und folge dem Gefühl. Sofort fällt mir die Veränderung im Saal auf. Die Vorhänge sind offen, der Raum ist ganz vom Feuerschein erleuchtet. Mit meinen Zwielichtaugen sehe ich deutlich wie am Tag. Die lange Tafel ist reich gedeckt, für unglaublich viele Gäste (wie viele Gäste werden eigentlich erwartet?). Das meiste ist allerdings Schmuck, Kerzenleuchter und ausgestopfte Vögel, sogar schlafende Schmetterlinge mit zusammengefalteten Flügeln liegen auf einer Sahnetorte.

Zuerst sehe ich keinen Menschen im Zimmer. Auch am Flügel sitzt niemand, Wladimirs Noten liegen verstreut auf dem Deckel. Dann bemerke ich das Mädchen; sie ist schon da, das überrascht mich. Eben habe ich sie doch noch durch die Luft fliegen sehen, mit einem Segel aus ihrem Kleid, das nun zusammengeknüllt auf dem Boden liegt, übersät mit Fußabdrücken. Das Mädchen wird es bestimmt nie wieder anziehen.

Mit einer Bürste in der Hand steht sie vor dem Spiegel und versucht, ihren verwüsteten Haarschopf irgendwie in Ordnung zu bringen. Vermutlich ahnt sie meine Anwesenheit. Mein Spiegelbild sehe ich nicht, dafür ihr Gesicht in hundertfacher Ausführung, genau wie die Bürste, die mitten in der Bewegung innehält. Irgendwas stimmt mit mir nicht, vielleicht bekomme ich Fieber, denke ich. Ein Wunder wäre das nicht, schließlich habe ich in der letzten Stunde meine ganze Kraft für einen Kampf zwischen Wasser und Himmel eingesetzt. Zum Hotel bin ich gegangen, weil ich mir sicher war, dass auch das Mädchen hierher zurückkommt, wohin auch sonst. Am liebsten würde ich mich auf den Boden setzen, den Kopf auf die Knie legen und einfach nur darauf warten, dass sich alles irgendwie auflöst. Aber ich weiß, dass wir dafür keine Zeit haben.

Als das Mädchen sich endlich umdreht, küsst sie mich. Ich bin völlig … naja, das könnt ihr euch bestimmt vorstellen. Sie liebt mich. Sie liebt mich, sie liebt mich. Ich weiß, ich habe Glück, dass ich noch einen Kuss bekomme, bevor die Fähre landet. Daraus wird eine Brücke zwischen uns beiden, endgültig. Wir küssen uns weiter, drehen uns, die Arme umeinander gelegt, ihre Arme um meinen Hals, meine Arme um ihre Taille. Die Liebe zwischen uns steht unter keinem guten Stern, es ist wie mit der Urlaubsliebe zwischen Touristen und Einheimischen: Am Ende muss man sich trennen.

Das Mädchen schickt mich auf den Dachboden. Ich soll die Hemden holen und nach unten bringen, weil sie sie bügeln will (alle!), keiner soll in einem zerknitterten Hemd aufbrechen. Sie gibt mir eine Laterne, und ich sage ihr nicht, dass ich sie nicht brauche. Der wahre Grund für die Laterne, der wahre Grund, auf den Dachboden zu gehen, ist mein Bruder. Mir ist schon lange klar, dass ich mit ihm reden muss. Dass wir etwas besprechen müssen, ehe ich abfahre. Bevor ich zum Dachboden gehe, fasse ich noch schnell in die kurzen Haare des Mädchens. »Schlimm, oder?«, fragt sie, aber ich finde sie süß, und ich sage es ihr. Die neue Frisur steht ihr gut, sogar besser als die alte. Diese Haare verfangen sich jedenfalls nicht in den Ästen, wenn sie im Wald herumläuft, und Verfolger können sie nicht daran festhalten. Schließlich trennen wir uns.

Ich bin schon an der Treppe, da ruft mir das Mädchen nach:

»Betrachte es nicht als …«

»Was?«

»Ach nichts, oder doch – nicht als Ende. Sieh es nicht so, auch wenn …«

Ich war kurz stehengeblieben, um mir anzuhören, was sie zu sagen hat, aber jetzt gehe ich weiter.

»Das sieht nur am Anfang so aus«, ruft sie mir noch nach.

Und ich sage »Ja, ja«, so wie man es zu Mädchen sagt, die sich zu viele Sorgen machen, ja, ja, mach keinen Stress.

An der Treppe nehme ich zögerlich die ersten Stufen. In diesem Moment wird mir etwas über meinen Bruder klar. Jetzt verstehe ich, was er tut, wenn er Beethoven spielt. Er klettert dabei die Tonleiter hinauf, steigt auf den Tasten immer weiter nach oben, so wie er hinter seinen abwesenden Augen die Treppe hochsteigt und am Ende oben ankommt, auf dem Dach. Dort muss ich mit ihm zusammentreffen. So wie damals.

Der Sturm

Unablässig hämmert der Sturm die ganze Nacht auf das Hotel ein, er wütet am Strand, auf den Felsen, im Wald, lässt Fensterläden poltern und wirbelt alles durch die Luft, was nicht festgezurrt ist, und manches, was festgezurrt ist, löst sich trotzdem. So wird das Dach der Veranda aus seiner Verankerung gerissen, Fensterläden werden in den Wald geschleudert und bleiben an Baumstämme gelehnt stehen; der Sturm reißt Stege und Boote mit sich fort, er fällt Bäume und Wohnwagen. Bäume stürzen auf Stromleitungen, und der ganze Küstenstreifen versinkt in pechschwarzer Dunkelheit.

In dieser Nacht erscheint eine Prozession von Jungen in weißen Hemden am Strand, doch sie ist nur für die sichtbar, die Augen für etwas anderes haben als den Sturm und die umstürzenden Bäume. Die meisten Urlauber haben sich auf dem Campingplatz eingeigelt und warten darauf, dass das Unwetter nachlässt, dass die Sonne wieder scheint und der Alltag zurückkehrt.

Am nächsten Tag gibt es am Strand nichts, womit der Wind nicht gespielt hätte – nichts, was er nicht herumgeworfen hat. Alles ist voller Sand. Der Wind hat ihn auf dem Campingplatz zusammengetragen, ihn in die Spülbecken im Küchengebäude geweht, in die Toilettenschüsseln, ins Schwimmbecken, auf die Dächer und auf die Wege. Liegestühle und Sonnenschirme sind über den ganzen Campingplatz verteilt. Manche hängen sogar in den Bäumen.

Aber neben dieser äußeren Verwandlung ist der Strand noch auf andere Weise verändert, man könnte sagen, er ist endlich zur Ruhe gekommen. Zu lange war er von Unruhe erfüllt. Durch die Energie, die sich nicht entladen wollte, bekamen die Menschen Kopfschmerzen, Babys schrien und Kinder stritten sich oder stürzten mit ihren Rädern, elektrische Geräte fingen an zu piepen. Eine solche Spannung kann sich nicht ewig halten.

In dieser Nacht, noch während der Sturm heult, tauchen die Jungen an der Tür des Hotels auf. Aufmerksam hört das Mädchen ihnen zu, lässt dabei den Geisterfuchs zwischen ihren Beinen hindurch ins Haus huschen, denn er ist ruhelos wie die Jungen (so ruhelos wie man eben ist, dort, wo das Leben plötzlich zum Stillstand kommt). Die Jungen sind gekommen, um sich zu entschuldigen, aber sie haben gar keine Gelegenheit dazu. Stattdessen gibt der Kleinste dem Mädchen einen Beutel mit Münzen. Wer hatte den Beutel versteckt? Wer hat ihn gefunden? Joshua? Nikolai? Medusa? Jemand anders? Die Frage stellt sich nicht, denn das Mädchen hat versprochen, nicht nachzuforschen. Beim Zählen der Münzen bestätigt sich, was sie schon weiß. Noch sind nicht alle bereit zu gehen, es fehlt ein halbes Dutzend. Ein halbes Dutzend Jungen wird auch in Zukunft am Strand umherstreifen. Und es werden mehr werden. Natürlich. Es wird immer Jungen geben, die klettern. Jungen, die sterben.

Das Mädchen heißt die Jungen willkommen, und sie schleichen erwartungsvoll an ihr vorbei ins Haus und sehen sich um. Dem einen streicht das Mädchen über die Wange. Einem anderen fährt sie durchs Haar. Das ist eigentlich unpassend, sie sind schließlich keine kleinen Kinder. Sie sind nicht zu jung, um zu sterben. Doch sie verzeihen dem Mädchen, und sie schämen sich. So unangenehm ist ihnen noch nie etwas gewesen. Aber das ist jetzt unwichtig. Zufrieden lässt das Mädchen den Blick über sie schweifen. Da sind sie nun, ihre ruhelosen Strandbrüder, endlich am richtigen Ort. Der Junge, der mit seinen Freunden gewettet hat, wer als Letzter von den Gleisen springt. Oder der andere, der sich getraut hat, die Silvesterrakete am längsten in der Hand zu behalten, und sie dann nicht mehr wegwerfen konnte. Oder der, der von der Brücke gesprungen ist, um den anderen etwas zu beweisen, das inzwischen längst vergessen ist. Der Junge, der sich Papas Auto ausgeliehen hat. Und der, der von einem Querschläger aus Papas Jagdgewehr getroffen wurde. Und so weiter und so weiter. Und zuletzt dieser eine Junge, der kleinste von allen, der am Strand im flachen Wasser ertrunken ist. Strandkinder. Verlassene Kinder. Fast immer Jungen. Wie auf einem Trapez im Zirkus tanzen die Jungen auf der Grenze, und manchmal reißt das Seil.

Als die Jungen eintreten, erklärt ihnen das Mädchen, was zu tun ist. Noch ein paar Reisevorbereitungen. Manche gehen wieder hinaus und drücken sich eine Zeit lang im Garten herum, aber irgendwann kommen sie zurück. Schließlich sind alle da. Da fordert das Mädchen sie auf, sich zu waschen, und weil die Jungen bereuen und sich schämen, fügen sie sich, obwohl sie den Dreck irgendwie gemütlich finden. Im großen Eisentopf auf dem Herd wird Wasser erwärmt, und bald tauchen sie nacheinander in die Porzellanwanne mit den Löwentatzen. Ihre langen Haare werden gekämmt, und als die Jungen kurz darauf im Saal vor dem Esstisch stehen, sehen sie ganz anders aus. Jeder von ihnen trägt ein nagelneues Hemd. »Hier könnt ihr essen«, sagt das Mädchen. Das ist die Grenzstation.

Das Mädchen sitzt auf ihrem Stammplatz am Kopf der Tafel, wie eine Königin auf dem Thron, um sie herum die Jungen. Ohne die verfilzten Haare und die schmutzigen Gesichter sind sie schön und bleich wie Engel auf Gemälden. Gleichzeitig sind sie steif und unsicher, wie alle Jungen, die mit Mädchen spielen sollen. Aber sie geben sich Mühe. Sie tun ihr Bestes.

Medusa ist nicht dabei, stellt das Mädchen fest, und auch einige andere aus seinem Gefolge fehlen. Wie wir wissen, ist Medusa im Meer versunken. Aber wir wissen auch, dass das Mädchen die Einzige ist, die ihr Leben verlieren kann, dass nur sie sterben kann. Medusa ist also irgendwo draußen, am

Strand. Genauso sicher, wie der Großfürst Nikolai hier drinnen am Tisch sitzt.

Kurz zuvor noch sind die Jungen aufgeregt am Strand hin- und hergelaufen.

Der Überfall auf die Schiffe ist in vollem Gange; manche sind auf die Untiefen aufgelaufen, und der Wind zerrt an ihren Segeln.

Derweil steigt der kleine Bruder zum Dachboden empor und trifft kurz darauf mit seinem großen Bruder zusammen.

Silo 15

Die Notrufnummer lernt man in der Schule, manchmal sogar schon im Kindergarten. Diese Nummer darf man nur im absoluten Notfall anrufen. So ein Notfall ist Tod oder Lebensgefahr, eine plötzliche Krankheit, der Mann, der auf der Straße mit einer Waffe herumläuft, ein Autounfall. Auf keinen Fall darf man die Nummer zum Spaß anrufen, wie Mitja es manchmal gemacht hat, als er kleiner war. Dämliche Rotzbengel finden das vielleicht lustig, aber ein solcher Junge ist Wladimir nicht.

Die Notrufnummer ruft man an, wenn es wirklich um etwas geht. Man muss ruhig bleiben, wenn man in den Hörer spricht.

Die klaren Koordinaten des Unfalls übermitteln. Wo es passiert ist und was passiert ist, ganz beherrscht und deutlich. So viel zur Theorie.

Als Wladimir die Notrufnummer wählt, stammelt er: »Hier ist was passiert – also, was richtig Schlimmes, mein Bruder ist – er ist total schlimm verletzt, aber – können Sie sofort kommen und mir helfen, weil – ich kann das nicht, und ich glaub, er – also, er braucht jetzt Hilfe oder irgendwas, und ich weiß nicht, wie, bitte kommen Sie schnell – hier ist ein Fluss und – ja, wir sind hier bei dem leer stehenden Gebäude am Bahngleis, alle Jungs kennen das – Hausnummern gibt es hier keine.

Er wird doch nicht … sterben?

Hallo, nicht auflegen, warten Sie, also, ich meine, war das meine Schuld? Ich –

wollte das nicht. Ich – wollte ihn nur überraschen. Oder naja–«

Doch Wladimir bekommt keine Antwort, denn die Notrufzentrale kann solche Fragen nicht beantworten. Sie schicken Krankenwagen, Hubschrauber, Polizei und Feuerwehr auf den Weg; sie versprechen, alle zu alarmieren.

»Du musst nur warten«, beruhigt ihn die Stimme am anderen Ende.

… musst warten, musst nur warten,

nur.

»Mach seine Atemwege frei. Leg ihm die Hand auf den Mund und finde heraus, ob er atmet. Wenn du keine künstliche Beatmung kannst, leg ihn in die stabile Seitenlage und …«

Wladimir redet mit sich selbst, macht sich Mut. Vor Blut darf man keine Angst haben, selbst wenn es nur so über den Asphalt strömt. In einem Menschen ist jede Menge Blut, das muss nicht gleich das Schlimmste bedeuten. Auch, dass dein Bruder nicht antwortet, darf dich nicht erschrecken. Es ist ganz normal, dass ein Mensch nach einem Unfall verstummt. Dass der Atem stockt, er kann wieder in Gang kommen. Jetzt musst du derjenige sein, der alles am Laufen hält. Du musst atmen. Vergiss nicht, zu atmen, ganz ruhig, ein und aus, ein und aus. Dein Bruder will nicht, dass du Angst hast. Du musst dich um ihn kümmern. Er hat nur dich. Du hörst, wie sein Freund oben auf dem Dach flennt, von ihm kannst du keine Hilfe erwarten. Du darfst nicht heulen. Du musst ruhig sprechen. Immer wieder flüsterst du deinem Bruder ins Ohr, dass bald Hilfe kommt. Hilfe ist unterwegs, Mitja. Sie kommen. Du drückst seine Hand. Er ist dein Bruder. Er ist immer noch dein Bruder. Er wird immer dein Bruder sein.

Mitja

Im Frühjahr, einige Wochen, bevor wir auf den Campingplatz kommen, klettere ich mit meinem besten Freund in ein altes Gebäude, das wir entdeckt haben. Überall in der Stadt haben wir solche geheimen Winkel. Mir ist noch nicht klar, dass der Silo kein Geheimnis mehr ist. Anscheinend hab ich nicht aufgepasst, beim besten Willen hätte ich mir nicht vorstellen können, dass mein Bruder irgendwo in der Nähe sein könnte. Jeder auf seiner Seite der Schlucht.

Als mein Bruder aufs Dach kommt, also, in dem Moment, in dem ich ihn sehe, stehe ich auf dem Steg zwischen den beiden Türmen. Nur dieser schmale Balken trennt mich vom Abgrund. Ich zucke zusammen und schwanke plötzlich, ich ahne, dass es bald vorbei sein wird, so schnell, dass es erstaunlich ist. So etwas Großes. So schnell dahin.

Damals, in dieser Frühlingsnacht, stürze ich aus zehn Metern Höhe auf den Asphalt – aber ich erfahre nichts davon. Niemand erzählt es mir, es wird nicht darüber geredet, und weil Kinder nicht sterben, so vermute ich instinktiv, wandere ich umher.

Ich fange an, meiner Familie, meinem Bruder zu folgen.

Wladimir

Wladimir hockt auf dem Dachboden des leer stehenden Hotels. Er hat es am Strand entdeckt, ein verlassenes, vergessenes Gebäude, das niemandem gehört, genau wie der Silo, aber es ist schöner, und es bietet ihm Trost. Von dort kann er das Meer sehen. Den Horizont. In diesem Haus beginnt Wladimir das erste Mal in diesem Sommer, aus seinem Dämmerschlaf aufzuwachen.

Manchmal denkt er an seine Mutter, und sie tut ihm leid, dann versinkt er wieder tief in seiner eigenen Welt wie im Fieber. Beide hocken sie mit ihrer Trauer in verschlossenen Kisten, und wenn sie miteinander reden, sich etwas zurufen, lenken die Wände der Kisten ihre Rufe um, und sie fangen an zu streiten. Und Papa kommt auch nicht. Er hockt in seiner eigenen Kiste auf einem weit entfernten Bahnhof, er will nicht und er traut sich nicht, zu seiner Familie zurückzukommen, weil Mitja nicht mehr da ist.

Trauer ist ein abgrundtief unpassendes Wort, um zu beschreiben, was hier vor sich geht. Gibt es ein besseres Wort dafür? Überhaupt ein Wort? Welchen Namen kann man der endgültigen Abwesenheit als Fünfzehnjähriger (oder in welchem Alter auch immer) geben?

Im Dämmerlicht des Dachbodens steht Mitja vor Wladimir und hält eine Laterne hoch. Einen Moment lang sehen sie sich an, und Wladimir fällt ein, dass sie sich vor Wochen auf dem Dach genauso angesehen haben. Er versucht, sich genau einzuprägen, wie sein Bruder aussieht. Zunächst einmal ist er blass. Seine Haare sind verfilzt und seine Kleidung ist zerschlissen, zumindest, soweit Waldimir es erkennen kann. Er sieht aus wie ein Junge, der lange nicht in der Sonne war.

»Du siehst aus, als hättest du dich erschreckt. Als hättest du ein Gespenst gesehen.«

»Habe ich ja auch.«

Es scheint, als wolle der kleine Bruder etwas fragen, aber er traut sich nicht. Stattdessen stellt er die Laterne auf den Boden, läuft auf dem Dachboden herum und untersucht die Sachen, die dort herumliegen. Schließlich kommt er zu Wladimir zurück. Still sitzen die Jungen nebeneinander auf einem rostigen Bettgestell; das Laternenlicht flackert unruhig, bewegt vom Seewind, der ungehemmt durch die Löcher und Ritzen des wackeligen Gebäudes bläst. Aus dem Augenwinkel sieht Wladimir, dass sein Bruder ihn beobachtet. Trotzdem schaut er nicht von seinem Knie auf, er reißt mit dem Finger an einem Loch in seiner Hose. Neuerdings hat er genauso viele Löcher in den Sachen wie sein Bruder.

Als er schließlich den Blick hebt, wirkt er fast überrascht, als hätte er vergessen, dass sein Bruder da ist und etwas von ihm erwartet. Die Jungen kennen sich von Anfang an, das sind insgesamt vierzehn Jahre, sie wissen fast alles übereinander.

Inzwischen hat Wladimir herausgefunden, warum sein Bruder ihm folgt. Um das zu begreifen, brauchte er diese Tage im Hotel. Mitja will von ihm wissen, was passiert ist. Er weiß nur nicht, wie er danach fragen soll. Wladimir muss es ihm erzählen, doch er findet keine Worte, deshalb fasst er seinen Bruder an den Schultern und zeigt ihm seine Erinnerungen:

Das Bild flackert wie bei einem Schmalfilm; er ist bei fast völliger Dunkelheit aufgenommen, darum ist die Sicht schlecht. Über Tage und Wochen hindurch laufen die Bilder zurück zu dieser Nacht, alles geschieht schnell und falsch herum, wird ungeschehen; Autos fahren mit dem Heck voran in die Richtung, aus der sie gekommen sind, der Regen kehrt in die Wolken zurück, die Sonne an den Himmel. Als spule man zurück.

Zurück zu diesem Moment.

Dutzende schattenhafte Gestalten mit Blumen und zerbrochenen Skateboards verschwinden vom Asphalt, der Krankenwagen fährt rückwärts, der Hubschrauber taucht auf und verschwindet, und schließlich löst Mitja sich vom Asphalt und fliegt den langen Weg zurück nach oben, wo er schwankend auf dem Balken sein Gleichgewicht findet und aufschreit.

Was zerbrochen ist, wird heil.

Aber das Leben kann man nicht zurückspulen. Mitja ist tot. Hunderte Blumen und Teile von Skateboards bedecken die Unglücksstelle, eine Wand ist mit Botschaften bedeckt. *R.I.P. man. My bro I'll miss you. Rest in Perfect Paradise.*

You've been my friend since we were kids. It's me Freshkid Doing A song for Ya. Hope u like it.

Am Ende des Films sitzen sie gefühlte tausend Jahre lang ruhig da. Wladimir kann nur ahnen, was im Kopf seines Bruders vorgeht, es muss etwas Großes sein.

»Das hab ich mir gedacht«, flüstert er schließlich, so leise, dass man es kaum hört, eher fühlt man es, wie ein Vibrieren. Dann weint Mitja, oder nein, er weint nicht, er scheint zusammenzubrechen, und Wladimirs Gliedmaßen können sich endlich aus ihrer Erstarrung lösen. Ihm wird klar, dass er zum letzten Mal mit seinem Bruder zusammen ist, und er drückt ihn fest an sich, während vor seinem inneren Auge unzählige Bilder vorbeilaufen, angefangen von dem Baby, das er einmal in den Schrank sperrt und ein anderes Mal im Wäschekorb unter der Wäsche versteckt, weiter zu dem Jungen, der den Weihnachtsbaum umwirft und sich alle Süßigkeiten schnappt, an die er herankommt. Der Wladimirs Schoko-Osterhasen auffuttert und ganz unschuldig tut, obwohl sein Gesicht voller Schokolade ist. Er ist der einzige Junge, den Wladimir liebt.

Sie spulen die Ereignisse weiter zurück vom schwankenden Mitja zu Wladimir, der gerade merkt, dass die Tiere, die im Zickzack um ihn herumfliegen, gar keine Vögel sind, sondern kleine Mäuse mit verkniffenen Gesichtern und Flügeln auf dem Rücken. Als sich eins von ihnen in Wladimirs Haaren verfängt, kreischt er vor Schreck auf und reißt daran, doch es schlägt ihm seine messerscharfen Zähne in den Handrücken.

Er schreit,

und Mitja fährt zusammen. Für einen winzigen Augenblick sieht er überrascht aus, und dann, fast im selben Moment, ist er fort. Erschrocken, weil sein Bruder plötzlich da war, getaumelt, gestürzt. Über die Grenze aus der Welt der Lebenden verschwunden. Wladimir schwankt in einer Welle von Übelkeit. Vielleicht schreit er, auch wenn er sich später nicht daran erinnert, denn alles scheint in diesem Moment eingefroren. Noch begreift er nicht, was geschehen ist; die Welt wird plötzlich unscharf und verliert ihre Farben. Er stürzt zum Treppenhaus und rennt die Treppe hinunter. Alle diese Stufen, diese endlosen Stufen.

Es spielt keine Rolle, wer schuld ist. Das könnte Mitja gesagt haben, und es ist wahr, so oder so ist er fort.

In diesem Moment im Hotel wünscht sich Wladimir, dass sein Bruder wirklich auftaucht, dass Mitja nicht nur das Echo seiner Gedanken ist; aber ist er das überhaupt, letztlich?

Der Junge läuft an der Grenze zwischen Wasser und Land,

auf dem Sand, den der Sturm verwirbelt und zu Dünen aufgeworfen hat, die wie eine Mondlandschaft aussehen, er läuft, ohne anzuhalten; am Wasser entlang, das jetzt ruhig daliegt; am Ufer des ewigen Meeres, das spiegelglatt sein kann oder schroff wie Berge, die nicht zu überqueren sind; an der Grenze zwischen den Welten, den Welten der Lebenden und der Toten; vorbei an durcheinanderliegenden Schirmen und Stühlen, ein Stück gestreifter Stoff schaut aus dem Sand hervor, Heuschreckenbeine von Stühlen wachsen aus der Erde. Er kommt an angeschwemmten Baumstämmen vorbei, an Teilen eines gesunkenen Schiffes; er rennt über umgestürzte Bäume, klettert auf die Dünen, stolpert die Abhänge hinunter, strauchelt immer wieder, außer Atem und keuchend läuft er den Strand entlang und läuft und läuft, bis er den Campingplatz erreicht, den der Sturm freigegeben hat. Stumm stehen die Menschen vor den umgestürzten Zelten und Pavillons und beurteilen die Schäden. Schließlich fällt der Blick des Jungen auf ein Zelt, das der Wind in einen Baum getragen hat, und dann auf seine Mutter; die Mutter, die weint, weint, einfach nur weint. Sie ist nicht mehr allein, der Vater ist da, endlich ist er von dort gekommen, wo er die ganze Geschichte über gewesen ist. Endlich ist er zur Mutter gekommen. Jetzt weinen sie zusammen, nicht um das Auto, das ein großer Baum unter sich zerquetscht hat, nein. Sie weinen um Mitja, ihren Jungen, der an einem Abend vor ein paar Wochen vom Dach eines Lagerhauses stürzte; sie weinen um Mitja, und Mitja schlingt die Arme um sie und drückt sie fest, so fest er kann, so fest, dass alles darin enthalten ist. «Ich glaube«, sagt die Mutter, »ich habe das Gefühl«, beginnt sie noch einmal, »wir können jetzt nach Hause fahren.« Bei diesen Worten nickt Mitja seinem Bruder zu, der inmitten der ganzen Zerstörung hinter den Eltern steht, und dann dreht er sich um, dreht sich um und macht sich auf den Rückweg, *von Punkt A nach Punkt B, ohne anzuhalten, eine ununterbrochene Bewegung.*

Er läuft dieselbe Strecke, doch nun sieht der Strand anders aus. Nie hat er von hier fortgewollt, auch nicht zurück nach Hause; er hat von Anfang an gewusst, geahnt, was geschehen war. Als er sich auf den Weg macht, ist der Strand verändert, so viel heller. Jetzt ist er bereit wegzugehen, jetzt endlich, aber seine Richtung ist der Horizont, über das Wasser auf die andere Seite, ins Unbekannte.

Während er weiterläuft, sieht er schließlich die, die mit ihm gehen werden: Nikolai, der ihn in den Schwitzkasten nimmt; Joshua, der sich an sein Bein hängt; Kap Arkona, der mit ihm einklatscht. Sie lachen und auf ihren Gesichtern liegt die Freude der Befreiung und der Ewigkeit.

Der Fährmann

Das Jenseitsmädchen

Manche sagen, es gibt ein Gewässer, das die Lebenden von den Toten scheidet. Darüber führt eine Fähre, die von einem Fährmann gesteuert wird. Die Aufgabe der Grenzwächterin am Ufer versieht das Jenseitsmädchen. Es spielt keine Rolle, ob diese Geschichte wahr ist, wichtig ist nur, dass die Menschen daran geglaubt haben und es noch heute tun. Der Strand ist das letzte Stück Land vor dem Meer. Das Wasser dort ist zu seicht, sodass die Fähre ein Stück entfernt vor Anker geht und die Reisenden hinübergerudert werden. Mitfahren können alle, deren Zeit gekommen ist und die für die Reise eine Münze haben. Die Münze für den Fährmann. Die Übrigen bleiben zurück, wandern am Strand umher und suchen Frieden oder eine Erklärung für das, was passiert ist. Manche warten darauf, dass ein Wunder geschieht und sich hinter ihrem Rücken die Tür wieder auftut, die sich einmal geschlossen hat. Weder ist der Fährmann gierig noch ist er ein Geschäftsmann; er sammelt das Geld nicht ein, um reich zu werden, sondern will damit sicherstellen, dass der Verstorbene für die Reise bereit ist. Und wie ihr wisst, sind es nicht alle. Es sind immer einige dabei, die noch etwas abschließen müssen, die sich noch nicht von ihrer

Familie oder ihren Freunden trennen können, die noch etwas zu erklären haben oder sich entschuldigen oder jemandem verzeihen wollen, die etwas Verborgenes aufdecken wollen, und letztlich die, die nicht glauben können, was passiert ist.

Aber schließlich hat jeder seine Münze in der Hand und weiß endlich, worauf er wartet. Auf den Moment, in dem das Boot aus dem Nebel auftaucht, um sie abzuholen.

Wieder einmal ist die Fähre auf dem Weg, und diesmal wartet eine ganze Schar von Jungen, die nach allen Verzögerungen endlich bereit sind, mitzufahren. Sie hatten ihre Münzen verloren und sie dann wiedergefunden, und nun stehen sie auf dem Wellenbrecher in Reih und Glied wie junge Soldaten. Es sieht aus, als hätten sie eine Wandlung durchlaufen, statt abgerissener Kleidung tragen sie weiße Hemden und Hosen. Auf den ersten Blick wirken sie mit ihrer weißen Kleidung fast wie Engel, aber bei genauerem Hinsehen fällt auf, dass auf der Mole geschubst und getreten wird, einer wirft einen Stein ins Wasser, ein anderer fällt selbst hinein.

Zuvor sind sie im Hotel gewesen, und das Mädchen hat dafür gesorgt, dass sie sich fein machen, sich die verfilzten Haare bürsten, die neuen Hemden anziehen und rein und klar werden wie die weißen Schwäne in den Liedern, die man an der Grenze singt. Mädchen sind von jeher gute Grenzwächterinnen gewesen, durch alle Zeiten hindurch haben sie die Verstorbenen auf die Reise geschickt und ihnen hinterhergeweint, »ich wasche meinen Bruder, damit er weiß wird wie ein Schwan;

der Schmutz dieser Welt soll nicht mit ihm gehen in die freien Wasser seines neuen Lebens«.

So etwa singen sie, sie rufen die Jungen beim Namen, rufen sie vom Wellenbrecher aus herbei, bereiten Essen für sie zu, packen ihnen Beutel mit Proviant und winken hinterher, damit die Reisenden nicht vergessen, wie sehr man sie vermisst, die Schwestern, die Mütter, die Großmütter, die Freundinnen. Alle Mädchen in allen Frauen.

In dieser Nacht ist die Tür des Hotels geöffnet, und die Reise hat begonnen. Es mussten viele Einzelheiten beachtet werden, und man durfte nicht zu eilig vorangehen. Es ist wichtig, zwischendurch innezuhalten und sich von bestimmten Orten zu verabschieden. Wie eine weiß gekleidete Legion sind sie durch den abflauenden Sturm und Nebel am Strand entlanggeschritten, voran das Mädchen mit der Laterne.

Als der Fährmann schließlich aus dem Nebel der Morgendämmerung auftaucht, wird er mit ausgelassenen Freudenrufen empfangen. Andächtig werden die Jungen auch im Tod nicht; sie sterben, wie sie gelebt haben. Das Mädchen rudert sie zur Fähre, bleibt im Boot und winkt ihnen nach. Medusa fehlt wieder einmal, obwohl er schon vor sehr langer Zeit umgekommen ist, aber er will es immer noch nicht wahrhaben und genauso wenig den Tod, was auf dasselbe hinausläuft. Aber auch seine Zeit wird kommen.

Der kleine Joshua steht schon an Deck, in seinen Augen schimmert die Aufregung vor der Abfahrt; er hüpft auf und ab, auf und ab, neben sich seine besten Freunde und vor sich die spannende Reise. Irgendwo auf der Fähre versteckt sich sein Freund, der Fuchs, der kein Haustier sein will und sich nicht fangen lässt. Zwischen den Schatten am Strand versucht Joshua, die Gestalt seines Vaters zu erkennen, und tatsächlich findet er ihn. Sein Vater ist gekommen, um sich zu verabschieden. ›Ich fahre jetzt, mach dir keine Sorgen‹, winkt Joshua, ›mach dir keine Sorgen‹, und schließlich versteht der Vater und verzeiht. In ferner Zukunft, ganz am Ende wird er seinem Sohn nachfolgen. Wie ihr wisst, ist auch Nikolai auf der Fähre; weil er nicht mehr sterben kann, wurde er nach seinem Kampf mit Medusa natürlich unversehrt zurück ans Ufer gespült. Endlich entschließt er sich mitzufahren, er ist nun lange genug am Strand gewesen. ›Wer weiß, vielleicht erwartet mich Caesar auf der anderen Seite‹, denkt er und schaut aufgeregt seinen Freund Mitja an, der neben ihm steht und Ausschau hält nach seinem Bruder. Irgendwo am Strand muss er sein, in der Nähe von Joshuas Vater, ganz allein. Als er ihn findet, winkt er ihm zu, und Wladimir winkt zurück.

Im Frühling, wenn das Eis zu tauen beginnt, kommen wir als weiße Schwäne zurück und besuchen euch, so erzählt man sich; also beobachtet die Vögel genau.

Vielleicht denkst du, dass dies nur die Erfindung eines verzweifelten Bruders ist. Aber ich versichere dir, Träume sind wahr, und mein Bruder wohnt in meinen Träumen; ich rede immer noch mit ihm. Ich habe euch alles genau so erzählt, wie ich es in meinem Sommer erlebt habe, in meinen Sommerferien in Land's End Camping, am Letzten Ufer. Zuerst wollte ich die Geschichte ins Meer werfen, aber sie ist zu lang für eine Flasche. Deshalb nehme ich sie mit, wenn unsere Familie später nach Hause fährt.

Ganz weggehen werde ich aber niemals. Ich bin doch der Geschichtenerzähler.

© Laura Malmivaara

Seita Vuorela, geb. 1971, lebt in Turku (Finnland). Sie hat Literatur- und Kulturwissenschaften, Philosophie und Women's Studies studiert und als Journalistin, Fotografin und Lehrerin gearbeitet. Ihre Bücher zeichnen sich durch eine besondere Sprache aus und haben schon mehrere Preise bekommen. Für *Wir fallen nicht* erhielt sie den Nordic Council Children and Young People's Literature Prize 2013.